南华大学出版基金资助

性别视域下的中国本土职场小说批评

闫寒英 著

中国社会科学出版社

图书在版编目(CIP)数据

性别视域下的中国本土职场小说批评/闫寒英著.—北京：中国社会科学
出版社，2014.12
ISBN 978 - 7 - 5161 - 5435 - 9

Ⅰ.①性… Ⅱ.①闫… Ⅲ.①小说研究—中国—当代 Ⅳ.①I207.42

中国版本图书馆 CIP 数据核字(2014)第 308040 号

出 版 人	赵剑英	
责任编辑	陈雅慧	
责任校对	王 斐	
责任印制	戴 宽	

出 版	中国社会科学出版社	
社 址	北京鼓楼西大街甲 158 号 (邮编100720)	
网 址	http://www.csspw.cn	
	中文域名：中国社科网 010 - 64070619	
发 行 部	010 - 84083685	
门 市 部	010 - 84029450	
经 销	新华书店及其他书店	

印 刷	北京市大兴区新魏印刷厂	
装 订	廊坊市广阳区广增装订厂	
版 次	2014 年 12 月第 1 版	
印 次	2014 年 12 月第 1 次印刷	

开 本	710 × 1000 1/16	
印 张	16.5	
插 页	2	
字 数	229 千字	
定 价	52.00 元	

当下青年一代的人生把脉(代序)

几年前,闫寒英提交了博士论文进行学位答辩,论文主题是中国职场小说的研讨。经过了近几年的进一步思考,闫寒英把博士论文加以修订,准备交付出版。付梓之前嘱我写序,我概然允诺。第一个理由是,闫寒英是我带的博士,她的博士论文的写作和修改我都有参与,比较了解,而现在出版写序也有向读者推荐的意思,所以于理于情我应该允诺。第二个理由则比较复杂,下面我要做一个交代,也就成为这个书序的基本内容。

闫寒英的论文是对当下的中国本土职场状况在小说中的描写的研讨,那么职场的概念在我看来是值得剖析的。它在一定程度上是中国当下社会文化的一个重要焦点。

传统的中国社会植根于农业文化中,绝大多数人生活在世,是一代代的子承父业,其中最典型的是农民,父辈留给子孙的是积攒下来的田产和农耕技艺,顺带地一些依附于农业的手工业和小商业也基本如此,这样一种就业方式使从业者始终被笼罩在父辈的光影中,它是当事人的职业,但是很难说当事人置身于职场,而是置身于家族环境之中。如果有人要脱离父辈的光影,那就是进入到国家体制中的官场,或者进入官场无门或官场仕途不顺,转而走到体制之外的"江湖",如不能作为良相就做良医或为人师一类,甚至沦为反体制的江湖游民。这样一些从业状况在中国古典小说如《水浒传》当中有鲜明体现。譬如梁山老大宋江,他是郓城小吏,在科举制的官文化体制中,吏员还基本上就是编制外的官府工作人员,按照当时的官阶体制，官员有根据政绩和年资得到擢升的机会，而"吏"通常只是办事人员，所谓一旦为吏终身为吏，仕途上没有大的发展空间。宋江毕竟在官府办事，能够有官府的信息等资源，他是领着官府的薪俸，构建江湖的人脉，顺带还挣得家族的名声，所谓"孝义黑三郎"。不过宋江连带着自己的老父亲也成为朝廷通缉的人犯，这样的孝义在今天可能更多地被叫做"坑爹"。把宋江作为典型来说，原因在于《水浒传》中的众多梁山头领也都是在这样的基本框架之中。其中有一类人是生活在家族技能谋生的环境中，如阮氏三兄弟、解珍解宝两兄弟渔猎维生。有一类人原本是官府人员，如林冲、鲁智深、杨志、杨雄、关胜、呼延灼、秦明等，后来因为各种不同原因走上梁山。还有一类人则是本来就在江湖博取名利，如扎根揭阳岭号称混江龙的李俊，不仅出入带有贴身保镖童威童猛兄弟，气场十足，而且在揭阳镇、浔阳江的老大穆泓和张横张顺兄弟也都得对其给足面子，他甚至有很大的动员能力，他在不知情的情况下，自己组织了江州劫法场，与梁山的劫法场不期而遇，于是两股力量合为一股，营救目的成功。需要指出的是，李俊的劫法场不是梁山劫法场必然成功情形下的锦上添花，因为在营救之后退出江州依靠的是李俊安排的水路接应，这样才保证了劫法场行动的全身而退。有句话说"人上一百形形色色"，《水浒传》中梁山排上座次的一百零八人，可谓包含了当时社会的多种身份的人员，而在这些人之中都是在家族环境、官场和江湖三类条件下生存的，没有我们今天所见的职场生活。

我所理解的职场不是一个职业所在的周边环境和人际氛围，而是体现了韦伯式的人员管理和任用机制的运作系统。因此，著名作家刘震云在20世纪末期发表的引起普遍关注的几个中篇小说《官场》《单位》《一地鸡毛》等，就是官场小说，而21世纪以来的《做单》《杜拉拉升职记》等才是职场小说。官场小说写在工作中如何做人多么重要，职场小说则是写在业务部门的目标管理下，做事如何重要。这里我用的"21世纪以来"这个词，是因为我认为中国当代文学中只有到了近十来年才真正有了该种类型的小说。很大程度上这并非文学自身的不敏感，未能及时反映职场生活，而是如前所述，撇开民国时期的状况，中国真的只是到了改革开放以后才有了职场的存在空间。职场系统有一个很重要的特点在于，职场是围绕着公司等组织的目标来运行的，职场的任用升迁规则尽管也会有任人唯亲、人浮于事、论资排辈等弊端，但是至少它已经嵌入了效率、效能、绩效等重要考核指标。因此在这样的环境中就可以有没有背景、没有显赫身份的任职者，凭借着职场位置上的出色发挥，得到一个他需要得到的认可，得到升职和更高的酬劳。在当今中国改革的红利已逐渐消耗殆尽，更有利于国计民生的改革举措已经成为攻坚战，在某种程度上已经举步不前的情形下，职场的这种人事制度至少真切地体现了当今我们社会的一些真实的、实在的而不是官方角度宣传意义上的社会评价方面的变革。当职场的这些变革因素延伸为关于人的价值、人际之间的关系观念之后，它应该是这个社会健康的、有效的，而且看来是不可逆转的一种推动社会在基础的层面发生变革的力量。多年来我们坚信反映民生疾苦的文学是社会良心的体现，譬如白居易的《秦中吟》那样的作品，这样的认知当然不错，但是更加全面的认知是要把握到社会时代的脉搏，从而发掘出其中变革意义的作品，比之于单纯地描写社会的悲欢喜乐更有重要价值，当今的职场小说提供了这种社会变革的记录，而研究职场小说，则是对这种记录的理论角度的自觉。它是文学研究的新的一页，也是社会变革的新的状况，通过这样的思考，文学研究不是茶余饭后的奢侈性的思想散步，而是真正瞄准新的社会变化和人们意识革新的精神把脉。

闫寒英的这部新著在职场领域的关注中，还贯穿了性别视野，即它不是全方位地考察职场小说的整体状况，而是集中捕捉和思考涉及女性白领生活的部分。在这里也有一些需要领会的东西。人不只是生活在自然环境中，还有社会和文化环境，如果说生物学已经揭示了环境对于生物的影响，那么社会和文化环境也是会影响到人的。中国女性在传统文化中有"三从四德"等的价值引导和评价坐标，在现代以来随着西学东渐，有了女性的独立人格意识的传入，再到新中国成立之后，一度在政治上有意削平性别差异，认为男性可以做到的事情女性也能够做到，并且以此证明性别的平等，于是有了"铁姑娘"一类的称谓，组织女性去做以往是由男性做的开山砌石等劳动强度极大的工作，同时化妆等女性一直以来比较热衷的方面则被斥之为落后思想的表现。再到改革开放以来，女性意识有了新的变化，一方面女性又重新热衷于服饰化妆美容等，不过这时女性可能不仅是"女为悦己者容"，而且还以一种女性美的姿态来展现出在生活中的自信；另一方面女性事业中的追求仍然被鼓励，所谓女强人是一部分女性希望达成的人生目标。女性的自我设定开始多样化，其中有些人会认为工作干得好不如嫁得好，有些人则认为老公捞金能力强大不如自己动手能力杰出更妥当、更有安全感。在这种社会变革的动态过程中，其实女性自己也不断变化，所谓表达女性意识成为了不能集中为统一声音的事情。职场环境中的女性尤其处在这一矛盾变化着的过程之中，职场女性只有在职业划分角度是一个统一体，而在对生活的态度方面则是高度分化的，也许有史以来女性群体中没有这样在生活中交集的人会有如此大的意识差异！

近些年来，在学位论文的撰写方面，研究生们比较不注重纯粹学理性质的选题，而喜欢结合当下热点问题，我个人对此并不阻挠也并不反感，但是我更鼓励学理成分更多的选题。那么闫寒英所选取的论题并不是我主张的学理化的选题，但是我也想说，能够真正切入到时代脉搏的跳动，抓住其中蕴含的意味，应该是有意义的，它尤其具有一种在历史过程的考察中，回看某一时代当时人们对于某种社会状况的文学表达的史料性的价值，同时还可以体现对于文学加以学术自省的层次和水平。不过这种甄别需要今后的眼光来分析才能加以评判，我不宜在此赘述。

闫寒英在这部由学位论文改写的专著中，前有绪论后有结语，对于写作中的有关方面作出一些交代，主干的部分共有五章，在摘要中已有其中主旨的说明。作为专著出版，我要介绍给读者的推荐理由主要有三：其一，如我前文所述，职场小说其实是展现了一种从未有过的时代变革的状貌，而对这种状貌的描写加以考察，一定程度上也就是对该时代的变革和变革描写的记录，它具有一些史诗画卷的性质。其二，作为学位论文来写的论著，它要具有学术的规范性和严谨性，同时，论著作者作为女性，又有一定的对于细节和心理描写方面的细腻感受，这样就是静心下来阅读的话，也能够有一些知识的获得，同时也有可读性。其三，职场打拼是一个充满艰辛同时有着成功诱惑的领域，奋斗其中的大多是一些"屌丝"，因为那些顶着"二代"光环的青年直接就去了职场的上层，而职场小说描写的重点则是职场基层乃至底层。屌丝们只能期望自己能够凭借一己之力鱼跃龙门，当然大多情况下只能失败收场，这就有一种悲剧效果，而悲剧往往是可以唤起阅读者美感亢奋的；也有少数人或许是侥幸或许是天才，确实达到了我们心目中成功的标准，那么这就是现代版的英雄梦的实现，现实中太多的平凡琐事，人们需要寻觅一些不同凡响的故事来填补心灵的空隙，职场小说也就担当起了过去属于神魔、武侠小说的部分职能。

职场生活是一个过程，已经发表的职场小说已经给我们展现出了其中一段故事，而生活还在继续，新的职场故事还在不断上演，今后的职场小说的作家们还会拿出怎样的精彩招来读者呢？有些因素是取决于作家们的写作能力，还有一些因素其实要看今后的社会变迁和作为社会一部分的职场自身如何演变了。希望闫寒英在未来十年、二十年还继续关注这些问题。是为序。

张荣翼 *
2014 年春于珞珈山南麓

---

* 武汉大学文艺学博士生导师、教授，中国中外文艺理论学会常务理事。

目　录

中文摘要

    中国本土职场小说是近五年来兴盛于中国大陆的一种新小说类型，它与中国经济体制转型以及职业白领阶层的扩大相伴而生——具有浓厚的中国现代性色彩；同时职场小说的创作、阅读、表达的观念又存在着明显的性别分野——具有强烈的性别意识形态性。将职场小说置于现代化的政治、经济、思想、文化的宏观背景下，以性别视角切入研究，不仅能对中国本土职场小说进行横向的整体观照，还能对其进行纵深的文化意蕴探索。宏观与微观、整体与局部、理论与案例相融，在"审美现代性"与"性别诗学"的合力观照下，共同成就中国本土职场小说的当代形态与未来路向的探索！

    除绪论和结语外，本书的主体部分包括五章。

    第一章讨论中国职业问题的现代性与性别视野：现代化导致中国社会转型，社会结构尤其是职业结构也发生嬗变，职业白领阶层的形成成为引人注目的社会现实。在"职业白领"这一新兴阶层中，女性的数量与力量持续增长，依照"性别决策主流化"的趋势，有必要将性别视野与观点纳入对职业问题的研究。

    第二章对中国本土职场小说作出概述：在现代性理论框架下，分析职场小说热、职场小说兴盛的时代背景、特征及其文化功能。中国本土职场小说颇具现代"中国"特色：从写作来看，是新兴的白领阶层在为本阶层的文化代言及寻求身份认同；从读者阅读来看，是金融风暴酿就的职场危机的刺激与应急反应；从传播与销售来看，是消费主义与网络信息技术共谋共生的结果。中国本土职场小说提供了实用、娱乐、励志三合一的文化功用，以及关于跨国资本的文学想象，也折射出了职场中的性别文化。

第三章探讨中国本土职场小说中的性别观及性别意识形态：在对职场小说整体观照的基础上，以性别为视角，从女性主义、男权主义与爱情伦理三个维度对职场小说中的性别意识形态进行分析。女性主义是 20 世纪以来研究性别问题最锐利的武器，马克思主义女性主义、生态女性主义、男性气质研究是当下女性主义研究的热点与新趋势，在女性职场小说中均得到了展现；而传统父权制在男性职场小说中被较多体现和认同，也有部分女性职场小说对男权制在姿态上呈"后女权"式的激进态度，其实质却是对男权制的趋附；谈论性别意识形态，必然会讨论两性间的爱情伦理，在职业生活主流化的白领阶层中，爱情与职场相互纠结与冲撞着，爱情被现代职场理性、功利与战斗性浸入与异化，而职场也因为爱情的濡染更显复杂。

第四章是对中国本土职场小说进行基于性别意识形态的个案批评：撷取媒体公认的知名职场小说，甄别与评价其中显在与隐在的性别观念。通过对知名男女职场小说的具体解读，可以得出：男性职场小说既体现了"支配性男性气质"主导的"成王败寇"的二元对立式职场观，又体现了这种价值观在男性内部的自我颠覆及生态职场理念的初步萌芽，同时也展示了男性之于女性的职业性别偏见是根深蒂固的。而女性职场小说既是对当代白领女性现实职场生涯的真实反映，也是一种关于"中产阶级"迷梦的集体想象；其中既有女性主义理想的高蹈，也有父权制的传播和"后女权"主义对父权制的趋附；更充满了性别身份的职业焦虑，以及对职场伦理（从它与人性相抵牾的角度来看）的迷茫、反思、探索与建构。

第五章是探索审美现代性、性别诗学与职场小说未来走向的关系：将职场小说纳入审美现代性的理论框架中审视，透视职场小说的内在矛盾；将"性别诗学"作为一种有力的分析与批判的武器介入，

在审美现代性与性别诗学的合力观照下，为中国本土职场小说的未来
走向与可持续性发展，提供富有启发性的学理与实践路径。

关键词：性别视域；中国本土职场小说；现代性；性别意识形态

绪　论

　　本书以中国当下职场（白领阶层职场）的现代性问题意识为契机，引发对职场小说的思考：从起因、时代文化背景、文化功能与价值等方面系统梳理职场小说，对其进行整体观照。在对职场小说整体观照的基础上，选取性别视角，将职场小说置于性别视域下，以理论介入与个案分析的方式，挖掘其中的性别意识形态。通过对"中国本土职场小说"性别意识形态的分析、甄别、评价，抵制负面的性别观念，弘扬与构建"两性和谐"的性别文化；在和谐性别文化的基础上构建和谐的职场文化，和谐的职场文化容纳了"审美现代性"的批判元素与"性别诗学"的美学理想，致力于塑造高远的职场境界，打造理想的职场范式——本书作了寻找当代中国本土职场小说和谐发展路径的尝试。希望以上研究能为学界阅读、研究职场小说提供参照点和理论视角，也希望此研究对现实职场，乃至现实人生具有指涉与启迪意义。

一　选题的缘由、意义

　　近年来，一种主要由职场成功人士以自身经历为背景撰写，描摹都市白领职业生涯尤其是职业生存技巧的小说在中国内地蓬勃兴起，创造了令人注目的销售神话，由此演绎出的"职场小说"迅速成为文学、网络、出版界的热门词汇。理论应紧密追踪实践，实践需要理论关怀，对于这种新兴的小说类型，新兴的文学、文化现象有必要进行学理上的探讨。

从学术研究的国际背景来看，自 20 世纪文化研究兴起以来，阶级、种族、性别便成为文化研究的三大母题，或者说三大意识形态视角；进入 21 世纪以来，伴随全球性金融危机以及全球环境恶化，文化研究领域又产生了金融、环保两大意识形态视角。在文化研究的五大意识形态视角中，性别视角具有特殊的意义：这不仅在于如特里·伊格尔顿所断言的那样，性别和性话语已成为文化理论中最醒目的成果之一，更在于这一视角本身的包容性与黏合度，如社会主义女权主义、后殖民女性主义、后女权主义、生态女性主义就自然而然地将性别视角分别与阶级、种族、消费、环保等视角整合在一起。本书选取性别视角作为研究的切入点，不仅重在对对象的性别意识形态进行挖掘，也具有以性别视角为黏合剂，兼顾其他意识形态视角，以期使研究更具深入的意图。

在此还需厘清"女性主义"与"社会性别研究"的关系。"女性主义"的英文词源是"Feminism"，与"女权主义"相同。一般而言，"女权主义"侧重社会政治斗争的理论和实践，"女性主义"则体现出更多的文化意味，在很多情况下两者通用。瓦勒里·布赖森（Valerie Bryson）认为"女权主义""最为宽泛一般的意义，即用它来指称所有那些理论或理论家，他们认为性别之间的关系是不平等的，是一方压制另一方，一方服从另一方的；他们认为这是一个政治权力问题，而不是一种自然的事实；并且认为这一问题对于政治理论及实践是至关重要的"①。女性主义在不同时代、不同文化中有不同的表现形式和流派，其具体含义也不尽相同。概括而言：女性主义是一种理论，一种运动，一种分析问题的方法。"社会性别"是女性主义的核心概念。社会性别不同于生物性的生理性别，"社会性别一词用来指由社会文化形成的对男女差异的理解，以及社会文化中形成的属于女性或男性的群

---

① ［英］瓦勒里·布赖森：《女权主义政治引论（代序）》，参见李银河主编《妇女：最漫长的革命》，生活·读书·新知三联书店 1997 年版，第 2 页。

体特征和行为方式"①。而"社会性别研究"（gender studies）是"任何把社会性别当作分析的关键范畴的理论框架或科研方法"②。显然"社会性别研究"是由女性主义发轫的，但它并不完全以女性为研究主体和目标，而是两性共同参与，包括对男女两性的研究，目的是强调对"社会性别"关系的分析。"以性别研究作为一个角度、一种方法，去分析和解构一个民族、一个传统、一段历史，是妇女研究正在走向成熟的标志。"③ 也可表述为：社会性别研究是女性主义走向成熟的标志，是其发展的当代形态。而由性别问题衍生的女性主义文学批评堪称现代批评理论中最富有革新精神的力量，"这不但因其对传统批评的缺陷进行批评、补充及革新，且由于其深刻性与不断扩展的阵容，皆与 20 世纪最有冲击力的批评理论一致。它对文学研究及思想界，甚而对意识形态及认知方式的变革意义，完全超越了女性的范围。这使它处于文学研究与批评的中心位置"④。

　　从学术研究的国内背景与中国国情来看：近 20 年来中国的妇女研究、妇女/性别社会学已成为影响各学科领域和妇女运动最为活跃的因素之一。有关妇女议题的研究在 20 世纪 80 年代起步，其发展可分为两个阶段：第一阶段从 1980 年至 1993 年，属开始与巩固时期；第二阶段从 1993 年至今，属拓展与国际化时期。1995 年在北京举行的第四届世界妇女大会（FWCW）具有里程碑意义，标志着中国的妇女议题与国际接轨。与 20 世纪 80 年代中期的妇女研究相联系，妇女社会学也随之兴起，因为社会学被视为最适宜研究妇女身份、地位、角色变化、市场经济时代面临的问题等几乎无所不包的领域。90 年代初，许多接受过正规社会学训练的学者采用社会学调查方法，探

---

　　① 谭兢常、信春鹰主编：《英汉妇女与法律词汇释义》，中国对外翻译出版公司 1995 年版，第 145 页。

　　② 同上书，第 149 页。

　　③ 李小江、朱虹、董秀玉主编：《性别与中国》，生活·读书·新知三联书店 1994 年版，第 1 页。

　　④ K. K. Ruthven, *Feminist Literary Studies: An Introduction*, Cambridge University Press, 1984, p. 30.

讨社会经济的转变对城乡妇女的影响。当时四大优先领域为：职业区隔（segregation）；妇女就业选择与工作；有偿工作与无偿家务劳动；女性生育与工作。事实上这四大领域的研究至今仍是妇女议题的重点。中国社会科学院的女社会学家李银河 1989 年完成女性择偶标准的调查，1991 年完成中国社会婚姻与性的调查，这两项调查圆熟地运用了社会学方法，获得了主流社会学家的肯定。妇女社会学的宗旨是：关注妇女，将社会性别平等作为社会学调查的立场、知识生产之内容、目的。妇女社会学亦称性别社会学，因为与女性主义关联，妇女社会学最显著的发展便是采用社会性别概念和社会性别分析方法，其视野也拓展到了对男性的关注，如对男性气质、阳刚气、男性关怀伦理等的研究。因此笔者认为使用"性别社会学"这一概念比使用"妇女社会学"更能准切地体现其学科内涵，也较少产生歧义。与过去相比，我国妇女的社会地位变化巨大，人们的思想也在不断更新与发展。但几千年的封建文明造成的陈腐性别观念还在显性或隐性的起作用，制约着人们的价值取向与行为规范，阻碍着性别和谐目标的实现。对于解决性别问题，除了依靠政府决策、法律与行政手段外，还需要从思想上影响与升华大众，让"两性平等""两性和谐"等性别观念成为主体的内在需要，而这就离不开文化、文学艺术的熏陶。"文艺作品的精神功能是指人们在审美感知的基础上，思想、情感、意志、性情受到文艺作品的影响及发生的变化。文艺作品的精神功能较之其他意识形态（如宗教、哲学等）要多得多。"① 小说作为文学体裁之一，以"讲故事"的方式反映生活、抒发情感、表达哲理，更能起到意识形态之传播功能，因为它雅俗共赏，易被接受。在全球化的时代，信息技术和大众传媒高度发达，小说所拥有的意识形态传播功能在时空上都得到巨大拓展，其对人们思想的影响也越来越大。小说所负载的意识形态有积极与消极之分，它既能传递、启迪先进的性别观念，也能复制陈腐的性属定见（有时这种复制以异常隐蔽的

---

① 曾庆元编著：《文艺学原理》，武汉大学出版社 1998 年版，第 120 页。

方式展开）。从弘扬先进性别文化的角度而言，对文艺作品中的性别意识形态进行分析、鉴别、引导具有重要意义。

从本书具体的研究对象来看，性别视角不仅是一种可供选择的较优越的视角，它也是一种必需的视角。因为从职场小说作者的性别、职场小说中塑造的人物形象、作品的审美风格、职场小说作者对读者的性别指向，以及现实阅读中的读者分流等诸角度审视，较之之前的各种类型小说，职场小说的性别分野非常鲜明。如果绕开职场小说的性别分野来考察职场小说，也就丢失了职场小说的独特性与深刻内涵。所以将职场小说置于性别文化视域下进行探讨是深化职场小说研究的必经之途。

由职场小说的研究现状可以发现，目前学术界对这种新小说类型的研究非常薄弱，学术成果很少，迄今为止尚无一篇以职场小说为研究主题的硕士与博士论文。而对于跟职场小说有渊源关系的商战小说、官场小说，以性别文化为视角进行深入研究的学术成果也少有，因此本书的选题具有原创性。其研究意义体现在如下几方面：

1. 以中国现代化进程中的职场、阶层变化为问题意识与宏观背景，对"职场小说"这一新兴类型小说进行系统研究，勾勒职场小说与现代性关联的生成、发展脉络，阐释职场小说与传统类型小说的吸纳、承接关系以及自身富有时代特质的"新"特征，以期对这一新兴的小说类型有一个学理上的较为明确、全面、系统的把握，有望促成中国本土职场小说理论的萌芽与发展。

2. 在性别文化视域中，从理论研究与个案分析两个层面对职场小说进行深度观照，发掘职场小说独特的性别意识形态内涵，尤其是与现代性关联的性别文化意蕴，丰富中国的文学批评案例，拓展中国女性主义理论与性别文化理论。

3. 在对职场小说进行现代性内涵与性别文化剖析的基础上，提出并阐释"审美现代性"和"性别诗学"对于纠正职场小说弊端、构筑理想职场范式、开启高远职场境界的理论价值，这对处于现代化进程中的中国职场、职业白领具有现实的借鉴意义，同时为学界阅读、研究职场小说及其未来走向提供理论视角。

二　研究的思路、方法

本书的研究思路是：在中国现代化的宏观背景与现代性的问题意识下，梳理职场小说的起源、成因、类型学特征，以期对职场小说有一个横向的系统把握；而后以性别文化为视点，对职场小说进行纵深研究，以期挖掘职场小说独特的性别文化意蕴；最后在现代性与性别文化剖析的基础上，以"审美现代性"与"性别诗学"，诊疗当下职场小说创作中的弊病，为中国本土职场小说的发展提出可供参考的理论路向。

本书以"性别"为观察、剖析问题的视角，自然会运用到如下理论与方法：马克思主义妇女观，是本书的理论基础；女性主义，包括生态女性主义，后女权主义；"社会性别"分析法与性别社会学。本书的研究对象为"中国职场小说"，所以会对有代表性的职场小说作品进行具体分析，因而个案批评法不可缺少。总体而言，本书采用的研究方法主要有三个"结合"两个"综合"。三个"结合"是：理论分析与个案分析相结合；整体观照与特定视点透视相结合；立足文本与关怀现实相结合。两个"综合"是：综合运用小说类型理论、文化工业理论、性别理论、女性主义理论等多种理论进行研究；综合文学、文化学、哲学、美学、人类学、政治经济学等多个学科领域，进行跨学科研究。本书题目《性别视域下的中国本土职场小说批评》中的"性别"既包含生理性别，更侧重于社会性别，并延展至审美与理想维度的"性别诗学"；既包括对女性的关注也包括对男性的关注，其终极指向是两性和谐的性别文化。之所以没有使用"女性主义视域下的中国本土职场小说批评"为题，原因如前面所提到的，社会性别研究是女性主义走向成熟的标志，是其发展的当代形态，而性别诗学更是其终极旨归。与使用"女性主义"相比，使用"性别视域"一是更能凸显理论的前沿性、当代性；二是更易于被大众接受（由于女性主义分支颇多，有激进女性主义一派，致使相当一部分人认为女性主义是排斥男性的）；三是有利于构建男女平等对话的平台，弘扬"两性和谐"的性别文化。

三 选题的国内外研究综述

本书的题目为《性别视域下的中国本土职场小说批评》，由于"中国本土职场小说"属新生事物，所以当前学界对其研究成果颇少。

（一）对西方职场小说的研究

1. 加拿大畅销书作家阿瑟·黑利在 20 世纪后半叶采用现实主义手法创作了 11 部长篇小说，而且基本上是一部小说写一个行业，因此有"职场小说之王"之称，其作品被誉为"行业入门百科全书"。阿瑟·黑利是最早为国人熟知的西方当代畅销书作家之一，2009 年伊始，译林出版社隆重推出其系列作品，为了纪念阿瑟·黑利及其作品中文版时隔 20 年之后重返中国，译林出版社还特地举办了"我读阿瑟·黑利"征文活动。通过中国知网跨库检索（截至 2011 年 5 月 18 日），共搜索到 18 篇介绍、评论阿瑟·黑利及其作品的文章，其中以职场为视角的有 6 篇：

篇名	作者	刊名	年/期
理想的悲哀——阿瑟·黑利的《烈药》与畅销书探微	周霞、郭耀瑞	南方论刊	2008/02
阿瑟·黑利小说中的改革创新意识	林六辰	江汉论坛	2003/08
阿瑟·黑利和他的《烈药》	颜森	江西师范大学学报	2003/09
世界经济疲惫的火车头——阿瑟·黑利创作的一种经济学释读	吴波克	克山师专学报	1997/02
新闻现实主义的崛起——阿瑟·黑利文学创作评述	吴波	齐齐哈尔大学学报（哲学社会科学版）	1997/03
小说里的管理学——读阿瑟·黑利《汽车城》有感	贾新光	投资北京	1995/06

这些文章剖析了阿瑟·黑利的现实主义创作手法、科技给美国经济带来的巨变、职场中人的境遇及奋斗。

2. 1989 年，美国人史考特·亚当斯（Scott Adams）以自身办公室经验和读者来信为本创作了一系列讽刺职场现实的小说漫画作品，塑造了闻名全球的呆伯特（Dilbert）形象，呆伯特风靡了全球 39 个国家、拥有超过一亿五千万的读者。呆伯特漫画与书籍系列也被引介到中国，但通过中国知网跨库检索，没有搜索到对其进行研究的学术论文。

（二）对官场小说、梁凤仪的财经小说、商小说的研究

1. 对官场小说的研究

官场小说是 20 世纪末涌现的小说类型，一直繁盛到今天。官场小说描摹官场、官员的生活，展示该领域的贪污腐败、人性堕落、权力斗争、游戏规则等内容，并通过官场、权力这一视角反映生活、表现人性和作者的思想情感。许多官场小说的作者都是浸淫官场多年的"局中人"而不是"旁观者清"的专业作家，这一特点与职场小说的特点相同。官场原本就是特殊的职场，因此，职场小说最早的雏形便是官场小说。

国内对官场小说的研究颇多，以"官场小说"为题名进行检索（截至 2011 年 5 月 18 日），在中国期刊全文数据库中搜索到文章 94篇，其中发表于核心期刊的有 19 篇：

篇名	作者	刊名	年/期
官场小说的价值指向与王跃文的意义	刘起林	南方文坛	2010/02
正确阅读官场小说	李勇军	领导科学	2009/33
新时期官场小说人物谱系探析	朱毅	作家	2009/22
别具匠心的官场叙事——评毕四海小说《大官小官》	曾海清	名作欣赏	2009/27

篇名	作者	刊名	年/期
新时期官场小说兴盛的原因及其意义	陈兴伟	名作欣赏	2009/24
卡里斯玛化及其危机——官场小说反腐英雄形象浅论	黄声波	名作欣赏	2009/18
透视官场、世相与人性的变异——读张笑天小说	朱晶	文艺争鸣	2007/12
权力镜像的拆解与迷局——世纪之交官场小说研究述评	黄声波	中国文学研究	2007/02
从《官场》到《沧浪之水》——论官场小说在新时期的深化与发展	廖斌	文艺理论与批评	2007/02
道德隐遁的浮世绘——近年官场小说的叙事伦理批判	唐欣	山东师范大学学报（人文社会科学版）	2006/04
《一路飙升》：并非温情的讲述——兼论李春平官场小说的艺术视角	孙鸿	小说评论	2006/03
试论"官场小说"的程式化和类型化	温凤霞	理论学刊	2006/05
小城镇文学的魅力启示——以官场小说《无根令》作个案解读	龚奎林	当代文坛	2004/06
喧嚣的背后：近年来官场小说创作透视	康长福	齐鲁学刊	2004/03
新官场小说求疵	武新军	当代文坛	2003/05
呼唤和谐：新官场小说的审美旨归	蔡梅娟	山东师范大学学报（人文社会科学版）	2002/04
官场与人性的纠缠——评王跃文的小说创作	段崇轩	小说评论	2001/02
重铸现实主义文学的灵魂——从《抉择》等反映官场现实的小说力作看现实主义的永久魅力	毛克强	西南民族学院学报（哲学社会科学版）	2001/04
作家个性与艺术敏感点——王跃文的官场小说	张韧	当代	1998/06

在中国博士学位论文全文数据库中检索（截至 2011 年 5 月 18 日）结果为零，在中国优秀硕士学位论文全文数据库中检索（截至

2011 年 5 月 18 日）结果为 17 篇：

中文题名	作者姓名	网络出版投稿人	网络出版投稿时间	学位年度	论文级别
近二十年官场小说中秘书人物形象研究	王连峰	山东师范大学	2009—08—17	2009	硕士
从王跃文小说看官场"围城"现象	周连宇	吉林大学	2009—07—31	2009	硕士
喧嚣后的思考	陈兴伟	苏州大学	2009—03—03	2008	硕士
王跃文的官场小说透视	张政	华中师范大学	2007—01—23	2006	硕士
反腐与"官场小说"的倾向性	张世良	东北师范大学	2008—10—06	2008	硕士
论王跃文的"官场小说"	张疆阔	吉林大学	2008—04—03	2007	硕士
当代官场小说价值论	曲彩燕	兰州大学	2007—08—20	2007	硕士
反腐小说与官场小说类型探究	肖春禹	吉林大学	2007—08—07	2007	硕士
新时期官场小说研究	朱毅	福建师范大学	2007—06—08	2006	硕士
当代官场反腐小说的叙事模式研究	王之成	苏州大学	2006—10—26	2006	硕士
"官场"：小说的想象与叙述	杜积西	西南大学	2006—09—04	2006	硕士
当代官场小说论	罗四林	湖南师范大学	2006—07—14	2006	硕士
"新官场小说"论	鲁道祥	武汉大学	2006—03—27	2005	硕士
转型期社会焦点问题忧思录——论周梅森的"官场小说"创作	刘守亮	山东师范大学	2005—03—24	2004	硕士
转型期的现代性焦虑与叙事	赵佃强	苏州大学	2004—10—29	2004	硕士
新时期官场小说考论	陈发明	浙江师范大学	2004—07—13	2004	硕士
"新官场"与官场中的人	田文	华南师范大学	2002—09—03	2002	硕士

　　这些文章和硕士学位论文探讨了官场小说的社会背景、官本位思想、叙述模式、人物形象、文化功能与价值等诸多方面。但少有从性

别文化角度对官场及官场人物形象展开学术思考的，尽管官场小说情节设置中必不可少地穿插着色欲诱惑、钱权色交易，其中也塑造了大量形形色色、富有个性的女性形象。

2. 对梁凤仪财经小说的研究

香港作家梁凤仪的小说于 20 世纪八九十年代在内地风靡一时。为回应梁凤仪财经小说热，1994 年 11 月 24 日，暨南大学还特意召开了"梁凤仪现象"研讨会。与此同时，学术界也出现了不少探讨梁凤仪作品的文章，经中国知网以"梁凤仪"为题名搜索（截至 2011 年 5 月 18 日），检索结果共计 95 条，其中发表于核心期刊的文章为 14 篇：

篇名	作者	刊名	年/期
活着就有希望——读梁凤仪《拥抱朝阳》	张炜炜	职业技术教育	1999/08
女性觉醒的心路历程——评梁凤仪笔下的几个女性形象	王凌云	山西师范大学学报（社会科学版）	1997/02
商潮与文学三题——梁凤仪小说谈片	郭正元	社会科学战线	1997/03
通俗文学的三重奏——琼瑶、亦舒、梁凤仪言情小说系列论略	党鸿枢	西北师范大学学报（社会科学版）	1996/01
中央电视台和香港东方电影出品有限公司联合拍摄梁凤仪同名小说《花帜》改编的长篇电视剧	杨扬	中国电视	1995/09
梁凤仪小说与大众文化	马相武	中国人民大学学报	1995/01
"梁凤仪现象"研讨会综述	周文	学术研究	1995/01
道是无情却有情——梁凤仪《大家族》解读	刘荣华	当代文坛	1995/02
市场经济与"梁凤仪旋风"——大学生读者借阅热点追踪	陈宝珍	情报资料工作	1994/04
梁凤仪小说中的财经风云	张绰	学术研究	1993/01
梁凤仪及其旋风效应	靳欣	文学评论	1993/01
梁凤仪谈晚清小说	梦花	明清小说研究	1993/03
商战背后的女性情结——评梁凤仪的财经小说	曹维劲	社会科学	1993/04
莫然与梁凤仪——试析大陆与香港两位女作家创作之异同	李夏	当代文坛	1993/04

这些文章探讨了梁凤仪小说的商业、财经背景，梁凤仪小说与消费文化、大众文化的关系，尤其探讨了梁凤仪小说中的女性形象与女性意识。

值得一提的是，将梁凤仪作品冠之为"财经系列小说"其实名不副实。内地读者能读到的梁凤仪 34 种小说中，确实有一部分表现了香港的商情商战，传达了财经知识、管理知识，但她的小说主要还是写都市女性特别是职业女性在精神与情感上的觉醒和成长。她只是以香港工商界作为反映生活的切入点，创作的主题或焦点直指商业活动背景下女性们的生存境况和以女性为中心的百态人生，其作品并未像当今流行的职场小说那样真正切入职场的内核，真正切入财经的内核。另外梁凤仪小说中描摹的女性职场更趋向于理想世界，而当今许多女性职场小说是定位在现实世界中的。

3. 对商战小说或"商小说"的研究

商战小说或"商小说"其实隶属于职场小说的范畴。商场是职场之一，但它并不仅简单地意味着只是职场之一，因为在市场经济体制下，许多行业的职场，如销售、行政、HR、IT、广告、公关、策划行业等都具有商业性质，因此，商场也成了职场的特征，商场与职场显得耦合在一起。在概念运用上，人们往往把商战小说等同于职场小说。经中国知网以"商战小说"为题名搜索（截至 2011 年 5 月 18 日），检索结果共计 8 条：

篇名	作者	刊名	年/期
被消费的"真实"——新世纪商战小说的纪实性写作	彭文忠	文艺争鸣	2010/06
一部侠义的商战小说	简单	现代企业文化（上旬）	2009/12
《浮沉》"现形"商战小说炙手可热	记者杨嘉、韩阳	出版参考	2008/15

篇名	作者	刊名	年/期
运筹帷幄战商海 谈笑风生论输赢——简评商战小说《输赢》	刘标	信息网络	2007/08
商战小说掀销售新潮	王坤宁	中国新闻出版报	2007/01/26
商战小说异军突起	李兴红	财经时报	2006/10/16
老板，你明天也可能"下岗"——读两本商战小说兼谈企业家的读书	潘凯雄	中国企业家	1998/05
当前商战小说的话语特征	张一波	艺术广角	1996/03

　　而检索结果中提到的《浮沉》与《输赢》皆是知名职场小说。

　　"商小说"则是由出版社、网络媒体新近打造的一个概念，可将其视为职场小说的品牌标签。2009年3月25日，由人民文学出版社和商小说出版策划工作室主办的"2009首届'商小说'原创文学大赛"在天涯社区、新浪博客启动，这是国内首个由线下出版社主办的网络原创文学大赛，也是第一个以职场小说、商场小说为主题的类型小说征稿大赛。这次大赛以"寻找中国本土叫好又叫座的原创职场小说和商场小说"为宗旨，大赛中出现的优秀作品更有机会在比赛结束后出版，并冠之以"商小说"的小说品牌。

（三）对职场小说的研究

　　职场小说是指近几年来伴随中国经济体制转型以及职业白领阶层的扩大，在中国内地兴起的一种主要由职场成功人士，以自身经历为背景撰写的，描摹都市白领阶层职业生涯尤其是职场生存技巧的类型小说，强烈的实用性是该类型小说的突出特征。职场小说源于官场小说，是官场竞争及官场人情世故向职场的拓展；职场小说萌发的初期阶段往往以情节跌宕惊心的"商小说"面目出现，而后渐渐朝相对平静的日常职场聚拢。经中国知网以"职场小说"为题名搜索（截至 2011 年 5 月 18 日），检索结果共计 24 条：

篇名	作者	刊名	年/期
"文学四要素"与中国本土职场小说的文化意蕴	杨郿生 闫寒英	齐齐哈尔大学学报（哲学社会科学版	2010/11
消费主义语境下文学生产的方式及悖论——以类型小说、职场小说为例	闫寒英	长江学术	2010/10
分众阅读时代的新职场小说——以《杜拉拉升职记》为例	赵坤	长江学术	2010/10
中国当代职场小说的文化价值	闫寒英	求索	2010/06
"职场小说"的走俏与局限	史雯	大众文艺	2010/04
洞察职场的人性——朱墨职场小说初读	聂卫平	创作评谭	2010/03
职场文化与都市白领的文学想象——关于职场小说的笔谈	张颐武、徐刚、徐勇	艺术评论	2010/01
职场小说繁华背后	罗屿	新世纪周刊	2009/02
职场小说还能走多远——我与《浮沉》	张应娜	出版广角	2009/05
职场小说能否指引我们前进？	乐天、王澜、琪琪、枫桥、崔曼莉	新前程	2009/06
杜拉拉之后，新职场小说阅读季	夏燕	观察与思考	2009/13
王强：职场小说是"伪书"	王勇	中国企业家	2009/17
职场小说还能走多远	张静	文学教育（下）	2009/11
职场小说，可以成为年轻人闯荡职场的教科书吗？	蒋蕾静	职业	2008/25
职场小说缺失了什么？	陈熙涵	文汇报	2009/05/07
职场小说亟待"精耕细作"	杨雅莲	中国新闻出版报	2009/03/02
"真实＋实用"催热职场小说	游婕	中国消费者报	2009/02/16
由商场小说渐变而来的职场小说	江筱湖	中国图书商报	2009/07/13

续表

篇名	作者	刊名	年/期
职场小说：职场必读指南？	陈耘	中国文化报	2009/11/08
崔曼莉：职场小说不算文学吗？	金璐、岛石	中国图书商报	2008/07/01
职场小说写作热中有忧	陈熙涵	文汇报	2008/05/06
职场小说的胜利	韩浩月	工人日报	2008/05/02
职场小说畅销的两大元素	尹志勇	中国图书商报	2008/07/13
"职场小说"：告诉我们什么	陈耘	中国劳动保障报	2008/11/15

其中发表于核心期刊的文章 4 篇。张颐武、徐刚、徐勇在《职场文化与都市白领的文学想象——关于职场小说的笔谈》中指出，职场小说为现代职场"白领"提供了释放压力、投射欲望、驰骋想象的空间和汇聚心理与身份认同的场域；但由于与跨国资本纠葛在一起，都市白领的主体建构与文学想象不可避免地带有悖论性与反讽性。闫寒英、杨郁生在《中国当代职场小说的文化价值》、《消费主义语境下文学生产的方式及悖论——以类型小说、职场小说为例》、《"文学四要素"与中国本土职场小说的文化意蕴》这三篇文章中分析了中国本土职场小说的文化语境、文化意蕴与文化价值；赵坤在《分众阅读时代的新职场小说——以〈杜拉拉升职记〉为例》中探讨了职场小说成功的重要因素之一，在于对目标读者群的准确锁定。其他品评职场小说的文章多是印象式、感想式的，较为零散、粗浅地讨论了职场小说的准教科书特征，职场小说的当代效用及误区，职场小说的大众文化性质以及对职场小说未来走向的担忧。总之，相对于已出版的两百多部职场小说（通过"当当图书"搜索）以及仍在汹涌着的职场小说创作态势而言，职场小说的理论研究明显滞后于实践，并且没有进入学术界主流。对于职场小说缺乏系统的梳理、横向的整体观照，更遑论以某个或某些视点对其进行纵深的文化研究了。综上所述，本书的研究具有一定程度的原创性，具有广阔的可阐发空间。

第一章

现代化与中国职业、职场新变

要讨论中国职业问题的当下性，就必须将其与中国现代化进程结合起来考察，因为后者是前者的背景、变因和动力，同时也使中国的职业问题具备了现代性。现代化导致中国社会转型，社会结构尤其是职业结构也发生嬗变，职业白领阶层的形成成为引人注目的社会现实。在"职业白领"这一新兴阶层中，女性的数量与力量持续增长，依照"性别决策主流化"的趋势，将性别视野与观点纳入对职业问题的研究具有重要意义。

第一节　现代化进程与白领阶层的形成

一　现代、现代性与现代化辨析

从词源考古学来看，"现代"（拉丁语 modernus）一词始于公元五世纪，当时有两种含义：一是指时间上不同于先前的"现在"；一是指文化上不同于先前的"现在"。后一种用法具有断裂、更新的意义，接近于今天人们表述的"现代"。"现代"并非一个相对于"前代"的单纯的时间概念，而是"持续进步的、合目的性的、不可逆转的发展的时间观念"①。"现代"一词内蕴着"现代化"与"现代性"的意味。

---

① 陈晓明：《现代性与文学研究的新视野》，《文学评论》2002 年第 6 期，第 99 页。

现代性是当代思想界的热点问题，它关涉到现代社会的各个层面。现代性也是一个歧义丛生的概念，波德莱尔说："现代性就是过渡、短暂、偶然，就是艺术的一半，另一半是永恒与不变。"① 吉登斯则将现代性界定为："现代性指社会生活或组织模式，大约 17 世纪出现在欧洲，并且在后来的岁月里，程度不同地在世界范围内产生着影响。"② 福柯叩问现代性："我自问，人们能否把现代性看作一种态度而不是历史的一个时期。我说的态度是指对于现时性的一种关系方式：一些人所作的自愿选择，一种思考和感觉方式，一种行动、行为的方式。它既标志着属性也表现为一种使命。当然，它也有一点象希腊人叫做 ethos（气质）的东西。"③ 卡林内斯库指出："现代性广义地意味着成为现代（bing modern），也就是适应现时及其无可置疑的'新颖性'（newness）。"④

尽管对现代性的界说纷纭，但仍可以从中找出共性，首先，现代性不是单一的规划，而是一项系统工程。如哈贝马斯指出的那样，"是一种遵循其内在的逻辑坚持发展客观的科学的科学、普遍的道德和法律与自主的艺术的努力。同时，这个规划旨在把每个领域的认知潜能解放出来，使之从令人费解的宗教形式中摆脱出来。启蒙哲学家想要利用这些专门化的文化积累以丰富日常生活，也就是说，为了社会日常生活的理性组织"⑤。其次，现代性体现出鲜明的精神偏好，类似于"现代精神"，展示为一种思想诉求。其概念后缀"性"也表明它具有向"本性""性质"等观念靠拢的趋向。"启蒙主义确立的理性和主体性原则，成为现代性的核心"⑥。

---

① 郭宏安：《波德莱尔美学文选》，人民文学出版社 1987 年版，第 485 页。

② ［英］安东尼·吉登斯：《现代性的后果》，田禾译，译林出版社 2000 年版，第 1 页。

③ 杜小真：《福柯集》，上海远东出版社 1998 年版，第 533—534 页。

④ ［美］马泰·卡林内斯库著，周宪、许钧主编：《现代性的五副面孔》，商务印书馆 2003 年版，第 337 页。

⑤ ［德］哈贝马斯：《现代性对后现代性》，见周宪主编《文化现代性精粹读本》，中国人民大学出版社 2006 年版，第 143 页。

⑥ 转引自黄修己《中国新文学史编纂史》，北京大学出版社 2007 年版，第 297 页。

　　现代性话语自西方而兴，进而成为一种世界性的社会变迁，"西方化"注定是现代性的重要过程；与此同时，"本土化"也注定是现代性的必然进程，"本土性就是现代性的地方现实性"①。卡林内斯库指出："如果现代性确实是创造性的，那它只能是多元的、局部的和非模仿性的。"② 从外部来看，现代性蕴含着西方化与本土化的矛盾与差异；从内部来看，现代性也蕴含着分裂和张力。具体体现为学术界基本达成共识的"两种现代性"说。卡林内斯库在其著作《现代性的五副面孔》中表述道："作为一个文化或美学概念的现代性，似乎总是与作为社会范畴的现代性处于对立之中，这也就是许多西方思想家所指出的现代性的矛盾及其危机。"③ 他指出有两种现代性：一种是作为文明史阶段的现代性，它是科技进步、工业革命及经济社会变化的产物，被称为启蒙现代性或世俗现代性，"进步的学说，相信科学技术造福人类的可能性，对时间的关切（可测度的时间，一种可以买卖从而像任何其他商品一样具有可计算价格的时间），对理性的崇拜，在人文主义框架中得到界定的自由理想，还有实用主义和崇拜行动与成功的定向——所有这些都以各种不同程度联系着迈向现代的斗争，并在中产阶级建立的胜利文明中作为核心价值观念保有活力、得到弘扬"④。一种是作为美学概念的现代性，被称为审美现代性，"相反，将导致先锋派产生的现代性，自其浪漫派的开端即倾向于激进的反资产阶级态度。它厌恶中产阶级的价值标准，并通过极其多样的手段来表达这种厌恶，从反叛、无政府、天启主义直到自我流放。因此，较之它的那些积极抱负（它们往往各不相同），更能表明文化现代性的是它对资产阶级现代性的公开拒斥，以及它强烈的否定

----

① 张未民：《中国"新现代性"与新世纪文学的兴起》，《文艺争鸣（理论综合版）》2008 年第 2 期，第 9 页。

② ［美］马泰·卡林内斯库著，周宪、许钧主编：《现代性的五副面孔》，商务印书馆 2003 年版，第 360 页。

③ 同上书，第 3 页。

④ 同上书，第 9 页。

激情"①。除了马泰·卡林内斯库，福柯、哈贝马斯、鲍曼等大师对
"两种现代性"理论也常有论述。

同现代性的思想性相比，现代化通常被理解为达成现代性的过
程。它主要被运用在工业、农业、政治、经济等较"形而下"的领
域。艾森斯塔德如此界定"现代化"："现代化是社会、经济、政治
体制向现代类型变迁的过程。它从 17 世纪至 19 世纪形成于西欧和北
美，而后扩及其他欧洲国家，并在 19 世纪和 20 世纪传入南美、亚洲
和非洲大陆。"② 在 20 世纪 60 年代，布莱克也指出："从上一代人开
始，'现代性'逐渐被广泛应用于表述那些在技术、政治、经济和社
会发展诸方面处于最先进水平国家所共有的特征。'现代化'则是指
社会获得上述特征的过程。"③ 中国学者刘小枫从不同的结构层面来
理解"现代化"与"现代性"，其在著作中论述道："从现代现象的
结构层面看，现代事件发生于上述三个相互关联、又有所区别的结构
性位置。我用三个不同的术语来指称它们：现代化题域——政治经济
制度的转型；现代主义题域——知识和感受之理念体系的变调和重
构；现代性题域——个体—群体心性结构及其文化制度之质态和形态
的变化。"④

二 中国的现代化与社会职业结构嬗变

中国自鸦片战争后就被迫由传统农业社会朝现代工业社会转型，
其间历经了"中学为体，西学为用"的洋务运动，改良主义式的戊
戌变法以及为应对民族危机的"清末新政"，这些诞生于 19 世纪末
20 世纪初中国社会的现代性方案或夭折或半途而废。19 世纪末革命

---

① ［美］马泰·卡林内斯库著，周宪、许钧主编：《现代性的五副面孔》，商务印书
馆 2003 年版，第 9 页。

② ［以］S. N. 艾森斯塔德：《现代化：抗拒与变迁》，张旅平等译，中国人民大学出
版社 1988 年版，第 1 页。

③ ［美］C. E. 布莱克：《现代化的动力》，段小光译，浙江人民出版社 1989 年版，
第 48 页。

④ 刘小枫：《现代性社会理论绪论》，上海三联书店 1998 年版，第 3 页。

派开始实施资产阶级民主革命,以"中华民国"的建立标志着现代性目标的部分实现,然而接踵而至的大革命失败又暴露了民主革命现代性方案的缺陷。新中国成立后,共产党在分析国情和总结历史的基础上,设计了总体化社会运动的现代性方案。总体化运动在"文革"中达到极致,显示了总体化运动的弊端,为之后中国设计新的社会方案提供了深刻的经验和教训。

1978年12月底中国共产党十一届三中全会做出改革开放的决定,这标志中国的发展进入新的历史时期,也标志着中国现代化发展道路的重新启动。

在1987年召开的中国共产党第十三次代表大会上,邓小平同志关于中国现代化建设三步走的构想被系统化为三步走的战略部署:"第一步,实现国民生产总值比1980年翻一番,解决人民的温饱问题。第二步,到本世纪末,使国民生产总值再增长一倍,人民生活达到小康水平。第三步,到下个世纪中叶,人均国民生产总值达到中等发达国家水平,人民生活比较富裕,基本实现现代化。"至2000年,中国国民收入比1980年增加5.5倍,2002年党的十六大宣告胜利实现"三步走"战略的第一、第二步目标,人民生活总体达到小康水平。这次会议还提出了全面建设小康社会的总目标,并从经济、政治、文化建设诸方面具体化,包括:"到2020年,在优化结构和提高效益的基础上,力争使国内生产总值比2000年翻两番,基本实现工业化;工农差别、城乡差别和地区差别扩大的趋势逐步扭转,人民过上更加富足的生活;形成比较完善的现代国民教育体系、科技和文化创新体系、全民健身和医疗卫生体系;可持续发展能力不断增强,生态环境得到改善"① 等。

改革开放以来,中国经济增长呈现三次大飞跃:20世纪80年代侧重于结构调整,农业和乡镇工业发展迅速;90年代转向外资带动

---

① 卢中原、侯永志:《中国2020:发展目标和政策取向》,《管理世界》2008年第5期。

下的制造业发展，出口对国民生产总值贡献超过 10%，工业产值则高达 55%，经济平稳增长至 21 世纪；2003 年后城市化成为发展的主要力量，在城市化与工业化的牵动下，经济呈加速度增长态势。中国经济 30 年来高速增长的主要原因是制度变革，即由计划经济体制转变为社会主义市场经济体制，这一举措使得中国经济由改革前的濒临崩溃发展至目前各项指标突出：中国 GDP 总量由 1978 年的 3645 亿元增加到 2009 年的 335353 亿元，由世界排名第十五跃居世界第三（从 2003 年到 2006 年，中国经济已经连续 4 年保持 10% 以上的快速增长。2009 年国内生产总值按可比价格计算，比上年增长 8.7%，其中第四季度 GDP 增幅重新回到两位数，达 10.7%）；中国人均 GDP 由 1978 年的 381 元增加到 2009 年的 3736 美元（合人民币约 25405 元），由世界排名倒数第二转变为居世界第八十五名左右；2009 年，中国对全球经济增长的贡献率已超过 50%，成为拉动世界经济增长的最大"发动机"。这些数据表明中国已从传统农业国家迈入现代工业国家。

伴随着经济体制的改革和经济现代化，中国社会的政治、文化、日常生活层面也发生了相应的转变，"以经济建设为中心的社会现代化转型，导致了一个大规模的持续发展的以经济建设为中心的世俗生活重建，从而也进一步导致了以经济建设为中心的价值生活重建"①。这意味着整个社会正进行全方位的现代化转型。

中国目前所进行的现代化转型具有自我特色：市场化、工业化、城市化齐头并进，近代发达国家依次经历的三次重大社会转型，中国都在经历着。三十年持续转型变迁，使得社会存在的骨架——社会结构也发生了巨变。

社会结构包括多个维度，广义而言，有政治、经济、文化、社会四个子系统间的结构性关系；狭义而言，主要有所有制结构、区域结

---

① 张未民：《中国"新现代性"与新世纪文学的兴起》，《文艺争鸣（理论综合版）》2008 年第 2 期，第 7 页。

构、城乡结构、社会组织结构、阶级结构、职业结构等。"以就业结构、职业结构和组织结构为主干的经济社会活动结构，以所有制结构、阶级阶层结构和分配结构为主干的社会利益关系结构，以及以城乡结构和区域结构为主要表现形式的社会空间结构，共同组成重要的结构系统。改革开放以来，中国的所有这些结构都发生了显著变化，并且这种变化是一个现代化的过程。"① 其中职业结构是社会整合的基础，因为它可以黏合甚至部分重合其他结构要素。例如个人的职业身份往往反映了其社会空间状况以及在社会所有制、社会组织中的地位，也成为划分阶级成分的依据和标准。

职业结构与城市化水平、就业结构密切相关，与它们呈连锁反应。从城市化来看，"城市化从一般意义上说，是指随着工业化的发展和科学技术的革命，乡村分散的人口、劳动力以及非农业经济活动不断地进行地域空间上的聚集而逐渐地转化为城市的经济、社会要素"② 城市化使得现代意义的技术型工人增多并向上层流动，而以商业为中心的大城市的兴起和受现代科技影响的新兴行业的出现，使第三产业规模扩大且规范化，其层次也越来越高。

就业结构指劳动力就业的产业分布状态。据有关数据统计（查2009 年中国统计年鉴），1978 年至 2006 年，我国第一、第二、第三产业的就业结构由 70.5 : 17.3 : 12.2 转变为 42.6 : 25.2 : 32.2。根据1982 年第三次中国人口普查和 2005 年中国 1% 人口的抽样调查，我国体力、半体力类职业比重下降了 24.4 个百分点，非体力类职业比重则上升了 18.8 个百分点。

今后随着农业日趋工业化，农业劳动力人口将进一步下降，流入第二、第三产业部门，同生产力的发展相适应，第三产业的劳动力将持续增加，"经济的增长推动了金融、保险、科技文化教育等服务业

---

① 陈光金：《结构、制度、行动的三维整合与当前中国社会和谐问题刍议》，《江苏社会科学》2008 年第 3 期，第 115 页。

② 段若鹏：《中国现代化进程中的阶层结构变动研究》，人民出版社 2002 年版，第 197 页。

在内的第三产业的扩大"①。

伴随着市场、工业、城市化及就业结构的转变，中国的社会职业结构相应地发生了嬗变：整个职业构成中，较高层职业类型所占比重逐步攀升，较低层职业类型所占比重渐次下滑。第一、第二产业的职业以消亡、变动、重组为主，第三产业中的交通运输、电信、金融保险、租赁广告、信息咨询、教育培训、文化艺术等职业发展迅猛。中国职业结构发展的趋势是走向"职业结构高级化"，这也是现代化过程中的必然趋势。

中国社会职业结构的嬗变使得中国社会分层理论研究渐成热点。因为不同职业角色占有不同的社会资源与机遇，拥有差距日益拉大的综合权益，进而形成差别化的社会经济地位，导致社会经济地位的分化，从而使社会阶级阶层结构发生改变。中国社会科学院"当代中国社会结构变迁研究"课题的研究成果将中国社会划分成十大社会阶层：国家与社会管理者阶层、经理人员阶层、私营企业主阶层、专业技术人员阶层、办事人员阶层、个体工商户阶层、商业服务业员工阶层、产业工人阶层、农业劳动者阶层、城乡失业和半失业者阶层。并且对这十大社会阶层作了五大社会等级（上层、中上层、中中层、中下层、社会底层）的区分。② 很显然，这种社会阶层的划分很大程度上是以职业构成、职业种类为基础与重要标准的。

三　中国社会分层·中产阶级·白领阶层

改革开放之前的中国社会基本由三大阶级一个阶层构成：农民、工人、干部阶级和属于工人阶级一部分的知识分子阶层。工人阶级为国家的领导阶级，在整个社会结构中处于中心，享有很高的经济待遇和社会地位。"同时，由于国家对企事业单位的人员配置实行计划管

---

① 郭威：《当代中国社会结构转型与回应型法治秩序》，《山东科技大学学报》（社会科学版）2007 年第 4 期，第 22 页。

② 陆学艺：《当代中国社会阶层研究报告》，社会科学文献出版社 2002 年版，第 7—23 页。

理和行政审批，强大的公共权力限制了社会资源作用的范围和程度，工人阶级内部各群体是相同的利益主体，有相近或相似的经济利益、政治地位、文化价值观念和行为规范，具有较高程度的封闭性或凝固性，没有分化和整合的空间，各群体的流动和分化难以实行。"①

改革开放之后，"中国经历着从传统社会向现代社会、农业社会向工业社会转型的过程，经历着从计划经济体制向社会主义市场经济体制转轨的过程，这些转变最直接地体现在中国社会阶层结构的现代化变迁上"②。前文提及中国社会科学院"当代中国社会结构变迁研究"课题的研究成果将中国社会划分成十大社会阶层，原来工人阶级的三个构成阶层：工人、知识分子、管理者，已分别融入其中。

在关于中国社会分层的理论研究中，对"中产阶级"的研究成为热点，许多学者热衷于讨论中国是否出现了现代化意义上的"中产阶级"，随着"中产阶级"的壮大，中国是否正迈入西方现代化国家已然的"橄榄型"社会（"橄榄型"社会指社会分层中的"中产阶级"在整个分层中的比重最大，"中产阶级"人口数量在整个社会人口数量中最多，20世纪70年代，西方发达国家相继进入"橄榄型"社会）。

社会学意义的中产阶级率先在西欧、北美等发达国家随资本主义经济的发展而产生，是现代化中社会分化、社会结构变化的普遍结果。中产阶级（middle class）一词来源于英语，一般情况下指具备一定生活标准与生活方式的人，并能被人们认同的新参照群体。③ 在中国大陆，与"中产阶级"含义相似的理论术语有"中等阶层""中产阶层""中间阶层""中等收入群体"等，而在日常生活中，人们往往用"小资""白领""布波族"等概念表述。

---

① 黄旭东：《当代中国工人阶级结构变化与和谐社会构建》，《贵州社会科学》2007年第12期，第105—111页。

② 陆学艺：《当代中国社会阶层研究报告》，社会科学文献出版社2002年版，第86页。

③ Hsin-Huang Michael Hsiao, *Discovery of the Middle Classes in East Asia. The Institute of Ethnology*. Academia Sinica, Nankang, Taipei, Taiwan, 1993, pp. 7 – 8.

　　无论是西方还是中国，都有新老中产阶级一说：在西方，老中产阶级指前工业化社会中的中产阶级，新中产阶级指工业化社会中的中产阶级；在中国，则以改革开放作为分界线，传统意义的中产阶级指普通干部、知识分子和国营企业员工，新中产阶级指改革开放后涌现的年龄在25—35岁左右，学历较高，就职于三资企业或者新兴行业（也包括垄断国企的正式员工和公务员），具有高消费倾向的人群。

　　但"中产阶级"毕竟是一个有文化背景依托的变量，不同的社会环境与社会文化塑造了各个国家各具特色的中产阶级。正如汤普森所指出的那样，"如果我们将历史固定在一个特定的点上，那就不会存在阶级，存在的只是具有无数经验的无数个体。但是，如果在足够的社会变迁中观察这些人，我们就会观察到他们的关系、他们的思想和他们的制度模式。阶级是由亲身经历过自身历史的人所定义的。"①中国的中产阶级发育滞后，原因一方面在于中国城市化水平明显滞后于工业化水平（工业化水平已达88%，而城市化水平仅44%），致使"市民群体"的中产阶级发育不成熟；另一方面在于中国内地将中产阶级视为"小资产阶级"的社会意识形态与思维惯性，使得中产阶级缺少现实地位和话语表达上的合法性，即虽然有不少人对"小资产阶级"生活神往，但这一术语或多或少带有贬义，正如"小资情调"一样，既令人艳羡，又有孤芳自赏、忸怩作态的嫌疑。这与西方国家甚至中国香港，人们从一开始就对中产阶级积极认同（体现在思想与语言上）的社会情绪与社会语境截然不同。因此在西方社会对于"中产阶级"这一词汇的使用非常自然，而在中国却显得十分尴尬，事实上也并没有形成一个庞大的堪称"中产阶级"的社会人群。据调查，2001年底中国的中产阶层达8000多万人，初显"橄榄型"社会雏形。②有专家预言，中国经济若按每年1%的增长速度，2020年中国中产阶级的规模可达40%左右，中国将逐渐步入

————————

① ［英］汤普森：《英国工人阶级的形成·序》，译林出版社2001年版，第1—2页。
② 陆学艺：《当代中国社会阶层研究报告》，社会科学文献出版社2002年版，第254—256页。

"橄榄型"社会。① 但在 20 世纪末开始的住房、医疗卫生、教育制度改革以及就业问题，使得社会发展的压力在很大程度上被转嫁到了工薪阶层（中产阶层形成的基础）身上，许多城市市民不是朝上，而是往下层流动，以至于又有学者预言，中国未来会形成两头大、中间小的 M 型社会，即形成社会贫富两极分化，中间阶层被挤压、压缩的社会分层结构。也有报告称中国目前是地地道道的"图钉型"社会——中低收入者占就业总人口的 85% 以上。很显然，受制于中国的具体国情，"中产阶级"的概念不可能在学界和大众中普及，目前使用最多、最易被广泛接受，在含义上与"中产阶层"相近的概念是"白领阶层"。

早有人将中国城市职业人群分为金领、白领、蓝领②，近年来又增添了粉领、灰领一说。③ 在职场"五领"当中，最没有争议的是对"白领"与"蓝领"的界定和认定。一般而言，中国的白领阶层有如下特征：

其一，白领阶层的职业构成以脑力劳动职业为主，并形成一个"倚靠工资谋生"的雇用劳动者集团。其二，白领阶层的经济、政治地位显著优于蓝领阶层，他们程度不同地拥有对劳动过程的自主权。其三，白领阶层的性格与生活方式由两种基本信仰决定：信奉实力政治、个人主义，赞同职业机会由才能和竞争决定；信奉享乐主义，尤其在物质消费上自我放任。

在现实生活中，人们通常也是以综合职业、收入、受教育情况、生活方式这四大指标来界定白领阶层的。

关于中产阶层或白领阶层的社会功能，在西方社会有三大理论：一是"稳定器"理论。主张该理论的代表学者有亚里士多德、西美

---

① 中国社会科学院报告：《经济影响日升，中产阶级占总人口两成，2020 年达 40%》，http://www.blogchina.com/new/display/27278.html。

② 侯东：《谁在领跑——中国各色职业阶层的现状与未来·前言》，西苑出版社 2003 年版，第 1—2 页。

③ 梁胜：《中国职场"五领"全调查》，《引鉴与创新》2005 年第 8 期，第 55—56 页。

尔、丹尼尔·贝尔等人。亚里士多德曾强调，"惟有以中产阶级为基础才能组成最好的政体。中产阶级比任何其他阶级都较为稳定"①。西美尔论述道："中间等级起作缓冲地带或者防震垫的作用，缓冲地带和防震垫不知不觉地接受、缓和和分散在事态迅速发展时不可避免地引起对整体的结构的种种震荡。"② 丹尼尔·贝尔指出中产阶级的壮大，使得西方在意识形态领域已达成共识，即"对福利国家的接受，对分权的期望，对混合经济体制和政治多元化体制的肯定。从这个角度讲，意识形态的年代已经终结"③。二是"颠覆器"理论。这一理论可以说同"中产阶级"相伴而生，其代表学者有托克维尔、亨廷顿等人。托克维尔对法国的中产阶级所起的颠覆器功能进行过阐述，认为他们在推翻法国旧制度中起到了革命的反叛阶级作用。亨廷顿也认为，"在大多数处于现代化进程的社会中，真正的革命阶级当然是中产阶级。这是城市中反政府的主要力量之源泉"④。还有一种"异化器"理论。它源于中产阶级在 1871 年至 1912 年的法国选举中赞同极端主义。随着中产阶级在西方社会的壮大，西方学者在推崇其"稳定器"功能时，也察觉到在新中产阶级中不断泛滥的政治冷漠现象。主张"异化器"理论的学者以李普塞特、米尔斯等人为代表。李普塞特指出，"法西斯主义基本上是一种既反对资本主义又反对社会主义，既反对大企业又反对大工会的中产阶级运动"⑤。米尔斯也一针见血地指出，"今天美国社会结构的有代表性的心理特征之一，就是系统地形成了并维系着对社会和自我的异化"⑥。由以上三种理

---

① 亚里士多德：《政治学》，商务印书馆 1996 年版，第 206 页。

② ［德］盖奥尔格·西美尔：《社会学——关于社会化形式的研究》，林荣远译，华夏出版社 2004 年版，第 133 页。

③ Daniel Bell, *The end of ideology*, Harvard University press, 1988, p. 403.

④ ［美］塞缪尔·P. 亨廷顿：《变化社会中的政治秩序》，王冠华、刘为等译，三联书店 1989 年版，第 263 页。

⑤ Seymour Martin Lipset, *Political Man: The Social Bases of Politics*, Anchor books, 1963, p. 131.

⑥ ［美］C. 莱特·米尔斯：《白领：美国的中产阶级》，南京大学出版社 2006 年版，第 229 页。

论可知，中产阶级的社会功能是多元的，在不同时代、不同国家、不同社会背景下不尽相同。我国的学者大多倾向于认同中产阶级社会功能中的"稳定器"理论。例如孙立平在其文章中论述道："中产阶层在政治上被看作是社会稳定的基础，在经济上被看作是促进消费和内需的重要群体，在文化上被看作是承载现代文化的主体，这在国内外学术界已经成为一种基本共识。"① 郭威也表示赞同，"中间阶层占据社会主体，是现代社会走向稳定的重要结构性因素。中间阶层是介于社会高层与底层之间的缓冲层，当中间阶层成为社会主体时，中间阶层往往对社会的主导价值观有较强的认同感，对于高层与底层的紧张对立起着重要的缓冲作用，整个社会处于一种稳定发展的状态，也可以说进入了良性循环，因此，形成广大的中间阶层是社会稳定的根本途径"②。

据李培林、张翼（他们以收入水平、职业类别、教育资本作为测量指标来划定"中产阶级"，这三个指标都符合的为"核心中产阶级"，符合两个指标的为"半核心中产阶级"，只有一个指标符合的为"边缘中产阶级"）以中国社会科学院提供的数据（CGSS2006）对2006年我国中产阶级比重的测算："核心中产阶级"占全部调查对象的3.2%，"半核心中产阶级"占全部调查对象的8.9%，"边缘中产阶级"占全部调查对象的13.7%。③ 显然，属于"核心中产阶级"的白领阶层的比重非常低。

就中国的国情和未来的发展而言，应该大力扩大中间阶层——白领阶层的规模，一个真正稳定、现代化的国家必然以中间阶层为主体。"在社会中间层规模大的社会里，社会资源的配置一般都比较合理，经济分配差距比较小，大多数社会成员能在经济发展过程中获得

---

① 孙立平：《中产阶层与社会和谐》，引自 http：//www. eeo. com. cn/politics/eeo-special/2007/05/07/60355. html。

② 郭威：《当代中国社会结构转型与回应型法治秩序》，《山东科技大学学报》（社会科学版）2007年第4期，第23页。

③ 李培林、张翼：《中国中产阶级的规模、认同和社会态度》，《社会》2008年第7期，第3页。

比较丰足的经济收入和公平的发展机会，生活比较安定，社会成员在现代化过程中普遍受益。"① 党的十六大报告也明确提出"以共同富裕为目标，扩大中等收入者比重"。

但综合前文提及的中产阶级社会功能的三种理论，我们应该认识到：在积极转变经济发展方式，调整产业、行业和职业结构，培育及促进白领阶层壮大的同时，也必须注重建构白领阶层的文化形态，促使白领阶层在发展的过程中形成良好、健康的价值观和行为方式。白领阶层的价值观最终会演绎成社会的主导价值观，白领阶层正确的意识形态决定其能否有效实现社会"稳定器"功能，同时避免成为社会的"颠覆器"和"异化器"。

第二节 职场现代性与职场性别

一 中国白领职场的现代性表现

如果将现代性理解为现代化过程中产生的一种思想诉求，理解为"个体—群体心性结构及其文化制度之质态和形态的变化"②，那么中国白领职场的现代性表征折射在如下几方面：

第一，就业方式由传统的"统包统分"转向"自主择业"引发白领阶层"与时俱进"的职业经营意识。

在计划经济体制下，"从一而终"是中国人的职业生存常态，人们基本上没有职业生涯的忧患意识。而随着中国经济由传统农业向工业、服务业转型，由计划向市场转型，原有的"铁饭碗"被打破，"择业""下岗""失业""自主创业"等词汇成了时代的关键词。中国人力资源数量大，就业压力大，在劳动力市场上，包括大学毕业生在内的很多人无法找到工作。目前大学生中的"毕业即失业"现象已成了全社会关注的热点问题。"据教育部公布的数据，中国 2009 届

---

① 苏海南、常风林：《构建"橄榄型"分配格局》，《时事报告》（大学生版）2010—2011 学年度第 1 期，第 14 页。

② 刘小枫：《现代性社会理论绪论》，上海三联书店 1998 年版，第 3 页。

大学毕业生（本科、高职高专）总数约为 574.3 万，按本研究的抽样比例值推算，2009 届大学毕业生毕业半年后的就业人数约为 467 万人，毕业后立刻在国内外读研究生的人数为 27.8 万，专升本的人数为 7.5 万；在毕业半年后处于无业的 72.4 万大学毕业生中（包括有了工作又失去的），有 54.2 万人还在继续寻找工作，有 5.5 万人无业但正在复习考研和准备留学，另有 12.7 万无工作无学业又没有求职和求学行为者。"①

　　大学生就业难或者失业的根本原因在于体制转型。我国过去是计划经济体制，计划经济衍生的计划教育与培训体制对外界环境变动的适应能力极差。因此，尽管现代化导致产业结构快速变化，相应地对劳动者的知识、才能提出了新要求，但体制阻碍了供给调整的速度，使得新增劳动力资源（包括大学毕业生）的素质、能力依然远不能满足社会发展的需要。麦肯锡有份研究报告显示：中国每年培养出大约 160 万名工程师，比美国多 8 倍，但在这些工程师当中，仅 16 万名具备从事跨国公司工作所必需的实用及语言技能。

　　正因为学校教育常常与社会实际脱节，所以许多大学生，尤其是行将毕业的大学生急于给自己"充电"，以适应未来职场的需要。许多白领阶层也在不断学习，不断进行知识技能的更新，力求与时代合拍，保证自己在激烈的职场竞争中不被淘汰出局。目前白领被炒鱿鱼的现象也屡见不鲜。总之就业方式的现代化转变唤醒了人们尤其是年轻人对职业目标强烈的自我意识及自我责任感。

　　第二，职业地位获得途径的变化激发白领阶层开拓进取的创业热情和追求"成功"的梦想。

　　在市场竞争意识占主导的现代职场中，个人职业地位的获得主要由个体的知识、才能、态度、观点等自身因素决定，而不再依赖于社会背景、家庭出身等外因。许多职场白领坚信凭借自身的勤奋、努力

---

① 麦可思研究院编著，王伯庆主审：《2010 年中国大学生就业报告》，社会科学文献出版社 2010 年版，第 20 页。

就一定能获得职业升迁的机会，继而获得财富、名利及向上层社会流动的机会。

西方社会在工业化时期的数个世纪以来，一直在"进步"大神话（或者说关于"进步"的宏大叙事）的笼罩下，这种神话由成功、发展、征服的价值观主导。现代科技的迅猛发展使许多科学幻想成为现实更加推动了进步大神话。人们深信理性思考和科学研究能识别究竟哪一种经济体制、政府形式和美学艺术品能引导人类走出迷茫，通向理想未来。① 对个人而言，只要遵循社会认定的秩序与规则，付出不懈努力，就一定能获得成功。这是由社会进步大神话衍生出的个体的进步神话。如今，西方发达国家相继进入后工业社会，工业化时期的种种弊端也逐一暴露，人们开始质疑进步大神话。

但在中国，由于正欢欣鼓舞地行走在现代化的路途上，无论是社会的进步大神话还是个体的进步神话都深入人心。对于拥有良好教育背景、拥有较高水平科技知识的白领阶层而言，他们通常对自身的职业前景抱有乐观的甚至是狂热的态度，认为只要积极努力，就一定能达成既定目标。为了实现"成功"的目标，有时甚至可以不择手段，而整个社会的价值体系也是以成败论英雄的，于是我们能看到大部分白领们异常忙碌，经常加班加点，身体与心灵常处于透支状态，甚至"过劳死"。这种在白领阶层中占主导地位的"进步"的价值观实际上是一种单一、线性的向上发展的价值观，如果完全由这种价值观控制，那么在达成单一目标的同时也丧失了达成生命中其他目标的可能性，从而丧失生命的多元与丰富性。

当然，与西方类似，"进步"神话对人的压抑与异化同样会引起一部分白领的质疑与挑战，尤其是职场新人和女性白领，他们和她们开始重新诠释职业成功的标准：财富与地位的获得并不最重要，关键是工作的乐趣和职业心理成就。即以"心灵"的满足取代"物"或

---

① Stanley Krippner, Ann Mortifee and David Feinstein："New Myths for the New Millennium"，《思维模式》，黄雄主编，武汉大学出版社 2007 年版，第 156 页。

符号的满足。

第三，白领阶层文化及白领阶层职场亚文化的消费性、实用性、娱乐性凸显了其大众文化性质。

一种文化的产生与蔓延有其社会根源，而大众文化产生、发展的现实基础即消费社会的来临。关于消费社会，波德里亚论述道："消费社会也是进行消费培训、进行面向消费社会驯化的社会——是与新型生产力的出现以及一种生产力高度发达的经济体系的垄断性调整相适应的一种新的特定的社会化模式。"① 可见，消费社会是伴随现代化而来的，与消费社会对应的必然是以大众文化为主导的各种类型消费文化的滥觞。从这个意义而言，可以将大众文化视为现代性在文化形态上的表现。当然，现代性在文化形态上的另一种表现是反思现代化、反抗大众文化的审美现代性。以反思为特质的审美现代性在西方社会发育得较为充分。而在中国由于现代化进程尚未完成，审美现代性也处于酝酿、萌芽状态。在文化形态上更多地体现出文化对现代化的呼应与相互推动，大众文化便典型地反映了这一特质。现代化过程中的城市化、都市化催生了大众文化，而以消费为特征的大众文化又刺激了城市经济的发展和繁荣。

值得一提的是，西方的"大众"与中国的"大众"区别很大。对于西方发达国家而言，中产阶级占社会人群的绝大多数，中产阶级即"大众"。例如美国，早在20世纪60年代，其白领人数就超过蓝领人数，展现出整个社会的白领化、中产化倾向。大众文化即中产阶级文化。而在中国，"大众"曾被专指革命话语中当家做主的人民大众、革命群众，现在被用来指称草根阶层或者普通人。于是"大众文化"的说法在中国的语境中便产生了歧义（"大众文化"这一术语本身就是舶来品）。因为中国的大众文化并不大众，它并不是真正属于绝大多数人的文化，而是特定消费群体的文化，这一特定消费群体

① ［法］让·波德里亚：《消费社会》，刘成富、全志刚译，南京大学出版社2001年版，第73页。

主要由白领阶层组成，普通民众充其量只能算追随者、艳羡者，底层民众基本上是被排斥在大众文化之外的。"大众文化必然把目光对准占社会主导地位的社会阶层，同时也是有文化消费能力的阶层，消费社会中的中等收入阶层正是他们需要主要服务的对象。"① 大众文化通过文学作品、影视戏剧、网络艺术品、广告、新闻发布会、明星代言等多样性的文化产品和文化策略来提供阶层化角色认同。可以说，大众文化既代言白领阶层的文化趣味，也在逐步建构白领阶层的文化趣味和文化身份。

娱乐性、时尚性、实用性是大众文化的典型特征。白领阶层身处激烈的职场竞争环境中，生活节奏繁忙、紧张，工作之余期待放松，需要娱乐性的文化产品来松弛自己的神经。同时，为了凸显阶层或个体身份，白领们需要以时尚元素为载体来表达关于自我的想象。时尚是个多元符号体系，既表现为流动的整体意识，又具有差异性、多元性。白领在服饰、饮食、运动、音乐、影视、文学作品等方面都彰显出独特趣味，以此来表征想象中的个性存在。"新中产阶级不是试图像他们的前人那样沿着价值的等级制度或刻度攀援而上；相反，他们的倾向和爱好却倾向于否定旧等级的重要性和相关性。在抛弃他们之上阶层的品味和生活方式时，新中产阶级意图建立一个全新的、对正统的或是高雅地位有要求的等级。这样他们就成为了对传统文化的挑战者，而非试图由社会阶梯而上的攀登者。"②

现代性与科学、理性，与市场经济时代的竞争秩序相连，它不可避免会带来"生存焦虑"，"生存焦虑"直接反映为职场焦虑，为了克服职场焦虑，职场白领必须常常为自己"充电"，因而实用性的文化产品受到欢迎。

白领阶层的文化形态属于大众文化，具有娱乐性、时尚性、实用

---

① 郑崇选：《大众文化的阶层区隔与消费逻辑》，《上海文化》2008 年第 3 期，第 35 页。

② ［芬］尤卡·格罗瑙：《趣味社会学》，向建华译，南京大学出版社 2002 年版，第 32 页。

性；与之相对应，白领阶层的职场亚文化也同样具有娱乐性、时尚性、实用性。这一点可以从近五年来异军突起的中国本土职场小说的特征中得到验证。

二 "社会性别主流化"与职场性别问题

联合国于 1985 年召开的第三次世界妇女大会通过《内罗毕前瞻性战略》，其中首次提出"社会性别主流化"（gender mainstreaming）一词；1995 年第四次世界妇女大会在《行动纲领》中又重申了"社会性别主流化"；1997 年联合国经济与社会理事会对"社会性别主流化"进行了定义："所谓社会性别主流化是指在各个领域和各个层面上评估所有计划的行动（包括立法、政策、项目方案）对妇女和男子所产生的影响。作为一种战略，它使对妇女和男子的关注和经验成为设计、实施、监督和评价政治、经济及社会领域所有政策和方案的有机组成部分，从而使妇女和男性能平等受益。社会性别主流化的最终目标是达到社会性别平等。"①

作为推动两性平等的全球性战略，"社会性别主流化"的内涵也随着时代所倡导的可持续发展而不断丰富与深化。主流化并非意味着将"妇女成分"简单地加入现存行动中，其要旨是：把男女双方之经验、才能和利益应用于社会经济发展过程，以此来改变不公正的社会体制结构，使之对男女皆平等。可见社会性别主流化本身并非目的，而是实现目的的一种工具。

既然"社会性别主流化"应当被贯彻到各个领域各个层面，那么在以职业、职场为对象进行探讨时，就必须凸显职场中与性别相关的问题。事实上，在职场中存在着诸多两性不平等的议题。比较典型的有职业性别区隔、职业性别歧视和职业发展的男性刻板模式。

职业性别区隔是指劳动力市场中存在着"男性"职业和"女性"

---

① 闫东玲：《浅论社会性别主流化与社会性别预算》，《妇女/性别理论与实践》（上册），全国妇联妇女研究所谭琳、姜秀花主编，社会科学文献出版社 2009 年版，第 44 页。

职业的现象，即男女在某种职业中的比例关系与其在全部劳动力中的比例关系不一致。如幼儿教育、护士、服务员、文员、前台、秘书等行业属于典型的"女性"职业，而高科技研发、律师、IT、金融、警察、高层管理等行业属于典型的"男性"职业。总体而言，"女性"职业有"三低"特征：层次低、收入低、社会声望低。

职业性别区隔的形成除了与男女两性的生理特征差异相关外，更多是由社会文化、社会心理、社会体制造成的。中国传统文化中有许多关于劳动性别分工的意识形态。如儒家经典对"妇"的理解，"妇，服也，从妇持帚，洒扫也"①，就体现了"男主外，女主内"的劳动性别分工模式。传统的劳动性别分工意识形态在数千年的文化传承中逐渐被人们内化，形成集体性的关于劳动性别分工的传统社会心理，即认为男性与女性天然地具有不同的职业与职业等级适宜范畴。尽管随着时代的发展，许多陈腐的观点已被抛弃，人们对传统观念下的刻板的劳动性别角色有了质疑，但习俗、偏见的力量依然强大。

而社会体制，尤其是社会的教育体制在某种程度上也复制、强化了传统的性别劳动分工观念。

目前我国高校女生的比例连年增加，2006年底，在校女大学生比例占在校大学生总人数的48.1%，预计现在已达到49%以上。这幅图景令人欣慰，似乎男女在高等教育领域实现了性别平等。然而稍加观察，就能发现：女生虽然获得了与男生大致相等的入学机会，但她们大多被集中在所谓"适合"她们的学科专业中，这就在高等教育中形成了男生"理工"、女生"文科"的专业性别隔离。而专业性别隔离最终将导致未来的职业性别隔离。

之所以形成学科专业性别隔离，根本原因在于我国当下的教育模式依然是依据男性的生理、心理特征和思维模式进行设计的。"从专业隔离、学生自我管理活动、教学资源配置、校园文化等方面的性

---

① 许慎：《说文解字》，中华书局1963年版，第66页。

别差异可以透视到性别等级制度的存在与刻板的传统角色定位。……
当女性主义以性别视角研究高等教育系统时，发现这种以强调'理
性'为基础建立起来的高等教育模式，其实是以男性为主导的父权
制意识形态在高等教育领域内的反映，它与女性的认知、体验和直觉
相去甚远。因此这种貌似规范性、客观性和中立性的'男性中心'
视角不可能成为完整的研究视角和立场。"[1] 有关调查表明，在现有
教育体系下，女生从历史文化和学科知识中更多得到的是否定自己的
依据[2]，这强化了她们"男主女从"的伦理观，深刻地影响着她们将
来的职业取向与定位。

职业性别歧视是指在求职与职业生涯展开过程中基于性别的任何
排斥与歧视，其后果是损害就业方面的机会与待遇平等。职业性别歧
视也可以发生在男性身上，但对于女性的歧视更为常见。2009 年北
京大学法学院妇女法律研究与服务中心发表了"中国职场性别歧视
状况研究报告"，该份报告显示：招聘中的性别歧视依然非常严重，
平均每 4 个女性求职者中就有 1 个因自身的性别而被用人单位拒之门
外。报告还显示，高学历求职女性的被拒率也呈升高趋势。如今大学
生求职难是一个社会问题，而女大学生求职更难成了社会焦点问题。
尽管"在高校中，女生不仅呈现量的激增，更有质的优势，女生的
学业成绩往往比男生更优秀，女生的学业优势实际上已经成为全球性
话题，欧美一些国家甚至为此提出'拯救男孩计划'"[3]。但在劳动力
市场上，与男毕业生相比较，女毕业生明显处于劣势，他们不得不面
对各种与性别相关的限制与歧视（歧视又分为显性与隐性两种，显
性歧视是将歧视行为以话语、文字等形式直接表露，隐性歧视是用一
些手段遮掩歧视行为，但实质仍是歧视），学业成绩优势与就业劣势

---

① 闫寒英：《女性主义视野中的高校女生德育》，《南华大学学报》2009 年第 6 期，
第 69 页。

② 国家统计局社会和科技统计司：《中国社会中的女人和男人——事实和数据
(2007)》。

③ 闫寒英：《女性主义视野中的高校女生德育》，《南华大学学报》2009 年第 6 期，
第 68 页。

的强烈反差严重挫伤了女大学生的自信心，"不仅导致了女大学生的心理落差，还意味着社会地位的重新定义，即'第二性'的永恒。隐性歧视比显性歧视更可怕，它让女大学生付出更多的时间成本和心理成本，它使女大学生求职过程更加漫长，挫败感也更强"①。

职业性别歧视不仅反映在求职经历中，也反映在职业生涯的发展过程中。"玻璃天花板"一词常被用来描述职业女性在职场升迁中遭遇的性别壁垒。意思是：虽然公司的高层职位对女性而言并非遥不可及，但却难以真正接近。美国"玻璃天花板委员会"官方网站如此定义"玻璃天花板"："人为的无形障碍，阻碍了人们在组织内部升迁和发挥全部潜能。"自 1986 年 5 月 24 日美国《华尔街日报》首次用"玻璃天花板"（glass ceiling）一词描述对职业女性的无形壁垒以来，"玻璃天花板"现象无论是在西方还是在中国都没有得到显著改观。

职业发展的男性刻板模式是指组织中认可的职业进步标准是依据男性职业模式而设定的。男性职业模式把职场视为竞技场，把职业看作是一系列的比赛，并且每一场中只有一位胜者能够进入更高的职业阶梯。在此模式中，拥有职业理想的个体被塑造成雄心勃勃的竞争者，个体通过工作，以一个预期的有序的方式向上发展，以薪水、晋升、名望等客观的方法去衡量职场成败。男性职业模式在理论与实践方面都是基于男性考虑的，是以男性工作的经验、目标和价值为前提的。显然，男性职业模式在社会与组织中占绝对统治地位。尽管现代社会女性就业人数与男性就业人数呈分庭抗礼之势，但并不存在适合女性的典型的工作模式，社会和组织依然要求"她们"去适应"他们"的职业模式。

男性职业模式给女性的职业发展道路设置了巨大的身心障碍。从女性生理特征与生命周期来看，女性会因为生育而暂时中断全职工

---

① 佟新、梁萌：《女大学生就业过程中的性别歧视研究》，《妇女/性别理论与实践》（下册），全国妇联妇女研究所谭琳、姜秀花主编，社会科学文献出版社 2009 年版，第 727—728 页。

作，也会耗费大量的精力在家务和儿女养育方面。工作与家庭的冲突是大多数职业女性共同的经历，她们常常被迫在事业发展与家庭稳定之间作出抉择。因而在职业线性发展的男性假设中许多职业女性居于劣势。从女性职业心理来看，由于女性的情绪、情感体验与男性不同，在心理倾向上，女性倾向于认同关怀与关系，而男性倾向于认同权利和威望。所以女性更希望在充满友爱、关怀、支持和鼓励的职场氛围中工作。并且女性衡量职业成功的方式通常是工作满意度、平衡感（平衡职业和其他有意义的关系，如职业与家庭的关系）、挑战感、成长发展感等主观方式，即女性更愿意体验横向的职业发展路径。女性这种与男性不同的职业心理，在男性职业模式占统治地位的社会与组织中常被视为缺少抱负、不够优秀。受主流社会意识形态影响，许多女性也认定自己在职业发展中不合格，认为有必要克服自身"柔嫩"的职业心理，代之以更理性、更具竞争性的职业心理，于是在职场上涌现出一批"雄强化"的"女强人"，这是女性通过男性范式观察、判断自我职场行为的结果，也是一定程度上自我扭曲的结果。由此，不难理解女性在职场上的困惑：顺应女性职业心理，意味着背离主流意识形态，在职业发展方面几乎难以取得社会认可的成功；而遵循男性职业心理，则意味着扭曲自我，甚而失去生命多样化的可能性。正如 Cox 所说："作为女性，我们常常很少认识到我们的不适感和不满足感来自于男性范式所做的行为定义。"①

职场中的性别问题不仅对女性的职业发展设置了障碍，也侵害了男性的利益，职场中的男性，无论是"成功"还是"不成功"都倍感压力，与女性类似，他们也失去了自我选择的自由和多方面发展的可能性。在职场中舍弃对女性经验与才能的融合，除了无法构建和谐的职场生态环境，还会导致社会人力资源的巨大浪费，从长远来看，不利于社会经济的发展与进步。

---

① Cox E. , *Leading Women*: *Tactics for Making the difference*, Random House Australia, Milsons point, NSW, 1996, p. 152.

必须看到，无论是职业性别区隔、职业性别歧视还是职业发展中的男性刻板模式，都与现代化息息相关。导致职业性别区隔产生的一个重要因素是教育体制，现代社会理性化、逻辑化、科层化、科技化的教育、教学体系正是现代化的产物；市场化与现代化相伴而生，在中国，市场经济取代了过去的计划经济，一方面为女性提供了更多的岗位与机遇，另一方面也使女性劳动力失去了往昔政府政策的"庇护"，与男性一样被席卷入激烈的市场竞争中，而市场的经济效益至上法则引起作为经济独立体的企业对女性的排斥，几乎可以说，市场化扩大了职业性别歧视的规模，加剧了职业性别歧视的程度；至于职业发展中以"征服"为特质的男性刻板模式，显然也是现代化"进步大神话"的产物。

现代性的弊端随着现代化的展开正在暴露，在其内部也相应地滋生了自我反思，即审美现代性、后现代性，反思的结果是：现代性并不如它曾自我标榜的那样，总是前进的、全面进步的。同样，对于职场中的现代性弊端，职业群体中也会涌现出反思者、批判者。饶有意味的是，女性似乎走在前面，她们的反思、质疑、批判与挑战往往直指要害。随着时代的发展和现代职业女性的成长，在"职业白领"这一新兴阶层中，女性的数量与力量持续增长。女性白领接受过高学历教育，视野开阔，思想活跃，是职业女性中素质最高，最有自省力的一个群体，她们中的一部分人必然会对自身的职业处境与职业生涯有所感悟，对"职业"作出另类诠释。近五年来在中国大陆涌现出一种新的小说类型——职场小说，许多知名职场小说的作者都是白领职业女性，她们以写作为心灵的窗户，展示了对于中国现代职场的深刻思考。

第二章

中国本土职场小说概述

近几年来，在中国大陆兴起一种新的小说类型——职场小说。与西方及中国港台职场小说相比，中国本土职场小说颇具现代"中国"特色：从写作来看，是新兴的白领阶层在为本阶层的文化代言及寻求身份认同；从读者阅读来看，是金融风暴酿就的职场危机的刺激与应急反应；从传播与销售来看，是消费主义与网络信息技术共谋共生的结果。中国本土职场小说提供了实用、娱乐、励志三合一的文化功用，以及关于跨国资本的文学想象，也折射出了职场中的性别文化。本章拟由职场小说的兴起、职场小说兴盛的时代背景、职场小说的特征及文化功能等方面对中国本土职场小说做一概述。

第一节　职场小说的兴起

一　"职场小说"概念

"职场小说"源自于西方，因为"职场"率先在西方发育成熟。从字面意义来看，"职场"泛指一切职业活动场所，但实际上它是一个现代化术语，有特定的范围限制，在人们约定俗成的应用过程中被贴上了身份标签。例如底层农民工在城市劳动的过程被统称为"打工"而不以"从事职业"命名，相应地农民工的打工场域也不能被称为"职场"。普通蓝领工人的状况也类同。可见，"职场"特指行政、财务、律师、IT、HR、职业经理人、销售、广告、策划、公关等知识与科技密集型职业人群的职业场域。即"职场"应确切化为"白领阶层职场"。

加拿大畅销书作家阿瑟·黑利开西方"职场小说"之先河，他被誉为当代狄更斯及"职场小说之王"。其小说被译成 30 多种文字，英文原作的总销量超过一亿五千万册。在 20 世纪后半叶，阿瑟·黑利以美国现代社会为背景，共计创作了 11 部长篇小说，几乎每部小说描述一个行业，如涉及医疗业的《最后诊断》和《烈药》，涉及旅游业的《大饭店》，涉及航空工业的《航空港》，涉及汽车工业的《汽车城》，涉及银行业的《钱商》，涉及电力工业的《超载》等。阿瑟·黑利采用现实主义创作手法，创作前深入实地考察，积累了大量一手材料，较为深刻地反映了现代社会工业化、科技化对职业及就职者的冲击。"在他的小说中既有对美国社会丑恶现象的揭露和对垄断资产阶级贪婪的批判，也有对在资本主义制度下，科学技术的发展和个人奋斗精神的宣扬，但更多的却是他对人们由于现代科学技术的迅速发展而表现出来的不适应所作的种种描写，他呼吁人们不要因循守旧、墨守成规，只有不断创新、改革才能跟上时代前进的步伐，不被时代所淘汰。"① 阿瑟·黑利小说受到读者青睐，被读者誉为行业入门的"百科全书"。2009 年初，译林出版社隆重推出阿瑟·黑利系列作品中文版，使其时隔 20 年后重返中国，为营造声势，译林出版社还举办了"我读阿瑟·黑利"征文活动。显然译林出版社此举是为了呼应 2005 年发端、2008 年达到一个高峰的中国本土职场小说热，或者说借用了职场小说热这一发展契机。

1989 年，美国人史考特·亚当斯（Scott Adams）由自身办公室经验和读者来信为本创作了一系列讽刺职场现实之荒诞的小说漫画作品，塑造了闻名全球的呆伯特（Dilbert）形象，呆伯特是上班族的心灵酸辣汤，是小隔间里的精神求生指南，是职场白领的"心闻"发

---

① 林六辰：《阿瑟·黑利小说中的改革创新意识》，《江汉论坛》2003 年第 8 期，第 79 页。

言人。① 呆伯特形象风靡了全球 39 个国家，拥有超过一亿五千万的读者。呆伯特系列企管书和上班族漫画书的作者史考特·亚当斯曾服务于科技和金融行业，有十七年的上班族经历，这段上班生涯的体验是其创造呆伯特的原动力和源泉。

美国《时代》杂志曾把亚当斯和美国前国务卿奥尔·布赖特以及国际金融炒作高手乔治·索罗斯等人并列为最有影响力的美国人。管理大师麦可·韩墨称亚当斯是"二十世纪最杰出的商业思想家和观察家"，并认为"一幅呆伯特漫画所包含的真理，比商学院里一整书架的个案分析还要多"。② 呆伯特漫画与书籍系列也被引介到中国。中国本土职场小说与呆伯特系列的类似之处在于：其作者也曾是浸淫职场多年的职业人士，深谙职场世故。

而自 2005 年起在中国大陆兴起、繁荣的职场小说，与阿瑟·黑利、史考特·亚当斯等创作的西方职场小说相比，颇具中国特色。与阿瑟·黑利作品现实批判主义的激进色彩不同，与史考特·亚当斯作品的讽刺戏谑风格不同，中国本土职场小说立足于写实，以实用为旨归。中国本土职场小说的实用性目的如此强烈，以至于作者的主观态度常常呈隐匿状态。指导性、功能性强大的"职场小说"在极度贫穷国家少见，因为那儿不存在职场，尤其是与"优越"相连的外企职场；在西方发达国家也不多见，因为对其而言，职场是常态，犯不着通过小说专门学习。只有在中国——后发现代性国家，由于处在追赶西方先进模式的现代化道路上，有着广大农村和"另一个世界"般的外企，并有着新崛起的一批白领阶层，以及白领阶层们急迫追求成功、跻身精英行列的梦想，因而才有阅读此类小说的需要。职场小说的创作与消费正如火如荼，"职场小说热"现象已成为具有中国特色的文化景观，引起大众传媒的热议。百度百科对职场小说的释义

① 《漫画人物呆伯特：把你的白领立起来！》，http：//news. eastday. com/epublish/gb/paper148/20020926/class014800013/hwz781189. htm。

② 《呆伯特企管漫画：我笨，所以我是老板》，http：//book. sina. com. cn/new/n/，2003 年 9 月 28 日。

为："职场小说是指描述职场生活或经历的故事，白领人群渴望通过阅读来掌握设计职业生涯的路径。"①

但学术界对其关注颇少，没有学者对"职场小说"的概念进行明晰的界定。《现代汉语词典》对"职场"的解释为"工作、任职的场所"②，如照字面意义来理解，"职场小说"是个异常宽泛的概念，它完全可以囊括之前的官场小说、打工小说。但在实际运用中，无论是在作者的笔下还是在读者的心目中，"职场小说"中的"职场"都是特指的，特指白领阶层的职场。作家张颐武等在《职场文化与都市白领的文学想象——关于职场小说的笔谈》中评论道："从小说作者的构成及描述的生活便可看出，这是一种典型的中产阶级（或'中等收入者'）的文学想象和趣味。"③

另外，职场小说并非空穴来风，而是处在小说历史的潜流中，吸收与承接着之前小说类型的特征，譬如官场小说中的"办公室政治"与权术，打工族小说中生存的艰辛与无奈等。但作为新生事物，职场小说必然拥有自身独特的个性，其最显明的类型学特征为"技巧性"，即实用性。职场小说产生的契机之一是波及全球的金融危机对中国企业尤其是外资企业的冲击，众多白领对自我的职业地位惶惶不安，急需"技巧"应对。2009年3月25日，由人民文学出版社和商小说出版策划工作室主办的"2009首届'商小说'原创文学大赛"在天涯社区、新浪博客启动，这是国内首个由线下权威出版社主办的网络原创文学大赛，也是第一个以职场小说、商场小说为主题的类型小说征稿大赛。这次大赛对参赛作品提出了鲜明的期望，即"时代感强，积极励志，故事具有清晰的行业背景，描绘行业规则或潜规则，揭晓职场/商场攻关谋略，提炼职场/商场生存智慧，情节写实，

---

① http://baike.baidu.com/view/2972305.htm? 1285513699.

② 中国社会科学院语言研究所词典编纂室编：《现代汉语词典》第5版，商务印书馆2009年版，第1750页。

③ 张颐武、徐刚、徐勇：《职场文化与都市白领的文学想象——关于职场小说的笔谈》，《艺术评论》2010年第1期，第45页。

具有现实感和借鉴作用"①。由此可见,"真实""实用"已成为职场小说的身份标签。基于对职场小说所隶属文化阶层的定位及其最主要类型学特征的把握,笔者尝试从职场小说生成的时代背景、职场小说的作者身份、职场小说的主要特征等方面对其下一定义:职场小说是指近几年来伴随中国经济体制转型以及职业白领阶层的扩大,在中国大陆兴起的一种主要由职场成功人士,以自身经历为背景撰写的,描摹都市白领阶层职业生涯尤其是职场生存技巧的类型小说,强烈的实用性是该类型小说的突出特征。

二 类型小说与"职场小说"热

当下中国,小说创作的类型化趋势已汇成潮流。小说创作类型化是市场经济深化的结果:市场经济深化引起社会阶层化,社会阶层化导致文学审美趣味阶层化,文学审美趣味的阶层分化正是小说创作类型化的原动力。小说是现代性的产物,它表现世俗人生,瓦特称其为"被上帝抛弃了的世界的史诗"②。社会各阶层都需要一定的文化载体来展现本阶层的"史诗",当他们同时在小说领域寻找文化代言人,以表达特定的人生及人生理念时,小说也便类型化了。20 世纪 80 年代起,中国小说创作出现明显的类型化趋势,进入 90 年代后,更进入高峰期,新的小说类型层出不穷:官场小说、财经小说、打工族小说、校园小说、奇幻小说、仙侠小说、盗墓小说、穿越小说、耽美小说等令人目不暇接。概括而言,"类型小说指小说类型中具备一定历史时段、形式和内涵样貌稳定、拥有特定阅读阶层、能引起读者较为固定的阅读期待的小说样式"③。在当下各种类型的文学产品生产与消费中,类型小说已呈现出中流砥柱的强劲势头:各大文学网、门户

---

① 《人文社联手新媒打造"商小说" 重引领而非追风头》,《出版广角》2009 年第 5 期,第 21 页。

② [英] 瓦特:《小说的兴起》,高原、董红钧译,三联书店 1992 年版,第 87 页。

③ 闫寒英:《消费主义语境下文学生产的方式及悖论》,《长江学术》2010 年第 4 期,第 86 页。

网的小说一般按类型排列，网络小说的写手进行投稿，也是按类型操作；在文学榜单上，百分之六十以上的畅销作品是类型小说。2007年，中国首个"类型文学创作委员会"由杭州市作家协会成立——这标志类型小说已被文学权威机构认可。

类型小说的滋生、繁荣是市场经济深入发展、消费主义语境氤氲的结果。与市场深化相伴而来的社会阶层的分化，是小说创作类型化的动力，因为阶层不同，对应的读者阅读欲望也不同；而消费语境的拓展与深化则意味着消费行为的细化、专业化及品牌化，即使是相同阶层的读者，由于生活状况、个性、情态的差异，其消费愿望、消费焦点也各不相同。

类型小说在生产层面的特征大致如下：其制作及市场定位明确，是为特定人群量身打造的产品，满足或激发他们的精神消费欲望；多数类型小说遵循模式化的惯例写作，因为它指向的读者欲望，以及读者阅读快感的心理机制是重复的；因有固定程式，能批量生产，所以类型小说的增殖能力超强，跟风之作盛行。

大众对类型小说的购买有超市化特征，"类型"相当于商品标签，对应于种类繁杂的类型小说商品，读者多元的精神消费欲望皆可以寻找到适合的消费"标签"，有一部分标签还被打造成品牌。但透过类型小说种类与读者精神诉求的繁杂表象，却可以发现，类型小说消费群体的文化消费心理固定且单调，类型小说在消费层面的文化功能及特征可概括如下：一是寻求身份认同。即"通过对'自我'和'自我'群体的寻找与构建获得自我的身份、位置及集体归宿感。读者以读什么及怎么读的方式进入阅读这种文化消费活动，这种消费活动构成了具有文化名片意味的文化消费仪式，读者通过此文化消费仪式定位自我，寻找类存在"①。类型小说中的青春、校园、都市、打工族、职场小说等都因为诠释了"自我"而获得固定读者群。二是

---

① 闫寒英：《消费主义语境下文学生产的方式及悖论》，《长江学术》2010 年第 4 期，第 86—87 页。

满足猎奇心理。猎奇心理又称揭秘心态，类型小说中的反腐、官场、职场小说等因描写了官场中、外企职场中不为人知的"内幕"，从而满足了大众的窥私欲。三是 YY 情结的释放。YY 指意淫，即任想象恣肆的白日梦，是某种替代式宣泄。在此情结中，不可能变成可实现，怪诞变成合理。类型小说中的仙侠、玄幻、穿越、架空、后宫、灵异小说等均依靠 YY 的蛊惑力而火爆，职场小说中也渗透着 YY 情节，一个个"灰姑娘"与"丑小鸭"幸运变身为职场"王后"与优雅"天鹅"般的职场精英一族。

综上所述，类型小说生产具有程式性，其消费具有惯例性，于是类型小说便难以避免地有着模式化硬伤。与此同时，在消费主义语境下，文学生产的网络化，又进一步加剧了此种硬伤。当前许多原创网站，都特意设置了文学作品的点击率排行榜，付费会员还拥有推荐及收藏自己喜爱作品的权力。这一以读者趣味为中心的评价机制，会产生扼杀文学想象力之嫌，也使写作者身不由己地沉溺于模式化的商业情境中。类型小说创作的模式化倾向，意味着"长江后浪推前浪"，只不过"后浪"将"前浪"推得无影无踪——之前的大量小说将被之后源源涌现的新小说覆盖，读者不断消费，小说产品不断更新，仿佛"快餐文化"，吃过了事，又仿佛"尿不湿文化"，用过即扔——这是类型小说蕴含的危机。

而作为类型小说之新品种的职场小说，在走向市场的过程中也获得了巨大成功，成为近几年来当仁不让的畅销书籍。其诞生虽只五年，但成长速度惊人：2006 年的《圈子圈套》系列开启职场小说之热浪；2007 年的《杜拉拉升职记》突破 70 万册销量大关，创造了小说界的市场新神话，标志中国本土职场小说形成气候；2008 年《无以言退》《浮沉》屡登各类图书畅销榜榜单；2009 年《做单》《潜伏在办公室》《争锋》相继大受追捧；时至 2010 年"职场小说"依然是文学界、网络界、出版界的关键词，甚至拓展到了影视界——知名职场小说《杜拉拉升职记》被改编成话剧、电影、电视连续剧后，人气同样很旺。

职场小说兴起之时，穿越、玄幻小说风光依旧，一部分民众（主要是年轻人）沉醉在幻想世界中不能自拔，而另一部分人陡然醒悟到现实生存远比自在幻想更重要。于是"忽如一夜春风来"，向人们传授生存与打拼技巧的职场小说迅速风靡。无论是在全国图书交易博览会上推出的文学类新品，还是在各大城市大型书店的文学类书籍排行榜上，职场小说都引人注目地占据了重要席位。职场小说的形式一般包括：小说情节在外企的升职背景下展开；小说的主人公为典型职业白领，要历经刚入职时的磨砺、公司内外的斗争、办公室政治、办公室恋情等环节；小说中大多有一个或若干个资深人士充当职业新人的导师，通过"导师"对新人的培训和言传身教，展示该行业结构、组织架构、工作内容与特点、工作流程与方法、潜规则与谋略等。如果一部具有以上样貌的小说在"传道授业解惑"的同时，还进一步触及人性，且文笔不俗，那它基本上能成为一部畅销职场小说。

2005 年 10 月，由清华大学出版社出版的职场小说《圈子圈套》在职场界掀起一股飓风，销售量达十几万册，登上畅销书排行榜，作者王强也一夜成名。随后《圈子圈套 2》《圈子圈套 3》相继问世，同样反响极大，一时间，《圈子圈套》系列被众多白领奉为现代职场"圣经"，并荣登新浪网 2006 年度最具网络影响力图书风云榜，同时被评为当当网、卓越网最畅销财经类小说。无疑，《圈子圈套》系列掀开了职场小说热潮之序幕。自此职场小说一发不可收，每年都会有相当数量的新作涌现，发行量也水涨船高。2006 年至 2007 年，中国的股市风云变幻，反映金融市场的职场小说迭起，由北京大学出版社出版的《输赢》（作者付遥）、清华大学出版社出版的《基金经理》（作者赵迪）受到读者热捧。其中《基金经理》获第八届全国大学出版社优秀畅销书一等奖。

2007 年 9 月，陕西师范大学出版社出版的《杜拉拉升职记》（简称《杜拉拉》，作者李可）面市后，获得了巨大成功。发行仅 3 个月，销量过 10 万册，2008 年 1 月，荣登卓越网站图书排行榜小说类

榜首，2008 年 8 月，登上开卷数据库社科类图书销售榜榜首，2008
年 10 月，繁体版本在台湾出版，截至 2008 年底，总销售量达 60 万
册，创造了小说市场的销售神话。《杜拉拉升职记》风靡大江南北，
受到女性白领的青睐，造就了众多 "杜拉丝"（杜拉拉的 "粉丝"），
一时，"杜拉拉" 成了职场小说的形象代言人。甚至有一本书名为
《我们的杜拉拉》的 "粉丝" 书也乘势破土而出，书中收集了关于杜
拉拉的诸多评论，以及网友所写的与 "杜拉拉" 之间的故事。

2008 年 4 月，同样由陕西师范大学出版的《浮沉》（作者崔曼
莉）全国上市，一个月之内连印 5 次，推出仅半年时间，销售量就
突破 30 万册，引起轰动。从年度风头最劲的类型小说来看，2005
年被称为奇幻小说年，2006 年为盗墓小说年，2007 年为历史题材
年，那么 2008 年堪称职场小说年，不仅《杜拉拉》《浮沉》主领
风骚，其他如《丁约翰的打拼》《无以言退》《做个职场 "坏" 女
人：北京公关小姐》等职场小说也销量不凡，被列为畅销书。2009
年职场小说市场走势更加喜人，又相继推出《杜拉拉 2》《浮沉 2》
《问鼎》《米娅，快跑》《输赢》《潜伏在办公室》《潜伏在办公室
第二季》《职场菜鸟升职记》《大猫儿的 TT 奋斗史》《加油！格子
间女人》《做单》《人事经理》《荆棘舞：80 后女孩外企生存手记》
《苏畅畅加薪奋斗记》《不认输——郝连娜职场蜕变记》等一批重
磅作品。

2009 年 3 月，由人民文学出版社、商小说出版策划工作室联合
主办的 "2009 首届 '商小说' 原创文学大赛" 在新浪博客、天涯社
区同时启动，这是国内首场由传统出版社隆重举办的网络文学大赛，
也是第一个以商场小说、职场小说为主题的类型小说大赛。为凸显此
次比赛的专业性与权威性，大赛组委会特地成立阵容强大的评委团：
由余华、潘凯雄、海岩、刘震云等四位文学界知名人物和冯仑、吴晓
波、许知远、秦朔等四位重磅级财经作家组成。比赛最后在四百部参
赛作品中推出六部获奖作品，其中男写手孔二狗的《江湖，别样的
江湖》，女写手凌语嫣的《争锋》等职场小说脱颖而出，由人民文学

出版社出版。这次大赛掀起职场小说创作的新一轮狂潮，也预示着职场小说的未来潜力与前途。此后，职场小说的热潮不仅从网络延伸到纸质媒体，还被竞相改编成话剧、电影、电视剧。如《杜拉拉升职记》有姚晨主演的话剧版，徐静蕾导演的电影版，还有王珞丹主演的电视连续剧版。时至 2010 年，职场小说依然热度未减，《杜拉拉3》出版并风行，其他知名职场小说的影视改编权纷纷被重金争购。

　　毫无疑问，作为类型小说中的一种新生类型，职场小说正炙手可热，其"上架建议"均为"畅销小说"；但职场小说同样潜伏着类型小说模式化、平面化、肤浅化的共同危机，评论界曾以"职场小说还能走多远"为主题进行过争议。① 另外，职场小说的"功利化"痕迹过重：职场小说强调"实用性"，原本可以视为对现今流行的穿越、架空、玄幻等小说"白日梦"过度疏离于现实的反拨或纠正。但目前许多职场小说"说尽陷阱圈套，只问输赢浮沉"，② 热衷于言说职场"潜规则"，流于"厚黑学"。

三　职场小说溯源——官场小说

　　一提及职场小说，不少读者与学者会自然而然地联想到 20 世纪末中国香港女作家梁凤仪的作品③，认为中国本土职场小说继承了前者的余绪，可以上溯到梁凤仪的"财经系列"。毋庸置疑，中国内地职场小说与梁凤仪小说产生的时代背景有共通之处，都是在经济体制转型下市场经济高度发展，职业白领阶层成型的境况下诞生。而梁凤仪本人也在中国香港、加拿大有过财经行业的磨砺，对商界财团在地产、股票方面的操作与运营非常熟悉。并且梁凤仪的作品的确淋漓尽致地刻画了商场上的尔虞我诈与爱恨情仇。但将梁凤仪作品冠之为"财经系列小说"其实并不贴切。中国内地读者能读到的梁凤仪 34

---

① 张静：《职场小说还能走多远》，《文学教育》2009 年第 11 期，第 40 页。
② 陈熙涵：《职场小说缺失了什么》，《文汇报》2009 年 5 月 7 日第 1 版。
③ 人民文学出版社于 1992 年推出梁凤仪的《醉红尘》《豪门惊梦》《花魁劫》三部长篇小说，在中国内地读者的心目中奠下了"财经小说"概念。

种小说中，的确有一部分表现了中国香港的商情商战，传达了财经知识、管理知识，然而她的小说主要还是写都市女性特别是职业女性在精神上、情感上的觉醒、成长。她只是以香港工商界作为反映生活的切入点，创作的主题或焦点直指商业活动背景下女性们的生存境况和以女性为中心的百态人生，其作品并未像职场小说那样真正切入职场的内核，真正切入财经的内核。其笔下的职业女性实际上是"泛女性"，"职业"是实现知识女性觉悟与独立的象征。而中国本土职场小说中的职业女性与梁凤仪笔下的职业女性有着迥然不同的精神气质，她们是与现代化、市场化真正耦合的特定阶层，职业是她们生活的重心，她们的生活日趋职业化。梁凤仪本人也认为，在其小说中财经只是背景，主要是写人，以女强人的爱情故事为中心，将经营管理和财商知识融于主人公的悲欢离合之中。可见，中国本土职场小说与梁凤仪的"职场小说"只是有几分形似，在精神血脉上却相去甚远，其原因在于：中国内地与中国香港毕竟在政治、经济、文化上有相当的隔膜，缺乏紧密的承接。

　　中国本土职场小说最早的雏形当推官场小说，官场原本就是特殊的职场，中国的职场，也恰似官场的缩影：暗战有之，潜伏有之，风生水起，尔虞我诈。官场与职场同是最能体现中国人讲求人情世故，工于关系学的场域。官场小说是20世纪以来涌现的小说类型，一直繁盛到今天。官场小说描摹官场、官员的生活，展示该领域的腐败黑暗、权利斗争、游戏规则、人性堕落等内容，并对官场文化心理进行了审视与挖掘。官场小说大体可以分为两类，一是描写官场权力斗争和宦海沉浮。代表作有刘震云的《官人》《官场》，田东照的《买官》《卖官》《跑官》，王跃文的《国画》《梅次故事》，阎真的《沧浪之水》，李佩甫的《羊的门》，王晓方的《驻京办主任》《市长秘书》等。其中，湖南作家王跃文的《国画》堪称中国当代文学作品中较全面揭露官场内幕之开山作，由此他也被称为"官场小说第一人"。《国画》以"批判现实主义"作为预设的高度，出版后，在读者中反响强烈，也获得了评论界的关注与肯定，但也不乏批判之音，有学者认为《国画》并未质疑权力，有诲官之嫌。另一类官场小说属于"主旋律"官场小说，揭露官场腐败，主张弘扬正义，又称反腐小说。代表作有周梅森的《绝对权力》《人间正道》《我主沉浮》，张平的《抉择》《国家干部》《十面埋伏》，陆天明的《大雪无痕》《苍天在上》《省委书记》等。其中周梅森为高产作家，创作了十几部长篇官场小说，且大多被改编成电视连续剧，社会影响较大。但评论界也对其褒贬不一，有学者指出周梅森的创作愈来愈倾向于"新闻化"，常以文学审美价值的失落来换取时尚效应与社会经济效益。

将官场小说与职场小说作一比较，至少可以归纳出后者与前者的三个相似点：一是作者身份相似。许多官场小说的作者都是浸淫官场多年的"局中人"，他们熟稔官场游戏规则，对官场生涯有切肤体验。如王跃文在湖南省县级、市级、省级政府办公室工作过；王晓方曾给在"穆马大案"中被判死刑的原沈阳市副市长马向东当过两年秘书。而中国本土职场小说作者的非专业性就更突出了，知名职场小说的作者几乎都是非专业作家，属于在职场打拼多年的白领精英，以职场成功人士的身份讲述职场故事。二是作品的内容与功能取向相似。官场小说描摹了官场中钩心斗角、钱权倾轧的重重黑幕，详解了官场权力的运作步骤，而往往在"现实""真实"的旗号下悬置了价值批判，这种消泯了是非逻辑的官场小说客观上具有"诲官"的效应：宦海浮沉中的钻营、权色交易、报复诬陷等所需的"招式"都可以在官场小说中研习到，难怪揭黑幕的官场小说会被许多中下层公务员奉为官场"羊皮卷"，作为仕途晋升的生动教材。而职场小说最显著的文化功能同样是实用，无论是写作者的初衷还是读者的阅读期待，抑或是媒体的宣传策略都紧紧围绕"实用"这一中心。职场小说的实用性有正负两方面，积极意义在于它的确为职场新手提供了职场经验与技巧，负面性在于部分职场小说津津乐道于职场潜规则，职场厚黑学，同样有"诲职"的嫌疑。如果说出于政治因素，官场小说中的"诲官"尚"犹抱琵琶半遮面"，那么职场小说中的"诲职"

在"积极进取"的名义下，几乎就是理直气壮与开诚布公了。三是作品兴盛的时代背景相似。官场小说与职场小说都是社会转型过程中市场经济深化的产物。学者孟繁华将官场小说的崛起归因于两方面："一是权力的异化导致的官场腐败，……一是商业文化的驱使"①，即官场小说的产生一是现实问题的引发，一是市场经济带动的商业化的推动。而职场小说同样受金融风暴下职场现实危机的触发，同样由商业化情境推波助澜。商业文化恰到好处地激发与迎合了世俗社会中大众利益至上的工具理性主义与猎奇心理。"利益至上"即讲求"有用""效益""成者为王，败者为寇"；猎奇心理即百姓对相距颇远的高官大员或外企白领的探秘欲。

职场小说承接官场小说而来，两者有类似之处。但作为两种不同的小说类型，必然有本质的区别。除了在作品的世俗功能、商业化气息方面，职场小说走得比官场小说更远外，职场小说与全球化、现代性的关联密切，涉及对于跨国资本的文学想象，"外企"是职场小说的关键词，并且职场小说的性别色彩浓厚，具有较丰富的性别文化意蕴。而官场小说中虽然也渗透着现代化裂变的痕迹，但一般拘于国内政治风云，对传统"官本位"文化的反映与剖析占主流。并且官场小说从作者到主角几乎都是清一色的男性，性别色彩单一，缺乏女性主义文化意蕴。此外，官场小说除了真实展示官场权力角逐外，还深入到人性的层面，对人的异化，对欲望满足与精神焦灼、灵魂痛楚的纠葛作了哲理思考。而职场小说仿佛由于太过"专业"而无暇对人性做出过多的哲学深思。

职场小说中率先出现的版块是商战小说、财经小说，因为商场、金融领域汇聚了职场中冲突最激烈的元素，有许多的潜伏、暗战、尔虞我诈，恰似官场的缩影。如职场小说的始作俑者——王强的《圈子圈套》系列便是典型的商战小说，其后赵迪的《基金经理》描摹了股市风云，是典型的财经小说。商场是职场之一，但它

---

① 孟繁华：《政治文化与官场小说》，《粤海风》2002 年第 6 期，第 87 页 。

并不简单地意味着只是职场之一，因为在市场经济体制下，许多行业的职场，如销售、行政、HR、IT、广告、公关、策划行业等都具有商业性质，因此，商场也成了职场的特征，商场与职场显得耦合在一起。

　　从官场到商场再到一般的职场，盘点职场小说的发展轨迹，发现职场小说大体经历了一个由对职场激烈斗争的演绎转向对职场生活化的描摹，即在风格上由激越渐趋平实。职场小说兴起后，迅速蔓延到记者、律师、广告、公关、设计、策划、教师、医生等众多白领行业，如传媒行业较为典型的有《记者站的故事》《新闻界》等，教育行业较为典型的有《桃李》《教授》《磨尖掐尖》等。但知名职场小说的反映对象几乎不约而同地聚焦在销售、HR、IT 三大行业，并且多以外企为背景。

第二节　职场小说兴盛的时代背景

一　白领阶层职场亚文化登场——关于职场小说的写作

　　随着全球化的信息技术革命来临，信息正以系统的方式被运用于物质资源变革，成为国民生产中的"附加值"源泉。人们的思想价值观念也逐渐转向更强调知识资源、人力资源、政治资源以及社会资源。在全球化与信息化的双重冲击下，中国经济体制出现转型：愈来愈多的传统制造业、流通业从低端朝知识密集型的高端转型。这一转型促成由 HR、IT、行政、销售、广告、策划、公关、财务、律师、职业经理人等知识密集型人士组成的职业白领阶层的扩大与定型。中国人事科学院研究员吴江曾指出，目前中国的白领约占整个人力资源市场的 10%，包括 4500 万专业技术人员和不少于 2000 万的企业管理人员。近来有媒体统计，2009 年，中国的白领一族突破 8000 万，而2010 年，大学生毕业人数达 650 万，作为一股庞大的职场新生力量，正源源不断地加入到职场队伍中去。

　　"中国本土职场小说正是在都市职业白领阶层规模化的大背景下

诞生，它体现了职业白领阶层的特点与文化消费需求。"① 新兴的都市职业白领阶层的涌现及其文化消费需求，必定会带动文化创新与相应的文化消费。文化建构是一个连续的、动态的过程，它扎根于习惯和观念中，也存在于人的行为本身。当知识型组织和专业服务业的发展致使职业白领群体形成后，他们终会从自身的职业生涯实践及对该实践的描写、想象中创造本阶层的亚文化，寻找阶层的自我认同。事实上，中国本土职场小说有一个突出特点：其作者大多是资深的职业白领，而不是著名的专业作家。因而职业白领阶层本身即为建构与倡导职场文化的主体，同时也是消费此种文化之核心群体。文化供应主体与文化需求对象高度重合，这自发驱动并决定着职场小说存在的合理性、必然性。

当中国被卷入商业化进程后，个体越来越职业化，职场已演化成巨大的生存现实，在这个充满挑战、收获，也充满人事倾轧、良知困扰的场所，反复重复着白领阶层的梦想与失落。白领阶层独特的社会情绪与社会心理需要纾解与宣泄，他们需要对自身境况进行描绘、表达，也需要在其间获得慰藉、共鸣、认同。阿兰·德波顿指出，"在繁荣的经济大潮中，一个已经困扰了西方世界长达数世纪的问题也东渡到了中国……社会保障了生活的基本需求之际，就是身份的焦虑滋生之时。"② 作为中国经济体制转型下催生的新兴阶层，白领的工作流动性大，这种流动既指职业种类的变更，也指职业层级的变化，即可能往上层流动，也可能往中下层流动。工作的流动几乎就意味着身份、地位的流变。所以白领普遍有紧迫感与身份的焦虑感，常常会有"我是谁"的叩问。的确，白领所受的教育，所拥有的专业技能，所秉承的理念以及所追求的生活方式决定其"与众不同"，自然而然会有心理上的优越感。但在现实生活中，许多白领在没升迁上高管职位之前，一个月拿数千元钱的月薪，过着清晨挤地铁、晚上加班吃方便

① 闫寒英：《中国当代职场小说的文化价值》，《求索》2010年第6期，第212页。
② ［英］阿兰·德波顿：《身份的焦虑》，陈广兴、南治国译，译文出版社2007年版，第89页。

面的生活，谈不上奢华与富贵，更多的是难言的工作压力以及战战兢兢、如履薄冰的职场危机感。从这个角度而言，他们（她们）同样是一群苦苦穿梭于都市钢筋水泥中身心俱疲的"小人物"，而非传统意义上"高贵"而"优雅"的"小资"。心理与现实的落差使得白领急需定位与认同，如此才不至于在湍急的生活之流中彷徨无措。职场小说成了职场人反映与构建自我文化、寻求认同的载体。叙述派的文化学家布朗认为，作为一种叙述，文化具有"语法"规范，人们在现实生活里经由诸种讲述而酝酿出语法，同时人们又可以通过语法解读生活的故事，文化既是人类生活的读本，也是人类生活的写本——职场小说既是白领阶层生活的读本，也是白领阶层生活的写本。他们讲述自己的职场体验与职场故事，反映、建构着属于自己的职场亚文化，在职场亚文化这一"安乐窝"里寻找认同，寻求力量，绵延着"中产阶级成功"美梦。

二 金融风暴中的职场危机——关于职场小说的阅读

中国本土职场小说的兴起，是承接西方企业管理、励志类图书销售热浪的消停而来的。在职场小说涌现之前，来自西方的诸如《谁动了我的奶酪》《把信送给加西亚》《羊皮卷》《执行力》《没有任何借口》等"心理自助图书"曾经在图书销售市场红极一时，受到白领的追捧。然而西方的企管、励志书毕竟是舶来品，直接移植到中国显得水土不服。国人渐渐发现被"忽悠"了：西方那套完全脱离中国文化背景的异域管理经验和职场法则，不具备现场感和真实感，从而也并无强大的借鉴性，属于"伪励志书"。相比之下，本土职场小说由于植根于中国土壤，由本土职场精英现身说法，而显得极具实战性，有些职场小说几乎就是职场教科书。许多企业将此类嵌入销售技巧的职场小说直接用作对员工进行经管培训的材料。

职场小说生发之时，正逢全球金融危机酝酿、爆发时，彼时许多企业裁员，许多白领对自我职业生涯惶恐不安。这种惶惑情绪需要被理解与安抚，更希冀从根源上被驱除，因此许多白领都渴望能找到提升职场竞争力的有效途径。"而职场小说以展示职场风云，解密职场玄机，提供职场策略为己任，适时地满足了白领对职业相关的知识和经验的需求。"①

职业成长、发展是白领阶层永远的核心利益，职业白领从事专业服务业，只有拥有良好的专业知识和丰富的职场经验，才能够在激烈的职场博弈中胜出。并且白领的职业属于"易变性职业"，有调查显示，从事专业服务业和管理工作的人员，岗位流动频繁，其流动量超过30%。流动频繁意味着要不断适应新环境，不断承载新压力，不断接受新挑战。再者，白领人群是新经济环境与中国现代化的产物，在社会转型的土壤中扎根、成长，没有多少前人的经验可供借鉴。基于以上三方面因素，中国当代白领人员急需"指路明灯"，急需"充电"。而职场小说很贴心地满足了职业白领对职业知识的需求。更何况职场小说寓教于乐，这对于身心极度疲惫，精力与时间有限，只能碎片化浅度阅读的职业白领而言，无疑属上佳选择。

据相关调查，职场小说的读者中，在校大学生约占25%，踏入职场一到两年的职场新人和进入职场三到四年的"职场菜鸟"各占35%，显然这些人群追捧职场小说的最大动因是希望在职场上少走弯路。② 大学生职业规划专家王兴权强调，我国大学生的职业规划教育特别欠缺，优秀的职场小说，可以提供某些职业信息，帮助大学生提前了解职场生活，为将来正式步入职场作好心理准备。也有学者对部分读者趋之若鹜地将职场小说奉为职场生存秘籍的现象表示担忧，认为此种现象表征了职场人士心态的虚浮以及过于功利化，而且职场小说的适用范围及真正的实用性也值得质疑。

自2008年底开始的全球金融危机渐渐波及国内，导致大学生求

---

① 闫寒英：《消费主义语境下文学生产的方式及悖论》，《长江学术》2010年第4期，第87页。

② 《职场小说：捷径还是弯路?》，中工网——《工人日报》，发布时间：2009年6月5日13时46分。

职更难，职场竞争更激烈；与之相对应，职场小说愈来愈受宠，其出版与销售在 2008 年底至 2009 年达到高峰。

三　消费主义情境下的文学——关于职场小说的商业化传播

20 世纪后半叶，由于人类社会规模化、效率化的生产方式客观上要求社会消费能力与之相适应，从而推动了以生产为导向的现代工业社会，朝以消费为导向的后现代社会转轨。剑桥大学的安格斯·麦迪生教授在其著作《世界经济二百年回顾》一书中指出，当一个国家的人均 GDP 达一千美元时，该国家即朝舒适、享受型转变。而中国人均 GDP 早在 2003 年就已经超过一千美元，近来有媒体报道，中国已跃居世界第二大奢侈物品消费国，可见中国社会事实上也步入了以消费为主导的境况。一个社会以消费为主导，除了会大力提倡物质产品的消费，还会将精神文化纳入商品消费领域，原因在于，精神产品的消费具有无限广延性，能有效突破物质消费的局限性。2000 年 10 月，《中共中央关于制定国民经济和社会发展第十个五年的计划》正式使用"文化产业"这一概念，并将其与"文化事业"作了区分，这标志着中国社会已向文化产业时代迈进。文学作为文化产业之核心层，必然要遵循产业化运转机制：传统的文艺创作转变为文学商品制造，文学以商品的形式被文化消费者消费。

类同于一般的物质生产需要形成完备的物质生产链，消费语境下的文学生产也在实践中摸索出了一整套行之有效的文学生产链。计划经济年代，供应决定需求，市场经济年代，需求决定供应，文学生产亦是如此。由市场经济效益主导的文学生产链中，作为"上帝"的读者之心理需求被置于最醒目的位置，但最活跃的力量却是出版商，出版商善于通过媒体精明、精细地捕捉读者的趣味以及潜在趣味，在此基础上，进行未来产品的铺垫，即设计迎合、激发欲望的广告和新闻事件，如《畅销书》所言："一段简介，一纸梗概，即为作者换来巨额的预支版税和销数……文学代理人和编辑在现代畅销书制中起着重要作用。"① 当文学生产过程中的"热身运动"阶段完成后，出版商会精心组织写手们进行文学生产，这种"组织"既体现在出版商对写手的写作直接建议，也体现在发动读者通过网络参与对写作者的后续写作施加影响。当产品最终出炉后，包装、宣传、炒作便接踵而至，某些写手甚至如同演艺明星般，被包装、打造成了"作家偶像"（如"80后"韩寒、郭敬明等），而读者也随之"粉丝化"了，在此基础上形成的"粉丝经济"有力地推进了产品的市场价值。当文学产品的预热、生产、销售成功后，它会由完善的生产链迈入完善的产业链。较之物质产品，文化产品的初始成本高而再生产成本低，故传播比生产能够带给投资者更厚实的回报，这种传播不仅包括量的传播，也包括文学产业朝电影、电视、戏剧、游戏软件等其他文化产业领域的介入：一部分知名文学作品被改编、拍摄成话剧、影视作品以及被制作成游戏软件，从而达到文学资源利用率的最大化。以上诸生产环节紧密耦合，使得消费主义语境下的文学生产能够实现高额经济利润。

职场小说在当代制造的轰动效果，除了源于其内容、创作者与某一类型的社会文化消费心理发生共鸣外，最关键因素是市场经济体制下文化的商业运营模式。当今社会，艺术创作已被视为一种独特的物质生产，在物质性生产行业里，顾客是上帝；在文学生产中，读者接受什么及怎样接受反作用于创作，是影响文学生产的重要的"读者因素"，尤其当文学生产被纳入消费、利润制造的链条时，读者们的反作用力空前强大。就此而言，职场小说乃作者、读者、策划团队三方合作的结果，而并非由小说作者独立完成。利益机制成为贯穿其中的驱动力：既然出版的动机是盈利，那么策划者需紧紧围绕读者，探究他们的心理，设计出吸引眼球、符合胃口、激发购买欲的"大餐"。而且随着读者反馈信息的涌入，策划人会灵敏地根据读者反馈改变小说内容与形式。如同物质性消费产品以广告为工具激发人们的

---

①　[英]约翰·苏特兰:《畅销书》，何文安编译，上海文化出版社1988年版，第13页。

物质消费欲望，职场小说也以广告为手段诱发职业白领或准白领们对于职场小说的购买欲望。如职场小说《浮沉》的封面语是："最激励人心的职场生存小说；千万销售和经理人竞相研习的商战圣经；写给在职场中历练，商海中浮沉，不抛弃、不放弃的人们。"① 封底语是："参悟职场最高境界，领略商战巅峰对决，真实展现外企职场成长与商场智慧的小说。"② 封底还附了几位名人阅读该小说的感言，大抵是应和封面、封底的造势。职场小说一出道便阵营鲜明地高扬"实用性"消费口号，这与其他类型小说"犹抱琵琶半遮面"的营销策略不同。在职场小说商业化生产与传播的过程中，网络充当了重要媒介：网络为非专业作家的创作，为编辑发现有潜质的稿源，为作品的宣传与推广提供了便捷的平台。17K 文学网、天涯、职业经理人论坛、职业人士的博客等都是发掘稿源的去处，网络还被用作测试的机构，可以通过网络理解读者的反应，从而及时对作品进行改造，以迎合、回应的方式吸引更多读者。

概而言之，中国经济体制转型催生出新兴都市白领职业阶层，新兴白领职业阶层创造、消费着本阶层的文化；然而当商业化趋利机制介入后，这一文化创造和消费的过程就失去了自主性，而是演绎成自主创作跟策划制作结合、自主消费跟被诱导消费结合的独特的商业模式——这正是当代中国本土职场小说崛起的文化生产与消费模式。

第三节　职场小说的文化功能

一　实用、励志、审美三合一的文本特征及功用

从文本特征及其世俗功能来看，职场小说具有实用、励志、娱乐三合一的杂糅性。中国本土职场小说的开创者王强认为自己的小说《圈子圈套》之所以畅销，原因就在于真实、有用、好看。

---

① 崔曼莉：《浮沉》，陕西师范大学出版社 2008 年版，封面。
② 同上书，封底。

实用性是职场小说的首要特征与功能。这从职场小说的市场销售策略与广告语定位中可以清楚地感受到。如《杜拉拉升职记》的封面广告语为"中国白领必读的职场修炼小说，白领丽人世界 500 强职场心得，揭示外企生存智慧";《输赢》的封面顶部写着"中国第一部可用于培训的精彩商战小说";《潜伏在办公室》的封面语为"这本书，必然要受到'道德家'的责骂，因为它太残酷，太真实。职场博弈 23 条潜规则，让你醍醐灌顶；情景小说似案例诠释，让你身临其境";《人事经理》的封面以醒目的红色字体印着"长篇升职小说，职场草根开窍书；读透职场规则，看懂上司内心，把握升职诀窍";《争锋》的封面语为："争锋的技巧比比皆是，藏锋的智慧更胜一筹";《职场菜鸟升职记》封面广告语如下："揭示白领升职法则，演绎普通人的成功，一本值得所有职场新人学习的成长圣经，一本被微软（中国）终身荣誉总裁隆重推荐的职场成长教科书";《做单》的腰封上写道："前 IBM 不败销售真实讲述成长与成交";《一个外企女白领的日记》的腰封上赫然写着"500 强资深财务经理两年职场修炼日记，全面解析职场生存法则。身处破产、失业、恐慌的全球金融危机大时代，我们如何准备才能度过职场的寒冬？"……可见职场小说普遍被商家定位于"职场教科书"，亲历性、真实性与实用性是职场小说最吸引读者的卖点。职场小说以"寓教于乐"的形式提供职场经验、职场知识，给职场"嫩瓜"们充电，这对于他们规划、设计自己的职业人生具有一定的借鉴与指导意义。与实用性的文本内容呼应，大多数职场小说的形式设计也突出了实用性，如《浮沉》每章后皆有"编辑絮语"，"编辑絮语"又分"商战胜经"与"职场行走指南"，两者麾下都罗列着许多条"胜经"与"指南"，到故事结尾处，共罗列了二十四条"职场行走指南"与二十一条"商战胜经"。这些"指南"与"胜经"旨在给职场迷茫者、奋斗者指点迷津。

除了真实与实用的标签，职场小说还具有强大的抚慰、宣泄与励志功能。职场的激烈竞争让不少职场中人滋生了焦虑情绪，尤其在全球金融风暴的阴霾下，诸多白领对自我的职业生涯惶惑不安。职场人在职场中面对压力，面临抉择，承受失意与失败时，渴望得到宣泄、抚慰及力量。古希腊的哲人亚里士多德提出著名的"净化说"，他认为悲剧可唤起人的悲悯与畏惧之情，并使此类情感被净化，人从中得到无害的快感，最终达到道德教育之目的。从某种意义而言，职场小说也具备"净化"功能：职场小说似一面镜子，映射出职场人的内心世界，书中一个婉转的眼神、一声微妙的轻叹，都可能撩拨读者对自己职业生涯中那些不为人道的酸甜苦辣、喜怒哀乐的冥想。职场人通过阅读职场小说的方式来观照他人的职场人生，并在这一过程中抒发共鸣，使疲倦的心灵获得抚慰，使在工作中积蓄的压力得到释放，饱受压抑的心情得到宣泄与疏通，从而获得直面职场的勇气和能量。

职场小说虽然号称"职场教科书"，但它毕竟不同于一般的经济管理或励志类理论著作，而是以"小说"这一文学体裁为载体发挥职场教导与激励功能。"小说是一种侧重刻画人物形象、叙述故事情节的文学样式。……小说的基本特征主要是：深入细致的人物刻画、完整复杂的情节叙述、具体充分的环境描写。"① 可见，小说是通过"讲故事"来自立门户的。而读者既然选择小说作为阅读对象，就天然地有对小说的文体有所期待，即期待或波澜起伏或生动有趣的故事情节以及有深度的人物刻画，并且期待有特色的文学语言将其连缀成篇，希冀在阅读的过程中获得审美愉悦。职场小说的阅读人群多为知识层次较高的白领一族，他们（她们）追捧的职场小说除了具有实用性、励志性，还必须具有审美性、文学性，即职场小说是功利的但也不纯是功利的，是理性的但也要很形象，是认识的但也不能缺乏情感。

通常而言，一部知名职场小说在文本特征及功用上同时具有实用、励志、审美性。一旦缺少其中的一翼，将沦为二、三流职场小说，难以引起读者关注。事实上，自职场小说兴起后，由于市场经济

---

① 童庆炳主编：《文学理论教程》，高等教育出版社1998年版，第171页。

效益巨大，跟风之作频仍，通过"当当网"搜索到的职场小说共有两百多部，但有影响力的也不过十几二十部而已，其原因就在于真正符合实用、励志、审美特性的作品甚少。

二　关于现代性与跨国资本的文学想象

"职场"是个西方式的词汇，它潜意识被定义为汇聚了跟现代性有关的最多"先进性"元素的场所，而大规则明确、管理更专业化的外企被视为最典型的"职场"。因而职场小说的写手们几乎不约而同地将笔触直指外企，尤其是世界500强外企。

从职场小说的作者构成和书中描摹的生活场景来看，职场小说属于典型的中产阶级的文学想象。职场小说的作者大抵是职场成功精英，描绘的也是本阶层的生活经验和趣味爱好。与打工文学相同的是，职场小说显然也是代言式写作，都是描写全球化语境中的中国经验。但打工文学是为社会底层代言，书写底层谋生的真实境况，职场小说是为中产阶级代言，除了反映白领们真实的职场际遇，还投射了许多关于财富与自由，关于跨国资本和跨国制度的文学想象。可以说职场小说提供了让现代职场白领们驰骋"现代性"想象的自由空间。

当今的中国职场紧密联系着跨国资本的全球扩张，愈来愈深地卷入资本的全球化格局中。中国人的意识形态，包括知识分子的意识形态在市场化的洗礼和人文主义、理想主义的挽歌中发生了巨大嬗变。市民普遍向往"发财"，而白领阶层渴望获得财务与精神的双重自由，即梦想中的"成功"，这种"成功"是以西方的"先进性"为蓝本构筑的。中国目前的白领一族出生、成长于对外开放的年代，接受了肯德基、可口可乐、杰克·迈克逊的摇滚乐、好莱坞大片的熏陶，视西方的生活方式为时尚和优越，对西方的工作方式、西方的职场精神颇为神往。"职场小说"其实是西方"成功学"书籍的"亚类型"，比尔·盖茨式的"美国梦"早已掀起了中国人的"头脑风暴"，白领阶层的"成功梦"就是对"美国梦"的复制，白领成长的"精神症候"在职场小说与西方成功学书籍的互文阅读中得以窥探。

由于是知识阶层，对人生的意义会有理性思考，白领对于"成功"的诠释有精神维度的要求，正如鲍曼在其著作中指出的那样，"人生的抱负多半是以流动性、自由选择居住地、旅行和见识世界所表达的；而人生的恐惧却恰恰相反，往往是以禁锢、缺少变化、不能走进其他人都能轻松穿行、探索和享受的地方来谈论的。'美好人生'是不断运动着的人生。更确切地说，是在人们不再满足与留守一地时可以充满信心、拔腿就走的那种逍遥自在。自由的含义首先已成了选择的自由，而且选择显然已获得了空间维度"①。对于中国白领而言，必须先获得财务上的自由，才能谈精神自由。而外企作为中国最先进的职场，象征着规则明晰的竞争，象征着开阔的眼界与能力的最大提升，象征着最直接地晋升到"中产阶级"行列，这种直接性不仅体现在薪金、收入的高昂，更是一种生活方式的直接晋级：直接进入西方式开放、享乐、流动的生活方式。很显然，中国白领关于"成功""自由"有一个明晰的空间指向，即指向于西方式的工作和生活场景。由此，也能明了，为何当下的中国职场小说几乎不约而同地聚集于外企，尤其是500强外企职场，热衷于抒发对于跨国资本的文学想象，因为只有那样的场域才是典型的、相对的"自由空间"，才能承载起白领阶层沉甸甸的中产阶级梦想。

但其实，职场白领对于跨国资本的文学想象带有乌托邦色彩。外企同样有职场辛酸，金融危机导致裁员减薪，外企也纷纷出现裁员危机，从某种程度而言，外企的竞争与倾轧可能更激烈。并且外企的文化冲突也常造成工作上的分歧。在"成功神话"和资本主宰的世界里，智商、情商培养，谙熟人际技巧，竞争意识强烈，游刃有余地运应商场规则，……资本的"丛林法则"逼迫每个参与者竭尽全力甚至是不择手段地生活。一面是温情的励志话语，另一面是残酷的狼图腾文化，外企职场白领已陷入法兰克福学派批判的"资本牢笼"。

---

① ［英］齐格蒙特·鲍曼：《全球化——人类的后果》，郭国良、徐建华译，商务印书馆2001年版，第92—93页。

三　职场小说中的性别文化

中国职场小说的"开山祖师"王强曾经很直白地评论李可的《杜拉拉升职记》："像《杜拉拉升职记》这种，就是第一层的东西，它像一幅速写、白描，告诉了没进过外企的人那是什么东西，但并没有告诉人们那背后的东西是什么，所以它只适合刚毕业的女孩子。"①无独有偶，另一位男性职场小说写手——《做单》的作者胡震生在接受北发图书网采访，应主持人要求将自己的作品与李可的《杜拉拉升职记》作对比时，也说了下面一段话："和其他同类小说比，我的《做单》做到了真刀真枪的厮杀。可以说是给男人写的一本小说，女性的话可以看完《做单》再看《杜拉拉》，我怀疑你会看不进去。……如果从性别分，我认为女的看《杜拉拉》，男的看《做单》，如果从职场经验分，我认为菜鸟看《杜拉拉》，如果你不想当菜鸟，那么看看《做单》。来看看真正的职场竞争是怎么样的。"②北京某媒体采访《输赢》的作者付遥，提出如下问题："《输赢》是最早的职场小说，后来出现的同类畅销书中，有不少是女性作者，比如《浮沉》。在您看来，不同性别作者所创作的这类作品，所体现出的对职场、对人生的思考有什么差别？"付遥答道："有句话体现两种书籍的不同，叫'男商战，女职场。'男人喜欢竞争，要功成名就，扬名立万，往往直截了当。女人情感细腻，注重内心的感受，更加委婉曲折。我个人还是喜欢看男性作品，比较紧张刺激，看女性作品，总有被催眠的感觉。"③

王强、胡震生、付遥的观点其实颇具代表性，代表了多数男性对职场小说的看法。尽管从市场效应与销售量来看，李可、崔曼莉的《杜拉拉》与《浮沉》远远超越了王强、胡震生、付遥的《圈子圈

---

① 王勇：《王强：职场小说是"伪书"》，《中国企业家》2009 年第 17 期，第 78 页。

② 《〈做单〉——前 IBM 金牌销售胡震生访谈》：北发图书网——北发图书访谈时间，2009 年 8 月 15 日。

③ 《职场小说的价值曲线》，中国网 china. com. cn，2009 – 08 – 13。

套》《做单》与《输赢》，但许多男性对女性职场小说仍持轻慢态度，认为她们描写的并非真正的职场，或者属于低一级的职场。原因在于，男女两性秉承着不同的职场理念，从女性主义视角分析，也可以说是男权主义在职场的体现。王强、胡震生、付遥的观点也具有现实性，因为职场小说的写作与阅读确实存在着鲜明的性别分流现象。职场小说鲜明的性别分野体现在如下几方面：

1. 审视职场小说作者的性别构成，可以发现知名男女写手各占半壁江山。职场小说由王强的《圈子圈套》系列发轫，有人将其称为中国"职场小说教父"，随后付遥的《输赢》，胡震生的《做单》都激起不小的波澜，可以说这几位男写手正式开启了中国职场小说之序幕。然而真正将职场小说推入高峰的却是随后的几位女写手。2007年李可的《杜拉拉升职记》惊艳登场，迅速掀起风靡大江南北的"杜拉拉"热，2008年"京城洛神"崔曼莉《浮沉》的出版，引起轰动。若单论销售量与影响力，《杜拉拉升职记》与《浮沉》显然已远远超越了前几部男性职场小说，李可、崔曼莉的知名度也丝毫不逊色于王强、胡震生等男性写手。

2. 观看职场小说中塑造的人物形象，可以发现男写手以男性为主角，女写手以女性为主角。如《江湖，那个别样的江湖》的作者孔二狗对作品内容描述道："这里，只有 A4 纸和 PPT，只有令人动容的男人的磨难和成长。"[①]

3. 品评职场小说的审美风格，可以发现男性职场小说较为"生猛"，女性职场小说较为"温婉"。男写手的作品通常情节跌宕，暗藏玄机，有职场版的武侠小说之感，读来紧张刺激；女写手的作品往往以生活为节奏进行铺叙，线索单纯，或理性真挚或幽默风趣，读来温暖平实。即使不介入内容，单看书名，就可大体揣测出作者的性别。如《问鼎》《输赢》《做单》《圈子圈套》《无以言退》《潜伏在办公室》《江湖，那个别样的江湖》等书名较为"生猛"，出自男性

---

① 孔二狗：《江湖，那个别样的江湖》，人民文学出版社 2009 年版，封二。

笔下。而《杜拉拉升职记》《米娅，快跑》《大猫儿的 TT 奋斗史》《一个外企女白领的日记》等书名较为"温婉"，出自女性笔下。

4. 分析职场小说的期待视野，可以发现，男作者面向男性写作，女作者面向女性写作。如王强公开宣称自己的书是写给男人看的，并表示了对女性职场小说的不以为然。与作者的预想读者基本一致，在现实阅读中也自然地形成了男女分流，例如"杜拉拉"拥有很多女粉丝，简称"杜拉丝"。2009 年 3 月由北京新世界出版社以隆重姿态推出的《问鼎》，其主推卖点是"第一部只写给男人的职场登顶小说"。而在 2009 年 7 月出版的《荆棘舞：80 后女孩外企生存手记》中，鲜明地提出了"女性职场"这一概念。

男写手作品男性特征明显，风格雄强，有武侠风格，读者群主要是男性；女写手作品风格平和、细腻，更注重情感与励志元素，读者群主要是女性。几乎可以按照性别，将职场小说划分为男性职场小说和女性职场小说。又可将男性职场小说称为男性职场商战小说，将女性职场小说称为女性职场成长小说。

对职场小说进行文化阐释，其旨趣在于挖掘小说中的意义网络或者意义结构。而文化本身的多视角性决定这种挖掘具有多维性，与之相对应的文化意蕴也就具有多元性。职场小说的性别色彩如此鲜明，这使得从性别文化的视角来观照职场小说饶有意味。通过对职场小说文本的具体分析，能发现职场小说既张扬了女性主义，也蕴含了男权意识。而女性主义式的分析应占主流，因为在此之前的任何一种类型的小说都没有像职场小说这样，拥有"众多"（相对于男性写手而言）有影响力的女作者和庞大的女性读者，这一文学现象本身便凸显了"她时代"的文化意蕴。从女性主义意识形态来看：首先，本土职场小说描绘了一群依托职场成就自我经济、社会地位的青年女性的奋斗史。这展示了中国当代女性，尤其是知识女性对自身价值的定位与思考，表达了她们自主意识的葱茏及理性反抗男权的现实对策。中国当代都市女性群体貌似独立、前卫，内心却满蓄着困惑、矛盾。她们摇摆与飘忽在传统性别观、社会价值多元观及现代商业意识等多种伦理之间，竭力寻找自我角色定位与自我认同，是致力于追求事业，成为经济独立的"女强人"，还是致力于经营爱情，成为家庭港湾中的"小女人"？这一二元对立的两难命题简直贯穿了新一代中国女性的整个青春期。近年来，高校涌现出一批女生"急嫁族"，各大书店也涌现出诸多关于塑身、美容、恋爱秘籍的书籍，这些都是现代部分女性以"嫁"为重之人生观的体现。然而中国本土女性职场小说的崛起却昭示了另外一种人生抉择：以职场为中心与重心，靠自我永不言弃的奋斗，来实现财务与精神的自由，从而通向辉煌的人生巅峰。《浮沉》中的小销售乔莉斩钉截铁地对赛思中国前总裁程轶群说："我要做这个行业最好的外企中销售业绩最好的人。"① 女性职场小说里的女性主人公大多勤奋、敬业，以不放弃、不抛弃的精神，努力在职场中占据一席之地。但职场的激烈竞争常常令她们身心疲惫，由此看来，"她们同样是一群在都市的钢筋水泥间匆忙穿梭、苦苦挣扎的小人物，光鲜的外表下包裹着痛楚的心灵。但她们又很坚强，有永不言退的勇气和超强的抗打压的韧性，恰似'草根'——平凡而具有顽强的生命力"②。这种在职场中积极奋斗的姿态，摈弃了女性惯有的乌托邦玄想，表现出积极的务实精神与理性色彩。其次，中国本土女性职场小说描写了现代女性对职场的特殊理解及独特的女性职场智慧，体现了女性自我性别身份的体认及建构职场性别文化的意识。不同于男性作者笔下狼烟四起的职场，女性笔下的职场虽然也弥漫着硝烟味，但更交织着脉脉温情，隐隐折射出人性光辉熠熠的一面。女性职场小说作者塑造的女主角有基于女性生活情状的价值观与身为女性的职场智慧：她们以设身处地的思维与胸怀，去理解职场中的男性同事、上司及周围的职场环境，但并不对他们的思维与逻辑照单全收，而是拥有基于女性自我的判断能力。例如《浮沉》

---

① 崔曼莉：《浮沉》，陕西师范大学出版社 2008 年版，第 3 页。
② 闫寒英：《中国当代职场小说的文化价值》，《求索》2010 年第 6 期，第 213 页。

中的女主角乔莉，在职场事务斡旋中，有妥协有保留，有坚持有体谅，尽力在不触及底线的范围里，给内心最大的自由空间。又如《米娅，快跑》中的女主角米娅，并不盲从男性职场的"发展"逻辑，而是从自身利益出发，精细地衡量着职场中的投入与产出，不愿意为了职位的升迁而透支心理成本。美国伦理学家、心理学家、女权主义者卡罗尔·吉利根（Carol Gilligan，1936 年— ）曾指出，由于男女两性在幼儿期与双亲的关系不同，两性在道德与心理倾向上也存在差异。男女两性倾向运用不同的道德语言：男性以抽象化的语言传达公正、公平，他们推崇准则与权利之公正伦理；而女性则用具体化的语言表达同情、关怀、责任与共鸣，她们强调具体情境、关系与责任之关怀伦理。显然，现代职场既需要以男性为主导的公正伦理，也需要以女性为主导的关怀伦理，男女在职场上各有优势，互为补充，可以达成合作与共赢，女性完全不必在职场上"异化"自我。

女性主义理论的中国化历程，经历了三个阶段：第一阶段是女性获得政治权利；第二阶段是以刻意抹杀性别差异的方式来追求男女平等；第三阶段是关注独特的女性经验并重新审视性别差异，提倡性别和谐。这一理论轨迹反映在职场上，即为"职场女性男性化"向"职场女性双性化"的变迁。以前，很多职业女性在职业领域中，有意识或无意识地遵循男性职场规则，对于时代新女性而言，迈出家门跨入职场没有任何问题，问题在于，她们究竟能在什么范围内选择工作，究竟在工作场域拥有多大的自由空间？经济与人格独立似乎也不再是问题，问题在于：是否在职场中必须遵循男性原则，职场中的女性一定得像个男人，才能事业有成吗？在过去，对这些问题的回答通常是肯定的，即职场女性"男性化"才能获得成功，反而言之，成功女人，多半像男人。然而现在，"职场女性男性化"的论点已遭到质疑与解构，部分中国本土女性职场小说正以女性立场表达着这种质疑，并建构着基于女性人生的新职场性别文化。

从作者的写作意识来看，性别与性别意识也并不完全统一，而是存在一定程度的分裂。尽管许多男性职场小说的书写在内容与形式上都显现了对女性的职业性别歧视，反映了刻板的男性职场模式，但并非所有男性的书写都是男权式的，其中也有对女性主义的赞同；正如并非所有女性的书写都是女性主义的，其中也有对男权制的趋附。

第三章

职场小说中的性别观及性别意识形态

　　作为类型小说的一种，中国本土职场小说有模式化、程式化、实用化、娱乐化、商业化等特点，但优秀的职场小说同时还具有较高的审美性，除了形式的审美，更重要的是精神的审美。在职场小说包蕴的思想中，性别观与性别意识形态引人注目，因为职场小说的书写与阅读本身就是一个耐人寻味的"性别"现象。性别意识形态从马克思阶级意识形态延伸而来，与同样从马克思阶级意识形态延伸而来的族裔意识形态成为 20 世纪后期的热点。本书之前讨论过的消费主义意识形态与性别意识形态相反，不讲区隔而强调广泛性。

　　对职场小说性别观及性别意识形态的探讨可以从女性主义、男权主义与爱情伦理三个维度进行。女性主义是 20 世纪以来研究性别问题最锐利的武器，马克思主义女性主义、生态女性主义、男性气质研究是当下女性主义研究的热点与新趋势，在女性职场小说中均得到了展现；而传统父权制在男性职场小说中被较多体现和认同，也有部分女性职场小说对男权制在姿态上呈"后女权"式的激进态度，其实质却是对男权制的趋附；谈论性别意识形态，必然会讨论两性间的爱情伦理，在职业生活主流化的白领阶层中，爱情与职场相互纠结与冲撞着，爱情被现代职场理性、功利性与战斗性浸入与异化，而职场也因为爱情的濡染更显五味杂陈。

第一节　女性主义与职场小说

一　"女性主义"及中国女性主义经典小说文本形式

从 18 世纪末开始，伴随着法国工业革命和美国废奴运动，一场争取男女平等权利的妇女解放浪潮自法国滥觞，而后蔓延至英国和美国，并在 20 世纪初达到高峰，被称为女性主义运动的第一个高潮。在此期间，"女性主义"一词逐渐被人们接受。这一词为 19 世纪 80 年代法国之发明：在"女性"（法语拼写为 femme）一词后加上代表政治立场的词缀"ism"而成。"Feminism"既可译成"女性主义"也可译为"女权主义"。许多学者两者混用，也有学者将"女性主义"和"女权主义"视为女性运动的两个不同发展阶段："女权主义"指 20 世纪 60 年代以前女性运动争取两性平等权利的斗争；"女性主义"指 20 世纪 60 年代以后，受后结构主义的影响，女性运动注重"性别意识"和文化建构的斗争。针对当代的实际语境与本书文化批判的立场与方法，笔者倾向于将"Feminism"译为"女性主义"。

从 20 世纪 60 年代第二次女性主义运动兴起至今，历经半个世纪的发展，女性主义已是多元繁杂、流派纷呈。除了传统女性主义（又称自由女性主义）外，又相继兴起了激进女性主义、社会主义女性主义、马克思主义女性主义、第三世界女性主义、黑人女性主义、心理分析女性主义、后殖民女性主义、后现代女性主义、生态女性主义等。然而有必要指出的是，20 世纪 80 年代以后，西方各国，特别是美国，在反思女性主义对社会产生的影响时，涌现了一股对女权运动的抵制情绪，在这股灰色情绪中，既有男性对女性运动的反扑之声，也有女性自己对女权运动的反思与反拨。从男性学者观点来看，乔治·贾尔德（Gorge Gilder）在其著作《富裕与贫穷》里责备妇女运动妨碍了男人的发展进而妨碍了整个社会的发展；而华伦·法瑞尔（Warren Farrell）则在其畅销书《男人为何如此》中宣称传统的思维模式不是男人中心式的，是为男女两种性别而建，并且对女性尤其有利。从女性学者观点来看，卡米拉·帕格利亚（Camille Paglia）在《性角色》一书中将波伏娃"女人不是天生的而是被造成的"这一名言颠倒，说女人是天生的，男性创造的文明既拯救了世界又保护了女性。曾以代表作《女性的奥秘》对传统女性主义理论发展产生重大影响的理论家贝蒂·弗里丹在 1981 年她的另外一本著作《第二阶段》中，对自己以前的激进态度作了调整：她认为女权主义狂飙突进地在男人的世界中争取成功是缺乏对男女之间固有差别的认识。妇女最重视家庭，其实从影响丈夫的角度努力，也能达到改造社会之目的。

如果说男性学者的观点代表了男权回潮现象，那么女性学者的观点与态度就显得暧昧、模糊：从理想降落到现实，从追求平等到强调差异，从激进立场到保守态度，并非没有对男权的反抗，但反抗的策略已经变更，有时甚至转变到疑似归顺男权中心主义，有学者将此种现象命名为"后女权主义"①。

然而"后女权主义"这一概念也在其他意义上使用，如索菲亚·孚卡在《后女权主义》中将"后女权主义"界定为西方女权主义在 20 世纪 60 年代开始的由政治朝文化的转向。"自 20 世纪 60 年代以来，西方女权主义发生了重大转向，女权主义者关注的重心转移到意识形态领域，她们借鉴各种新兴的后现代文化理论对各个领域中的性别歧视提出挑战，并试图以女权主义理论来补充、修正、重建男性话语主导的西方文化理论。尽管她们并没有放弃对平等和解放的要求，但这种要求已经超出了政治领域，进入更加宏阔的文化领域，超出既定的男权话语，去寻求一种体现性别差异的平等。这一转向被本书作者冠以'后'字，其目的是与其前的女权主义运动加以区分。"②

① 参见孙桂荣《消费时代的女性小说与"后女权主义"》，博士学位论文，山东师范大学，2004 年，第 9 页。

② [英] 索菲亚·孚卡：《后女权主义》译后记，王丽译，北京文化艺术出版社 2003 年版，第 170 页。

但其实，此书作者界定的"后女权主义"等同于某些学者界定的具有文化指向的"女性主义"。因此笔者更赞成将"后女权主义"这一名称应用在之前提及的20世纪80年代的西方女权主义遭遇攻击的境况中。因为对这一境况的此种命名较为贴切，既体现了女性主义发展阶段的变化：是女性主义达到高潮后的回落，属于反思、消沉、落后的阶段；又体现了女性主义的质变：这一时期的女性主义在性质上与之前的女性主义有区分，它常体现为隐匿的、变异的反男权策略，但其实质却是男权主义的。

西方女性主义在20世纪80年代传入中国，西蒙娜·波伏娃的那本"西方妇女解放运动《圣经》"——《第二性》于1986年由湖南文艺出版社翻译出版，堪称西方女性主义理论进入中国的标志性事件，自此西方一些重要的女性主义专著、论文被陆续译介进国内，西方的各个女性主义流派也相继传播到中国大陆。相对于西方经典女性主义论著在中国的影响力，后女权主义的观点在中国被介绍得较少，没有受到学界重视。1995年，在北京举行的第四届世界妇女大会引发了一场爆发式的女性主义中国热潮，大量有"女性"前缀的女性主义读物出版，开始有批评家宣称自己是女性主义者。与此同时，对女性主义的反省、批评、质疑之声也开始出现，矛盾的焦点集中在女性主义的本土困境问题。学者王政在为《社会性别研究选译》一书作序时指出："Feminism有别于各种'主义'，它不是由几条定义和一系列连贯的概念组成的一种固定不变的学说，更不是排斥异己、追求占据思想领域中霸权地位的真理，而是一个开放的、动态的、涵盖面极广的、各种思想交锋、交融的场所。它历来同时包括理论与实践。"① 可见，"女性主义"有其特定的时代、国界、种族、阶级及文化含义。无论是传统文化背景，还是西方女性主义诞生与发展的时代背景，中西都是迥异的，所以西方女性主义经典虽然在理论上打开了国内学术研究与社会认知的新领域，但人们质疑其对中国女性的解放

① 王政、杜芳琴主编：《社会性别研究选译》，三联书店1998年版，第8页。

实践究竟有多大程度上的适应性，正是此种质疑，使得中国的女性主义研究逐渐发展了这样的特征："在理论形态和精神品格上，它不可避免地带有异域性，但它对问题的展开和进入，则具有强烈的本土性。借鉴西方而又立足本土，尽可能地以自己的声音，参与一种世界性的对话。"① 因此许多女性主义著作摈弃了纯理论分析，而是结合具体的文本案例和文化意象进行本土女性主义意识形态的分析。如戴锦华的《浮出历史地表》《镜城突围》《犹在镜中》，陈惠芬的《神话的窥破》，徐岱的《边缘叙事——20 世纪中国女性小说个案批评》等。本书也倾向于此种理论演绎策略，即借用源自西方的女性主义理论术语与资源，展开对中国本土职场小说的观照，挖掘其中蕴含的性别意识形态。本书对中国本土职场小说进行性别意识形态分析，拟吸纳与应用女性主义的三大理论资源：马克思主义女性主义、生态女性主义、后女权主义。其中马克思主义女性主义、生态女性主义是国人耳熟能详的术语，而对后女权主义则较为疏离。笔者认为后女权主义恰好是在中国转型期的消费主义场域下，为数不少的一部分女性（尤其是职业女性）实际生存境况与思想状况的表达。

一般而言，女性职场小说的写作者以近乎实录的方式表达自身的职场生涯境况和对职场喜怒的思考，她们并不是从弘扬女性主义的初衷出发而创作，甚至当作品出版后，也忌讳被舆论称为女性主义者。但由于作为中国女性中最有觉悟和自省力的知识分子阶层，她们的思想与时代发生天然碰撞，必然会激发出女性主义火花。对女性职场境遇的反思就是对当代职业女性实际生存境况的反思，其间满溢着女性主义的批判元素。因此部分女性职场小说被视为女性主义文本，例如《杜拉拉升职记》初版时被定位为"女性读物"，而电影版的《杜拉拉升职记》被评论为"女性主义的集体狂欢"。如果将张爱玲、冰心、丁玲、苏青的小说视为中国女性主义小说的第一代典型解读文本，将张

---

① 陈志红：《反抗与困境——女性主义文学批评在中国》，杭州美术学院出版社 2002年版，第 3 页。

抗抗、王安忆、铁凝、池莉、方方、林白、陈染的小说视为中国女性主义小说的第二代典型解读文本，将卫慧、棉棉、周洁茹的小说视为中国女性主义小说的第三代典型解读文本；那么李可、崔曼莉、秦与希、凌语嫣的女性职场小说可被视为中国女性主义小说的第四代典型解读文本，即最当下的解读文本。每一代经典女性主义文本都凸显了某一阶段女性或中国本土女性主义关注的焦点：第一代向"自由"呐喊，尤其是向"爱的自由"呐喊；第二代或以都市为背景，感悟女性的群体存在，或躲进"私人化"空间，感悟女性的个体存在；第三代以"身体姿态"诠释着后现代式的另类情感张扬；第四代则在全球化和现代消费主义的冲击波中，由玄想回归现实，奏出激情、理性与消沉、彷徨交织的女性关于"生存"与"发展"的复调。

二　职场小说中的马克思主义女性主义展现

社会主义中国的妇女研究与性别社会学的理论一开始就建立在社会经济、政治变迁背景下马克思主义和女性主义之间历史互动的基础上。马克思主义几乎在中国所有的学科中占据理论主流位置，它通常为中国共产党的政治利益服务，党有关妇女的理论框架源自三方面：由"五四"启蒙运动生发的女权主义、马克思、恩格斯关于家庭的论述及民族话语。1949年新中国成立后，以马克思主义为指导的妇女解放被制度化，1978年康克清（当时全国妇联主席）将其确切化为"毛主席有关妇女解放的理论与路线"，1990年江泽民重新定义为"马克思主义妇女观"。江泽民同志在"三八"国际劳动妇女节80周年纪念大会上对"马克思主义妇女观"界定如下："马克思主义妇女观，是运用辩证唯物主义和历史唯物主义的世界观、方法论，对妇女社会地位的演变、妇女的社会作用、妇女的社会权利和妇女争取解放的途径等基本问题作出科学分析和概括。"① 马克思主义妇女观对以下三方面问题的探讨尤其富有真理性与启发性：一是男女不平等的实

---

① 江泽民：《在"三八"国际劳动妇女节80周年纪念大会上的讲话》，1990年。

质。马克思主义经典作家认为私有制是男女不平等的根源，男女在物
质资料生产中的地位决定他们之间的关系，性别压迫的实质即阶级压
迫。二是妇女解放的标志。马克思认为妇女解放的标志是人的自由、
全面发展。并且妇女解放是一个阶段性的过程：阶级解放→社会解
放→彻底解放。三是妇女解放的条件。恩格斯提出妇女解放的条件在
于：妇女参与社会劳动、家务劳动和儿童养育社会化。马克思主义妇
女观虽然为妇女解放问题提供了唯物主义的科学分析基础。但在许多
研究者看来，仍然没有形成逻辑完整的马克思主义妇女理论体系。而
要达成这一目的，马克思主义妇女观就必须面对时代，迎接当下社会
实践与社会思潮的挑战。从社会实践来看，现代生活出现了新内容、
新特点，例如妇女问题一方面趋于全球化，另一方面地域特色也日益
突出；妇女个体在现时代发生了诸多变化；妇女问题与婚姻、家庭、
职业等其他问题盘根错节……从社会思潮来看，女性主义和社会性别
理论、后现代主义、后殖民主义等风起云涌。如何紧密跟进现实，如
何鉴别与吸收其他思想流派之精华，不断发展自己，是马克思主义妇
女观亟待解决的重大课题。有学者呼吁，马克思主义妇女观应当吸纳
社会性别研究，或者说通过性别社会学可以将马克思主义妇女观与社
会性别理论完美结合。女性主义者盖尔·卢宾在其著作中指出："马
克思主义对社会不平等的分析，也许是现存分析中最为灵活有力的概
念体系，但是企图把马克思主义当作对一切社会不平等的惟一解释体
系，却是一个失败的做法……由于马克思主义理论是强有力的，它确
实发现了性别压迫的一些重要有趣的方面。它在那些与阶级问题和劳
动组织问题最接近的性别问题上表现最佳。但是，在性别的社会结构
这类更为特殊的问题上，马克思主义的分析却没有什么影响。"① 盖
尔·卢宾对马克思主义的评价应当是较为客观与公允的。长期以来，
中国以马克思主义妇女观作为国家意识形态与妇女政治话语基础以及

---

① ［美］盖尔·卢宾：《对性的思考：性政治的激进理论笔记》，参见李银河编译
《酷儿理论》，时事出版社 2000 年版，第 67—68 页。

妇女运动的指导原则，这在实践上确实有力指导与推动着我国妇女解放事业的发展，尤其是妇女社会经济地位的获得。但它也权威性地终结了是否要通过政治斗争获取性别平等的讨论，使妇女个体的、文化的、心理的解放等议题被忽视。同时由于党和国家一直充当妇女解放的主角，在一定程度上制约了妇女运动的自我发展。因此在马克思主义妇女观中吸纳社会性别研究有利于推动马克思主义妇女理论的当代发展、本土发展，形成有中国特色的妇女理论，更好地指导社会性别实践，实现真正意义上的男女平等。如果我们在研究中倾向于将马克思主义作为一种科学而非国家意识形态，其与社会性别研究的结合就更显顺理成章了。

马克思主义女性主义产生于 20 世纪 60 年代，彼时西方第二次妇女解放运动正如火如荼。马克思主义女性主义继承马克思主义的历史唯物主义和辩证唯物主义分析法，将妇女受压迫与资本对劳动力的剥削相关联，将妇女的有酬、无酬劳动与资本主义经济的发展联系起来分析。"这一派别并不完全是指引经据典地研究马克思、恩格斯关于女性解放的观点，而是泛指经济基础—上层建筑结构影响女性的理论学派，其中也包括对马克思、恩格斯妇女思想的批判。"[1]

马克思最富有洞察力的思想之一是历史唯物主义，它的主要内容为：文化和社会根植于物质、经济环境。尽管中国本土职场小说的作者并非有意识地以马克思主义理论指导创作，其中的女作家和女读者群也并没有指认自己是女性主义者，但她们的文本所表达的思想与马克思理论和马克思主义女性主义有重要的契合之处，这种精神契合表现在如下几方面：

第一，工作对于女性解放的意义。"工作"指"有偿工作"，"解放"指经济、政治与情感的全面解放。马克思主义女性主义者重视"实践"的思想，认为可将其视为教育工具，"人们可以通过实践逐

---

① 西慧玲：《西方女性主义与中国女作家批评》，上海社会科学院出版社 2003 年版，第 43 页。

渐认识他们受压迫的处境，从而放弃'虚假的意识'，以实际行动改造他们的境况"①。工作是人类最重要的实践，"人类可以不工作而生存是难以想象的。有关工作的新的道德规范是从工作对人类的个性来说不可或缺这个观点而来的"②。工作同样是女性最重要的实践形式，除了从人类有关尊严、创造、自我实现的共性而言外，在男权仍占统治地位的社会里，工作能使妇女摆脱对男子的经济依赖，进而反抗性压迫。恩格斯早已指出："妇女解放的第一个先决条件就是一切女性重新回到公共的事业中去。"③ 女性职场小说描绘的是一群职业白领，"工作"自然在她们的生活中占据核心地位，追求职业的成功也是她们共同的理想。她们通常年轻、受过高等教育、有进取心，也有足够的理性，只要在职业领域中拥有合适的机遇，就能最大限度地发挥潜能，并从潜能的激发中获得自信和自我定义。财务上的相对自由使得这群白领丽人在精神、情感、生活方式上得以自立、自强。如《杜拉拉升职记》中的杜拉拉、《浮沉》中的乔莉、《荆棘舞：80后女孩外企生存手记》中的叶小茶、《加油！格子间女人》中的维维等都属于精明、能干、坚毅、对感情豁达、极富主见的女子。这些职业女性在职场上驰骋，颠覆了被弗洛伊德描述的那种依赖、不理智、情绪化、被动、自恋甚至自虐的传统女性形象；但他们也并非一味刚硬，也兼具诚恳、坦率、灵活、实际、关爱等"女人味"特质。

第二，工作对于男性与女性的异化。异化指个体与自我、他人、所指称的意义分离的现象。在《1844年经济学哲学手稿》中，马克思论断，异化的起因是资本主义工业化带来的异化劳动。"劳动者把自己外化在他的产品中，这不仅意味着他的劳动成为对象，成为外部的存在，而且还意味着他的劳动作为一种异己的东西不依赖于他而在

---

① 〔美〕约瑟芬·多诺万：《女权主义的知识分子传统》，赵玉春译，江苏人民出版社2003年版，第95页。

② 〔美〕贝尔·胡克斯：《女权主义理论——从边缘到中心》，晓征、平林译，江苏人民出版社2001年版，第180页。

③ 〔德〕恩格斯：《家庭、私有制和国家的起源》，《马克思恩格斯选集》第4卷，人民出版社1995年版，第72页。

他之外存在着，并成为与他相对立的独立力量。"① 在现代职场中，尤其在竞争激烈的行业里，工作对职场人的异化成为常态。这种异化主要表现在巨大的工作压力、程式化的管理体制和现代性"进步"神话的洗脑等诸方面。

从工作压力来看，许多职员内心都存在着危机感和不安感，为了保住现存工作和获得职位升迁，他们加班加点，透支生命，甚至"过劳死"。在"过劳死"或者自杀的职员中，大多是男性，处于社会与自我的"只能成功不能失败"的双重期待视野下，男性在职业生涯的博弈中承受着更大的压力，他们几乎不能"言退"。男性职场小说写手零因子在其作品《无以言退》中描写了男主人公贾文海在IT业打拼的场景：

> 所谓项目经理没有特权只有更辛苦，我开始以公司为家，吃在公司睡在公司，想在公司，梦也在公司。宋智军说我像纳粹集中营的囚犯，除了骨头什么都没有，连精神都消失了。②

而男主人公手下的程序员小关最终因劳累过度猝死。对此作者无奈地评论道："程序员是用青春挣钱，用身体换生存。最先进的科技却体现出最原始的竞技。"③

工作之于女性也意味着重重压力。据调查，因压力过大三十多岁就提前进入更年期的白领女性数量激增，并且成为"微笑的抑郁者"。而工作与家庭的矛盾也深深地困扰着职业女性，女性职场小说写手绝望沧海在其作品《一个外企女白领的日记》中感叹道："事实上，对女人来说，事业和家庭双丰收等同于 dream。即使有，也是运气而未必是刻意经营的结果。"④

---

① ［德］马克思：《1844 年经济学哲学手稿》，人民出版社 2000 年版，第 96 页。
② 零因子：《无以言退》，清华大学出版社 2008 年版，第 8 页。
③ 同上书，第 3 页。
④ 绝望沧海：《一个外企女白领的日记》，中国友谊出版公司 2008 年版，第 23 页。

　　事业与情感的矛盾在许多女性职场小说里得到反映，例如《浮沉》中的女主人公乔莉忙于所从事的销售工作，几乎无暇抽出时间谈恋爱。一般而言，男性事业越成功，获得爱情的概率越大；而女性事业越成功，获得爱情的概率越小。现代都市里的"大龄剩女"很大一部分是优秀的职场白领。此外，"工作"中的"无偿劳动"（家务活及育儿）对女性也是一种异化。烦琐、重复的家务活消耗着女性大量时间与能量，而这种付出的价值基本上不被社会认可。"无偿劳动"在一定程度上将女性（尤其是全职太太）与社会隔绝，"与世隔绝，那是一种持续不断的混乱，永远不会关联的感受"[1]。作为接受了现代思想熏陶的白领职业女性，已经理所当然地摒弃了家务劳动的负累，在女性职场小说中鲜有对家务劳动的议论与抱怨，反而将家务活动审美化，成了时尚职业女性的生活态度，这可视为职业女性对"无偿劳动"更深层次的反拨。

　　从程式化的管理体制来看，单调、严苛、以效率最大化为旨归的标准化管理压抑了职场人的个性。19世纪末，弗雷德里克·温斯洛·泰勒将"科学管理原则"引入工业生产，这一原则认为，应该对工人们的"时间与行动"进行理性的严密控制。当时光流转到21世纪时，"科学管理原则"也流变成了许多企业尤其是外企盛行的"SOP"，电影版的《杜拉拉升职记》中有一段台词非常经典地描述了"SOP"：

　　　　DB（一家外企公司的名称）是全球五百强，做什么事情都是有SOP的，也就是管理上我们常说的"标准作业流程"，这么举例子吧，一个人在DB想走路，先抬左脚还是右脚，每次抬多高，每步花多长的时间，都可以在SOP里找到依据。[2]

---

　　① ［美］阿莉森·贾格尔：《女权主义政治与人的本质》，孟鑫译，高等教育出版社2009年版，第465页。
　　② 见徐静蕾导演的电影《杜拉拉升职记》中的台词。

　　马克思曾将在高强度流水作业线上劳动的工人比作大机器上的齿轮，在重复、单调、机械的运转中被异化成没有生命、没有情感、没有全面发展的可能性的"物"；同样"SOP"式的现代职场管理模式也在所谓"企业文化"的蛊惑下，将职场人异化为麻木、顺从、缺失个性的职业机器。女性职场小说《米娅，快跑》中的女主角米娅，对其所供职的外企有一个诙谐而又苦涩的评论："这个公司像个蛋壳一样慢慢把我包起来，可是我来的时候还是个生猛海鲜呀——怎么能越活越回去了？"① 最终，被众人视为"异类"的米娅以离职的方式反抗公司管理体制对人性的异化。

　　从现代性"进步"神话的洗脑来看，现代性"进步"神话主张线性发展与二元对立式的征服，即人对自然、社会、自我的征服。反映在职场上，即推崇职场上的个人英雄主义，个人英雄主义认定在职场上只要像狼一样拼搏，不放弃，就一定能获得"成功"。近些年，源于西方现代性思想的关于"成功"的励志类读物与中国本土市场化引发的竞争意识不谋而合，在中国完成了一场民族式的集体"洗脑"，举国上下沉浸在一股追求"成功"的激情中。因而毫不奇怪，在本土职场小说中出现了很多"工作狂"式的人物。"工作狂"超负荷的工作，不顾身体与精神的透支。如《无以言退》中的程序员小关"过劳死"，虽然有外在压力的因素，但更多却是其自身对工作的"沉溺"，正如他的自我表白：

　　　　我们不过是IT沙尘暴中的流浪者，不知道何时能寻找到绿洲。昨天，我聋了；今天，我失明了；明天，我可能失去嗅觉……但脑子不会放弃运转，心中还荡漾着理想！②

　　可见与被迫工作不同，"工作狂"是自愿工作，甚至在工作中不

① 秦与希：《米娅，快跑》，北京大学出版社2009年版，第216页。
② 零因子：《无以言退》，清华大学出版社2008年版，第2页。

能自拔。正如许多职业白领常常加班，一方面基于期待职业上升的激情，一方面基于惯性，抑或是"工作"已经蚕食了人生中其他方面的乐趣，而成为精神与生命的单一寄托。女职场写手秦与希在其作品中描写了一个职场女"工作狂"形象——"Helen 是全部门公认的特别难搞的老板。首先她是个女强人，工作作风比男人还凶狠强悍；同时她又是个老姑婆，以脾气古怪著称。"① Helen 因为全身心投入工作一再耽误感情，当她终于嫁给一个能包容她的男人并怀了孕时，却又因为在孕期持续工作，过于辛劳而流产。对此，作者评论道："工作过于勤奋的人其实都有一种心理疾病，叫做自大狂强迫症，总觉得没有自己地球就不转了。"②

无疑，"工作狂"与被迫工作一样，都是异化的生存状态，人的丰富性被单一的工作压榨了；而比被迫工作更可怕的是，"工作狂"还是一种自我的自愿压榨，一种难以觉醒的心理偏执。

关于现代白领在现代职场中遭遇的异化现象，无论男女职场小说都给予了痛心的关注与解读，但解读的态度和给出的策略却存在着明显的男女性视野分歧。笔者尝试以"职场生态"这一概念来阐明此种基于不同性别意识形态的分歧。

三 职场小说中的生态女性主义展现

生态女性主义即生态学与女性主义相结合的思想流派。"生态"与"环境"有区别，正如生态文学家格罗特费尔蒂（Glotfelty）所言："'环境'是一个人类中心的和二元论的术语。它意味着我们人类在中心，周围由所有非人的物质环绕，那就是环境。与之相对，'生态'则意味着相互依存的共同体、整体化的系统和系统内各部分之间的密切联系。"③ 尽管并非所有生态运动都是女性主义的体现，但真正深刻的生态运动的性别化程度令人惊叹，生态意识与女性主义

---

① 秦与希：《米娅，快跑》，北京大学出版社 2009 年版，第 85 页。
② 同上书，第 108 页。
③ 王诺：《欧美生态文学》，北京大学出版社 2005 年版，第 4 页。

具有天然的亲和性。

生态女性主义产生于20世纪70年代，于20世纪90年代获得重要发展。"生态女性主义把建构和弘扬女性文化作为解决生态危机的根本途径，尊重差异，倡导多样性，强调人与自然的联系和同一，解构男人/女人、文化/自然、精神/肉体、理智/情感等传统文化中的二元对立的思维方式，确立非二元思维和非等级观念。"①

生态女性主义对男权所持的批判观点与对女性文化的褒扬态度大致如下：

其一，男性将世界当成狩猎场，不仅与自然为敌，有时还与社会、人自身为敌；而女性作为自然的主要照看和守护者，对自然界、他人以及自我具有身心相融的连续性体验，这种体验"为创建一个没有问题的、综合性的社会提供了本体论的基础，这样的社会无须否定肉体，无须攻击自然，或在自我与他人之间进行殊死的争斗，这样的社会不取决于任何形式的抽象的男性气质。"②

其二，男性是人类中心论之合法化叙事主体，而女性则被隐喻为与自然相关的诸种形态，这种隐喻渗透了对生命作等级划分的隔离思想。生态女性主义坚决反对对生命作等级划分，认为地球上的生命形成了互相联系的网络，并无高低上下的等级之分。

其三，男性关于"发展"的概念建立在经济理性的基础上，而女性关于"发展"的概念建立在生态理性的基础上。经济理性使人与自然、人与人之间的关系蜕变为工具和金钱关系，它信奉"越多越好"的以"物"为中心的线性发展观，带有霸权特征；生态理性则主张体悟万物，尊重生命的多元性，它信奉"更好的生活"的以"人生意义"为中心的复合型发展观，具有和谐特征。

中国本土职场小说中的女性文本彰显了上述的生态女性主义观

---

① 西慧玲：《西方女性主义与中国女作家批评》，上海社会科学院出版社2003年版，第47页。

② ［美］约瑟芬·多诺万：《女权主义的知识分子传统》，赵玉春译，江苏人民出版社2003年版，第125—126页。

点，女性职场小说的作者同样非有意识地以生态女性主义理论指导创作，但身为女性，她们的作品天然蕴含着生态气质，她们的文本所表达的职场意识形态鲜明地凸显出与生态女性主义的共鸣，这种共鸣可以相应地解读为以下几方面：

其一，与男性职场小说相比，女性职场小说虽然也描写了职场中的激烈竞争，但并不似男性那样，将职场笼统地视为硝烟弥漫的战场，而是给职场披上了一缕温情脉脉的霞光。女性职场小说隐含了这样的观点：事业发展应当在顺应、调和日常生活结构与心理空间的过程中进行，不应当一味强调竞争和侵略的精神。男职场小说写手崔伟在其力作《问鼎》的"引子"中写道：

> 公元二十一世纪，美国希罗、BMG 和德国史蒂夫三家 IT 跨国公司，为问鼎中国展开了一场激烈厮杀……希罗公司的霍力，为了问鼎公司高层，同样经历着职场的尔虞我诈、起起浮浮，谁将最后胜出？谁将成为职场"达人"？一幕幕职场商战暗战即将展开！

——俨然武侠版的职场小说。另一知名男性职场写手胡震生在其作品《做单》中，描写了资深销售谢正的言行与心态。谢正对"赢"的激情超越一切，他认为自己的需求就是赢单，不惜一切代价赢单，在为 MBI 公司的新员工做销售培训时，他语出惊人："是的，你们要把身边的人当枪来用，让他们为自己的销售目标服务，而你要做那个扣扳机的人。"①

在《做单》中，诸如"把自己的目标转换成所有人的生死需求，来控制他们为自己服务"②，"在商场上，无时无刻不是玩别人就是被人玩，没有中间地带"③ 的"警句"比比皆是。许多男性职场小说中

---

① 胡震生：《做单》，五洲传播出版社 2009 年版，第 1 页。
② 同上书，第 207 页。
③ 同上。

都充斥着"暗战""厮杀""谋略""控制""王道"等竞争性的强悍词汇。

而女性职场小说则对"残酷的职场竞争"进行了消解。《争锋》是女写手凌语嫣的力作，是一部在"商小说"大赛中脱颖而出的女性职场小说，虽然书名"争锋"听来凌厉，书中也确实涉及了"江湖险恶"的职场纷争，但作者对女主角衣云最赞赏的职场品格却是在竞争中善于掩藏锋芒的智慧。在衣云辞职离开世界500强的瑞德公司后，作者描述了她内心的感叹："刚刚经历了在世界最高级别的'外企丛林'里弱肉强食的一幕幕，她是多么地向往平静和安详。"①

在小说的结尾，衣云对曾是她上司的代维轻轻地说："以后，我的生活会是另一种完全不同的样子。"可以想象衣云期盼的生活绝非披荆斩棘、风云激荡的那种，而是与她天性中原有的、童话般的诗意气质相吻合的"柔柔软软，温温暖暖"②的人生。

其二，男性的职场等级观念森严，这种森严不仅体现在男性对女性的态度上，也体现了男人内部的博弈，仿佛权力与尊严相连：职位越高越有尊严，而职位低则意味着必须忍辱负重。与男性的观点不同，众多女性倾向于工作中人人平等，各种工作都有自身的特殊与重要性，女性也特别能理解家务活、育儿等无偿工作的价值。"女权主义对工作本质的重新考虑将帮助妇女工作者反抗心理剥削，尽管这样的努力不会改变经济状况。女权主义者如果肯定妇女所从事的工作的价值，无论是有报酬的还是没有报酬的工作，那么她们将为妇女们可选择的自我概念和自我定义。"③

在现实职场里，女性无论是职业种类还是职业层级，在传统的职业等级观念中都居于劣势。因此女性尤其有必要反击职场等级观念与体制，以此寻求职业成就感与自我认同。女性职场小说并未对职场等

---

① 凌语嫣：《争锋》，人民文学出版社 2009 年版，第 271 页。
② 同上书，第 267 页。
③ ［美］贝尔·胡克斯：《女权主义理论——从边缘到中心》，晓征、平林译，江苏人民出版社，第 120—121 页。

级体系进行激烈抨击，但也隐隐流露了对职场等级区分不以为然的态度。如《杜拉拉升职记》中有一段女主人公杜拉拉自己总结的，对公司员工阶级划分的戏称：

> 经理以下级别叫"小资"，就是"穷人"的意思，……经理级别算"中产阶级"，……总监级别算"高产阶级"，……VP 和 Presidents 是"富人"，……拉拉想，自己不能一直做销售助理，否则只有当"小资"了。①

这种具有戏谑味的层级划分纯粹从薪水和福利的角度进行界定，并没有关涉人格与声望。

其三，男性对于事业"发展"，事业"成功"，通常是以职位的级别、财富、权力、声望等外在指标来衡量。而女性则质疑并解构着男权中心式的关于"发展"与"成功"的定义。《米娅，快跑》是女写手秦与希的作品，一部温暖有趣的职场小说。女主角米娅认为，工作需要衡量投入与产出之比，聪明的"混"是最佳方案。而且米娅也真的在 500 强外企 QT"混"得小有成绩——由普通员工升至市场部经理，正当前程一片大好，有可能继续往上攀升为市场总监甚至总经理时，米娅作了一个令同事瞠目结舌的决定，辞职去欧洲留学，学习自己一直心仪的奢侈品管理专业。对此，米娅的一个好友反应激烈：

> 你是不是疯了？这简直就是烧钱！再加上生活费，一年一共得三四十万人民币吧。但同时你又少挣了一年的钱，这样里外就亏大了。再说，留学回来也同样是要工作的，你现在的工作多少人羡慕，要是就这样放弃了，你怎么能保证到时一定能找到更好

---

① 李可：《杜拉拉升职记》，陕西师范大学出版社 2007 年版，第 20 页。

的工作呢？①

而米娅自有其对"发展"的诠释：

> 每个人对上坡路的定义是不一样的，此之甘饴，彼之砒霜。
> 理想是那样一种东西，也许理性的考虑和功利的计算都证明那并
> 不是最优选择，但你就想那么做。②

坚守自我的理想，睽离于世俗的名利，期望多样化的人生，是米
娅对职场男性中心式的线性发展观的解构。

四　职场小说中的"男性关怀"意识

在 20 世纪 70—80 年代女性运动的影响下，男性研究应运而生，
因为女性研究在批判男权制的过程中，面临两个关键问题：一是男性
在父权制中究竟承担什么责任；二是男性能否成为女性主义的同盟
者。而男性面对汹涌的女性主义思潮，也必须作出回应。男性研究，
又叫男性气概研究（masculinities study），是针对男性社会性别角色
的研究，真正具有社会学价值的男性气概研究，始于 1982 年"支配
性男性气概"这一词在学术论文中的提出。此前，一直是性角色理
论主宰着关于男性气概的话语权。性角色理论强调：理想的男性气概
是主宰的、支配的、强力的、理性的、不温柔的、轻感情的，等等。
而自 20 世纪 80 年代发端的支配性男性气概研究认为：传统性角色理
论所界定的男性气概，是一种支配性的男性气概，是被社会文化塑造
成的理想类型，但非唯一的类型。"男人并非只有一种男性气概，不
同的文化、地域，不同的种族、阶级、年龄、受教育程度等，都使男
性气概呈现多元化。男性气概是在具体的情境中的一个实践过程，而

---

①　秦与希：《米娅，快跑》，北京大学出版社 2009 年版，第 215 页。
②　同上书，第 214 页。

不是一种刻板的模式，同一个人在生命史不同时期的男性气概也是不一样的。"① 以支配性男性气概为样板，是对不符合此标准的男性的贬损，是对所有男性生命多元化的限制，也为两性之间的和谐共荣制造了巨大阴影。的确，不仅女性是以男性为中心的性别文化的受害者，男性同样是这种性别文化的受害者。"支配性男性气概对男性的塑造，最核心的便是'刚强'二字，由刚强演绎出硬汉、强者、粗犷、勇敢、事业成功、健壮等诸多概念，这一方面使男人在和女性的权力关系中占据上风，伤害着女人，但另一方面也伤害着男人自己。"② 支配性男性气概对男性造成的伤害，体现在职场上有如下表征：

一是支配性男性气概使男人认定，在职场上必须获得成功。这种对成功的线性追求包含了对男性时间、空间、自我身心三个维度的压迫：从时间来看，追求职业的成就是个永无止境的过程，男性仿佛被上了发条，无法停止旋转的步伐，与家人、爱人、孩子相处的时间被挤压，更无法从容地品尝日常生活的原始韵味；从空间来看，职业是生命的重心，有时重要到成为衡量生命尊严的砝码，所有人生的轨迹，空间的印痕都是以工作为轴，即使有机会天涯海角、世界各地，但由于以工作为单一目标而无暇他顾，于是空间体验的广阔性被虚拟化、被压缩；从自我身心来看，过度的工作量、过大的工作压力、过高的期望值使得男性不仅牺牲了身体健康，还丧失了使心灵休憩的机会。因为身体极度透支"过劳死"的通常以男性居多，因为心理极度透支"自杀死"的也通常以男性居多。如果说女大学生求职难是急需解决的社会问题，那么男性在职场上压力重重而导致种种社会矛盾的出现同样是一个急需得到关注的议题。

二是支配性男性气概使男人将职场中的人与事一概"物化"。男性中心主义历来把"人类"看作支配性力量，而将土地、河谷、动

---

① 方刚：《从男性气概的改造到促进男性参与》，《妇女/性别理论与实践》（上册），全国妇联妇女研究所谭琳、姜秀花主编，社会科学文献出版社 2009 年版，第 28 页。

② 同上书，第 31 页。

物等"自然"视为能被支配与控制的异己力量；这种理念与态度进而被迁延到男人以"物"的眼光看待女人，将女人视为可被利用与控制的对象；而在受商品浪潮冲击，消费主义盛行的时代背景下，男性中心主义的"物化"观进一步膨胀，迁延到职场，演变成：在职场中无论是上司与下属之间，还是同事之间，最本质的关系便是利益关系。人与人之间的关系由"有用"还是"没用"来界定，于是，在你眼中，他人是"物"，在他人眼中你同样是"物"，普遍"物化"的结果只能是人性的沦丧。

男性中心主义体制下的支配性男性气概对男人的伤害是毋庸置疑的，但耐人寻味的是，觉悟于此的男性并不多，无论是学术类的论文还是男性职场小说都没有积极关注现代社会中男性的性别困境，相反是作为旁观者的女性率先将温情的目光投向"男性关怀"这一主题。"男性关怀"的母题对于女性主义有积极意义：就政治权力层面而言，男权显示为统治力量，但就文化层面而言，它也使男性的个体人格与个性被压塑成一致的模型，损害了男性多元发展的利益，因而男性也是男权文化的深重受害者，可见男权文化的反人性是针对所有性别的，女性将关切的目光投注到"男性关怀"这一主题，展示了最新的女性主义观念在女性创作中的灌注。在当代诸多女作家的小说中，已能看到"男性关怀"意识，如池莉的《来来往往》、赵玫的《偿还》、王小妮的《很痛》、张欣的《爱又如何》、铁凝的《永远有多远》、赖妙宽的《消失的男性》等。这些作品对"由于城市的开放给男性带来了机遇、冒险、财富和艳遇的同时也使他们身心俱疲给予了理解与同情"[①]。既然职场是男性遭受异化最严酷的场域，因此相当一部分女性职场小说也表达了"男性关怀"意识。

---

① 闫寒英：《女性主义视野中的上海"另类写作"》，贵州师范大学，硕士学位论文，2004年，第57页。

第二节　父权制与职场小说

一　"父权制"与伪父权制社会

对于何为"父权制",学术界有本体论、方法论、实践论等几种不同的研究路向。

从本体论而言,父权制被界定为一种客观的存在,"存在"是认识的出发点,其探讨的范畴包括:父权制怎样存在?因何存在?改变不合理存在的途径在哪?刘霓在其著作《西方女性学——起源、内涵与发展》中指出:"我们的社会像历史上的任何文明一样,是一个父权制的社会。只要稍微回想一下,军事、工业、技术、高等教育、科学、政治机构和财政,一句话,这个社会所有通向权力的途径,包括警察当局的强制权力,完全掌握在男性手中,事实也就不言自明了……如果一个社会以父权制作为社会基础,占人口一半的女性就由人口的另一半的男性所控制。"① 刘思谦在其文章《关于母系制与父权制》中评论道:"正因为有了母系制到父权制的历史性演变,才有了历史与现实中的种种性别问题和文学中的种种性别现象,于是人们才渐渐把这些性别问题、性别现象转化为符号化的词语,用语言之光予以澄明。"② 的确,正因"父权制"作为一种客观事实的现实存在,才产生对其言说的需要。

从方法论而言,父权制被理解为一种由女性主义创建的研究范式或分析框架。"对于多数女性学者来说,父权制一词对研究妇女受压迫问题和分析这一压迫的系统组织提供了概念形式。"③

学者李银河尖锐指出:"在所有已知的社会中,性别关系都是以

---

① 刘霓:《西方女性学——起源、内涵与发展》,社会科学文献出版社 2001 年版,第 44 页。

② 刘思谦:《关于母系制与父权制》,《河南大学学报》(社会科学版) 2005 年第 5 期,第 102 页。

③ 刘霓:《西方女性学——起源、内涵与发展》,社会科学文献出版社 2001 年版,第 44 页。

权力为基础的……这一权力的形式是男性在生活的一切方面统治女性；性别统治是那么普遍，那么无所不在，又是那么彻底，以至于被视为一种'自然的秩序'而被广大的人群视而不见；它在各种文化中都是最为普及、渗透力很强的意识形态，它为权力这一概念提供了最基本的形式。"① 由此可见，"父权制"这一词能贴切地显示男性对女性的性别统治，运用此概念能具体地剖析性别压迫这一事实。父权制研究范式或框架广泛应用在对文学文本中的男性中心主义思想的揭露与抨击中。

从实践论而言，父权制被定义为一种文化观念和制度安排，属于"一个系统的、结构化的、不公正的男性统治女性的制度。"② 这一观念与制度是男女共同建构而成的，它不仅压抑了女性也扭曲了男性，正如本书在谈论"男性关怀"意识时所提及的，它使男性在获得权力的同时负荷累累，阻碍了生命多样化发展的可能性；同时，也必须看到，许多男性个体直接就是父权制的受压迫者，许多个体的女性也是父权制的施压者。早有一些学者指出："父权制是一种以男性为主导的统治，它并不意味着作为个体的男性是一个'统治者'，个体的女性是被动的'被统治者'，作为一种制度形式，女性像男性一样参与到这种女性统治中，男性也像女性一样受到这种统治的限制。"③ 总之，"运用父权制这一概念框架，不仅可以认识、分析、批判历史与现实中的父权制存在形态及其表现形式，而且可以为改变现实中不利于女性发展的文化和制度提供理论和事实的依据，从而在解构的基础上使先进的性别文化和性别制度得以重建"④。

在中国，父权制和国家专制体系融为一体，这使得它根基深厚、影响深远，尤其有必要对其进行认识与解构。学者赵炎秋在《男女

① 李银河：《女性主义》，山东人民出版社 2005 年版，第 51 页。
② 同上书，第 5 页。
③ 佟新：《社会性别研究导论》，北京大学出版社 2005 年版，第 5 页。
④ 畅引婷：《符号运用策略对女性主义传播效应的影响——以父权制概念的意义阐释为例》，《妇女/性别理论与实践》（下册），全国妇联妇女研究所谭琳、姜秀花主编，社会科学文献出版社 2009 年版，第 802 页。

平等的实现与后父权制社会的来临》一文中指出，男女不平等的终
极根源在于：相对于女性，在人类较长一段历史时期内，男性的物质
生产与个体生存能力居于优势；而随着信息社会的来临，男性的这两
种优势正逐渐削弱与消失，与之相应，传统父权制的社会存在基础也
处在被削弱与消失中，但父权制意识形态由于历史与文化的原因，仍
弥漫于社会中。"因此，从两性关系的角度看，今天的社会已不再是
传统意义上的父权制社会，而是一种伪父权制社会。它存在两个基本
问题：其一，是部分男性拒不接受或只有条件地接受女性与男性平等
的社会现实，继续坚持父权制文化所形成的种种思想观念；其二，是
部分女性在享受男女平等带来的利益的同时，却不愿承担因为男女平
等带来的责任，不愿放弃父权制社会中女性因处于从属地位作为补偿
而从男性那里得到的各种利益。"① 笔者认为，赵炎秋教授提到的部
分既不愿承担"责任"，又不愿放弃传统父权制体系下的"利益"之
女性，恰是本书将要论及的"后女权主义"女性，"后女权主义"是
中国当前的伪父权制社会形态下，一批富有"野心"，富有占有欲、
征服欲的现代女性的现实生活观念与策略。

二　后女权主义与父权制

在西方，有女性主义者从政治—文化的转向这一角度使用"后
女权主义"一词，但不广泛；在中国，"后女权主义"的说法也鲜
有。孙桂荣在其博士论文《消费时代的女性小说与"后女权主义"》
中，从时间概念、意义维度和存在形式三个方面对"后女权主义"
进行了界定。从时间概念上来看，"后女权主义"指经典女性主义之
后的女性主义回落态势。在西方它产生于20世纪80年代，在中国则
产生于20世纪90年代——市场经济体制形成、确立、发展期；从意
义维度来看，它对之前的女性观念进行了修正、改造乃至于颠覆，从

---

① 赵炎秋：《男女平等的实现与后父权制社会的来临》，《长江学术》2008年第3期，
第80页。

而与正宗女性主义相区分。它变更了激进派女性主义对男权的严厉批判态度，代之以暧昧、含糊的态度。它以"现代"甚至"后现代"的前卫面孔遮掩着保守、退却的思想动机；从存在形式来看，"它又不像女权主义那样有明确的纲领、理论、乃至自我组织，而是更多以一种隐性方式存在于大众心理与大众文化艺术的字里行间"①。笔者认为，可将"后女权主义"看作一个与"父权制"相对应的概念，依然可以从本体论、方法论、实践论等几种不同的研究路向进行分析。

从本体论来看，"后女权主义"同样是一种客观的存在，它概括了转型期中国相当一部分都市女性的现实生活图景。早在 2001 年，北京大学社会学系夏学銮教授应邀"新世纪新北大"系列讲座，作了题为"大话西游·后现代主义和新新人类"的演讲，在演讲中对当时颇受媒体关注与争议的"新新人类"进行了评说："作为全体一族它已经整个浮出水面，已经发展出群体自觉、文化自觉及群体副文化。"② 并概括出"新新人类"的八大特征：媚情、世俗、独立、特行、同理、直觉、稚嫩、自残。同时指出"新新人类"的出现与现代性的自我分裂（即现代文化与后现代文化的矛盾、冲突）相关联。诚然，"新新人类"出生于 20 世纪 70 年代以后，彼时中国正历经由计划经济向市场经济转轨的过程，与此同时，观念、文化也呈全方位"开放"，享受"开放"、自由的同时，必然也会存在纠结：一方面由现代性"进步大神话"的理性原则主导，另一方面也受西方后现代文化的非理性原则的影响。因此与前辈相比，转型期的这一代人有着难以言说的心理矛盾与冲动，以及由此演绎的独特生活方式。从这个意义而言，他们是时代造就的"新人类"。那么为何在"新人类"前还要加一个"新"的前缀？笔者理解如下：转型期的这代人虽然拥

① 孙桂荣：《消费时代的女性小说与"后女权主义"》，山东师范大学，博士学位论文，2004 年，第 5 页。

② 夏学銮：《在北大听讲座（第四辑）——思想的光芒》，新世界出版社 2001 年版，第 121 页。

有共同的时代氛围，但由于所受教育、所处的具体环境有差异，因而其内部也是有分歧的。这种分歧既体现在年龄层级上（如流行的对70后、80后、90后的称谓），更体现在思维方式、生活理念、行为哲学上。事实上，大部分"新人类"是顺应着时代方向前行的，他们潜意识或有意识地在理性与非理性之间，在凡俗人生和乌托邦理想之间保持张力，以此平衡现实人生；也有一部分"新人类"，以极度理性或是极端非理性的方式为人处世，成为族群中的"异类"，他们（她们）才是真正的"新新人类"。而女"新新人类"如果与消费主义年代以"物"为中心的价值观相耦合，便演化为"后女权"观念与生活方式的践行者，成为具有破坏性的力量。相应地，"后女权主义"有两种典型的表征形式：一是非理性的"后女权主义"，一是理性的"后女权主义"。前者以追求感官享乐、人生态度颓靡虚无的都市开放女郎为形象代言人，如70后女作家卫慧笔下的一系列女主人公——"我"，卫慧在其代表作《上海宝贝》中写道：

> 我想我至今还不清楚在他眼里的我是什么样的角色，但没关系，他不会为我离婚不会为我破产，我也没有向他献出所有的光所有的热，生活就是这样，在力比多的释放和男女权力的转移中消磨掉日日年年的。①

——纵欲与游戏人生的态度。但空虚、游戏并不意味着缺乏征服的野心，恰恰相反，不断的游离与"征服"，成了"上海宝贝"们维持生命热度与激情的原动力：

> 辞掉一份工作，离开一个人，丢掉一个东西，这种背弃行为对像我这样的女孩来说几乎是一种生活本能，易如反掌。从一个

---

① 卫慧：《上海宝贝》，《卫慧精品集》，时代文艺出版社2000年版，第75页。

目标漂移到另一个目标，尽情操练，保持活力。①

　　而理性的"后女权主义"以充分利用性别魅惑兼自身才智，在男人世界中竞争的职场"白骨精"为形象代言人。她们具有跟男性职场精英一样强烈的职场升迁野心，为达成目的常不择手段、不惜代价。如《输赢》中描写的在世界顶尖公司任职的骆伽：

　　　　她不但聪明而且很擅长与各种客户打交道，收集情报、投其所好建立关系、寻找竞争对手的缺陷击败对手，在短短几年时间里，就成了这个行业中的顶尖高手。从她开始做销售以来，几乎保持了不败的纪录。在那段时间里，所有公司的销售人员可以说是闻风丧胆，都不敢与她正面交锋。这家公司为了表彰她的成就，计划将她派到美国培训之后让她退出江湖，担任公司的公关总监，她将成为最年轻的跨国公司公关总监，成为最耀眼的明星。②

　　显然，骆伽在以男人为主的销售战场上游刃有余，而她获得"成功"的方式也是"男性化"的：

　　　　为了赢，她可以不择手段、全方位满足客户的各种需求。她刚开始做销售时陪客户吃饭，总是很晚回家，回家之后就抱着洗手间的马桶抠嗓子将酒精都吐出来。我们开玩笑说女孩子不能带客户卡拉 OK，不适合做销售，她不服气，偏偏带着客户去最豪华的夜总会，只要客户看中了哪个小姐，她就出钱买单。她学会了各种各样的技巧，她在这方面确实是天才。随着关系越来越深，她觉得吃饭、送礼、打麻将已经是虚的了，现金才是最实

①　卫慧：《上海宝贝》，《卫慧精品集》，时代文艺出版社 2000 年版，第 17 页。
②　付遥：《输赢》，北京大学出版社 2009 年版，第 311 页。

的。她的销售业绩就是伴着这种事情不断地提高。①

非理性的"后女权主义"与理性的"后女权主义"尽管在表现形态上有异，但本质却是殊途同归的：两者都具有强烈的控制欲，都从属于消费主义的"物化"观，都以征服与压迫为逻辑。从这个角度而言，"后女权主义"是"父权制"的当代发展形态之一。

从方法论来看，"后女权主义"可演绎为一种分析现代女"新新人类"的最当下的研究范式。正如这一概念的正式提出者孙桂荣所感叹的那样："我是首先感到了用既成的女性（主义）观念来分析消费时代的小说文本所遭遇的理论困难与话语障碍，才认定有必要用一种全新的、更接近本土和当下（既包括本土当下的女性社会思潮也包括本土当下的女性文学艺术思潮）的女性观，来解读目前那些正在被人们逐步接受认可的女性文本。"②

从实践论而言，中国的"后女权主义"，或者说"后女权主义"的中国化，植根于改革开放背景下的大众文化语境，是政治、经济社会转型，消费潮流浸淫的产物。后女权主义虽然不具备制度安排上的普遍性，但作为一种文化观念、文化心理、行为哲学，已经在当代女性的现实生活中蔓延开来。

虽然"后女权主义"与父权制有着血脉的同源性，但对"后女权主义"批判最激烈的恰恰是男性。如前文提及《输赢》中的女销售骆伽，男作者给她安排的结局是：为躲避警车追赶，涉嫌违法营销的骆伽驾宝马车坠入冰河，失去了年轻的生命。作者借骆伽的前男友——销售精英周锐之口感叹道："我不想让你们重蹈她的覆辙，重演这样的悲剧。"③

---

① 付遥：《输赢》，北京大学出版社 2009 年版，第 311 页。
② 孙桂荣：《消费时代的女性小说与"后女权主义"》，山东师范大学，博士学位论文，2004 年，第 5 页。
③ 付遥：《输赢》，北京大学出版社 2009 年版，第 312 页。

三　职场小说中的男性职场刻板模式

男性职场刻板模式指受父权制影响，在职场中顽固存在与反复加强的基于男性考虑、以男性为中心的职业范式。男性职场刻板模式主要包含如下几方面的内容：

1. 从连续性的时间之维来界定"职业"。传统男性职场模式倾向于将职业视为一个有序的、绵延的发展以及在此期间持续承担更多的责任，这一过程基本上是不间断的。尤其对于"职业"中的"事业"而言，"不间断"是一个重要的衡量指标，它指示着从业者的敬业、执着、坚毅、奋斗等优良职业品格。在现实职场中，连续性几乎是获得职业地位的最基本的前提。但很显然，这种对于职业连续性的认定是基于男性考虑的，支持男性生活周期，而排除了对女性身心特征的观照。由于生育、从事无偿家务劳动、照顾患病的亲人等种种原因，许多女性的职业生涯都是不连贯的，这种不连贯性造成了某种错觉与偏见：女性所从事的职业是不重要的，或者对女性而言，最重要的不是职业。如果我们以一种严肃的态度来谈论职业，那么世俗的观点通常认定：男人以事业为重，职场天然便是男人的领地。而女性从职人员被潜意识地贬为"男性世界里的旅行者"。进入新世纪以来，"无边界职业"的概念被提出，职业的含义与范围也伴随社会职业结构的变迁而迫切需要得到重新说明，研究妇女职业状况的学者指出，尤其要将女性特殊化与多样化的生活经历整合进职业发展模式，因为女性职业发展的方式可能完全不同于男性。在职场小说中，"职业"的连贯性与男性职业地位的稳步获得之间的促进关系得到了反映与强调；而职业女性在"连续性职业"的压力下，被迫飘摇于事业与家庭之间的心理与现实困境也得到了凸显。此外部分女性职场小说还依稀构筑着符合女性身心特点的灵活的"非连贯性"的未来职场蓝图。

2. 对于"职业发展"的线性假设。男性多以薪水、晋升等客观的方法去衡量职业发展的成败，"爬职业梯子"是对这一线性假设的形象比喻。与男性向往直线上升的职业发展道路不同，女性更希冀体验横向的职业发展过程。女性在衡量职业成就时倾向于主观的方式，如工作满意度，职业成长感等。

3. 崇尚职场"狼图腾"文化。海尔集团董事局主席张瑞敏在阅读了姜戎所著的《狼图腾》后，评论道："觉得狼的许多难以置信的战法很值得借鉴。其一：不打无准备之战，踩点、埋伏、攻击、打围、堵截、组织严密，很有章法。其二：最佳时机出击，保存实力，麻痹对方，并在其最不易跑动时，突然出击，置对方于死地。其三：最值得称道的是战斗中的团队精神，协同作战，甚至不惜为了胜利粉身碎骨，以身殉职。商战中这种对手最恐惧，也是最具杀伤力的。"①

可见诸如"埋伏""攻击""置于死地""章法""作战"等是"狼文化"中的关键词。"狼文化"被视为男性的职场"图腾"，在男性职场小说中得到了淋漓尽致的展现，许多男性职场小说的书名就是"狼文化"的标签，如《圈子圈套》《输赢》《对决》《算计》《潜伏》等。职场"狼文化"认为职场是一个残酷竞争的地方，只有利益，没有情感——这也是许多男性职场小说传达的理念。但男性职场小说在描摹职场斗争的同时，也有对职场与人生意义的反思：狼性与人性究竟如何平衡？

而女性职场小说对"狼图腾"文化的怀疑与批判态度则坚定与激烈得多；在描写职场争斗的同时，她们抨击男性二元对立式的非此即彼的思维模式，表达了这样的理念或者说理想：职场并不一定是斗兽场，这里也可以有友情、爱情、亲情，事业的发展与人性的舒展皆有可能得到成全。

第三节　职场小说中爱情与职场伦理的冲撞

一　男女职场小说对"爱情与事业"关系的不同诠释

尽管职场小说以传授职场生存技巧的实用性为核心，但它还讲求

---

① 姜戎：《狼图腾》封底，长江文艺出版社 2004 年版。

娱乐性与审美性，正是娱乐性、审美性使其不至于沦落为枯燥的职场教科书。无论男女职场小说都有对爱情的描写，事实上，对男欢女爱的描写几乎是所有小说的共性，因为小说以抒发人性为己任，"即便叙说的是看似类似战争风云、宫廷斗争等世事变迁的故事，骨子里仍是为展示个人的命运充当脚手架"①。而爱情是人性最基本、最深刻的展现。

同职场小说本身的性别风格相一致，职场小说中的爱情叙事也呈现出男女有别的特质。男性职场小说将职场的惊险诡诈与情场的刺激曲折融为一体，无论是职场竞技还是爱情角逐都以同样的节奏推进，形成职场与情场相互照应的风貌。如男性职场小说《输赢》封面以并列结构所印的广告语为：惊心动魄的销售小说，催人泪下的情感大戏。而另一部男性职场小说《江湖，别样的江湖》中的"作品简介"下写着："其实，连作者孔二狗也不清楚，这究竟是最精彩的商战故事，还是最凄美的爱情小说……"② 在男性职场小说中，爱情通常以悲剧结尾，仿佛职场与职场中发生的爱情是对立的。

而女性职场小说中的爱情常常被设计为对职场的补充：职场冷漠无情，爱情却为职场点燃了一缕温暖的感动；职场压抑人性，爱情却为职场涂上了一抹原始的率真之光。在女性职场小说中，爱情通常有一个圆满的结尾，或者说许多女性职场小说是以圆满的爱情作为结尾的。如肖晓的女性职场小说《苏畅畅加薪奋斗记》的结尾是："小雪飘下，伴随酒吧门前闪烁的霓虹灯，营造出一种冬日晚上独有的浪漫情调。小路上，一对恋人大手拉着小手，幸福的背影渐渐远去。"③

就连以行文理性、风格简练著称的《杜拉拉升职记》也在文末刻意安排了类似于"爱情奇遇"的情节：杜拉拉在飞机上邂逅"失踪"男友的表弟，通过男友表弟的信息传达，与男友惊喜重逢，破

---

① 徐岱：《边缘叙事——20世纪中国女性小说个案批评》，学林出版社2002年版，第3页。
② 孔二狗：《江湖，别样的江湖》封一，人民文学出版社2009年版。
③ 肖晓：《苏畅畅加薪奋斗记》，陕西师范大学出版社2009年版，第255页。

镜重圆。之所以说"刻意",是因为这一安排与人物的个性,故事情节的逻辑,甚至文本的整体风格不够吻合。但作者非常乐意加上一个光明的爱情尾巴,并在文末发出幸福诗意的感叹:"秋天来了,金黄的落叶三三两两地飘落到长安大街上,这正是北京最美的季节。"①

男女职场小说对职场爱情的不同构思,体现出两种性别的文化观念在对待"事业与爱情"这一古老主题不同的现代诠释。

瓦特曾指出:"古代人没有小说,很大程度上是由于妇女的社会地位低下。"② 重要的标志之一便是,古代没有现代意义上的男女爱情,真正爱情关系的形成是以两性作为独立"主权个体"的存在为前提的。较之过去,现代女性的社会地位与个人的主体意识不断攀升,尤其对受过高等教育的知识女性而言。职场小说描述在职场中打拼的青年男女,单从男女个体而言,他们(她们)都是经济与思想相对独立的一类,彼此间的爱情应该是纯粹而平等的。但现代白领阶层由于身处职业生活主流化的趋势中,就不可避免地出现了职场伦理与爱情伦理之间的矛盾,这种矛盾体现在职场理性与爱情感性、职场功利性与爱情审美性之间的激烈冲撞:爱情被现代职场理性、功利性和战斗性浸入与异化;职业发展受到爱情的限制与羁绊。在对待职业伦理与爱情伦理的冲撞时,男性职场小说持非此即彼的二元对立态度,一种毁灭式的"和解",即或者"要江山不要美人",但美人永远在心中,或者"要美人不要江山",但江山成为永久的遗憾。当然,男性职场小说里的男主人公大抵是以牺牲美人为代价的,所以演绎出爱情悲剧。而女性职场小说则对二元对立的男性中心主义职场观进行了解构:尽管职业发展受到爱情的牵制,但那不是爱情的错,而是职场本身的异化;对职场重新定义与重新建造需要勇气,但"新职场"是必然趋势,总有一天,事业与爱情能比翼双飞。女性职场小说里的女主人公大抵在事业取得发展的同时也收获了爱情的喜悦,

① 李可:《杜拉拉升职记》,陕西师范大学出版社 2007 年版,第 261 页。
② [英]瓦特:《小说的兴起》,高原、董红钧译,生活·读书·新知三联书店 1992年版,第 150 页。

所以演绎出爱情喜剧。尽管在现实职场中，优秀的"大龄职业剩女"几乎成为社会热议问题，但女职场写手们仍执拗地给她们的女主人公安排了美好的爱情未来，这宣告了一种理想。

二　关于"办公室恋情"

"办公室恋情"指公司中同事与同事间的恋爱。它堪称"事业发展与爱情美满"这一两难命题最集中、最经典的凸显形式。许多公司尤其是外企都有反对或禁止"办公室恋情"的成文或不成文的规定。《杜拉拉升职记》中的前台海伦向杜拉拉介绍 DB 公司的规章制度时，说道：

> 公司对谈恋爱没有相关限制，不过员工之间要结婚的话就有规定了，直线上、下级之间不可以有婚姻关系，否则其中一个要调开——一般说来，夫妻双方中会有一方主动离开公司。员工之间结婚的非常少见，尤其是经理级别以上的员工，到现在为止我还没见过哪位经理在公司谈恋爱呢。[1]

大公司、大企业，尤其是市场竞争激烈的外企，之所以限制办公室恋情的发生，在于维护公司的利益，个人的局部利益必须服从公司的整体利益。对此《争锋》中有一段说明：

> 如果两个员工谈恋爱，那他们中的一个就得提交辞呈。你很难想象，一对恋人或者夫妻会完全不交谈他们所掌握的公司信息。首先，工资多少你们总要交流一下的吧。还有的恋人会交流他们在不同部门得知的公司商业秘密，比如人事部的升职名单、销售部的报价单，而这些都应当是被严格保密的，应当是仅限于部门之内的。所以，我们规避任何可能存在的串通和损害公司利

---

① 李可：《杜拉拉升职记》，陕西师范大学出版社 2007 年版，第 18 页。

益的行为。①

对办公室恋情的防范，除了将其作为规章纳入公司的管理体制，在员工入职培训时进行思想上的警策外，还有现实的阻隔措施，许多职场小说都提到，职员的独立隔间有一面被设计成大片的玻璃墙。如此一来，职员在工作时间、工作场所基本上没有个人隐私，也没有爱情空间。既然"办公室恋情"直接牵涉到个人的职业利益，那么职业男女必然会对之思量又思量，审慎又审慎，致使一些"办公室恋情"转化为某种微妙的朦胧情愫，正如秦与希在《米娅，快跑》中感叹的那样：

> 办公室里不是恋情的恋情，倘若存在，也总是那么淡淡的，无法浓郁。仿佛一粒清晨的露珠，太阳一升起来便蒸发了。又如地上的玻璃碎片，纵然隐约闪着光，却注定永远无法燃烧。②

但也有一些办公室恋情禁而不止，因为人有情难自禁之时，感情的激流往往会冲破理性的樊篱。如《杜拉拉升职记》中精明、能干、有明确职业规划和职业发展抱负的杜拉拉，从理智上来说，已升为人事经理的杜拉拉绝不愿碰触"办公室恋情"这一地雷而影响到职业前途；但面对同公司销售总监王伟的真情时，几经退缩、踌躇、矛盾后，还是顺应了内心中爱情的颤动，"拉拉感到自己仿佛又回到了大学时代，像一个女学生那样爱她的爱人"③。较之杜拉拉在办公室恋情与职业升迁之间，在情感冲动与理性权衡之间的挣扎、较量，《荆棘舞：80后女孩外企生存手记》中的叶小茶显得"没心没肺"：

> 尽管有时候叶小茶会想到两人目前还在同一家公司供职，江

---

① 凌语嫣：《争锋》，人民文学出版社 2009 年版，第 41 页。
② 秦与希：《米娅，快跑》，北京大学出版社 2009 年版，第 70 页。
③ 李可：《杜拉拉升职记》，陕西师范大学出版社 2007 年版，第 179 页。

尚还是她的上司，这种办公室恋情原本是最应该回避的事情，但是感情却是如此奇妙的一种东西，在它来临时，人往往很少去考虑现实，也不可能这么做。①

女性职场小说中描写的"办公室恋情"，无论是隐隐约约、若有若无型，还是修成正果型，基本上是真诚的，展现了女性对最典型的"事业与爱情"矛盾的处理：无论如何，职场利益不能凌驾于人性之上，职业发展应当与人生其他有意义的关系相平衡。

而男性职场小说中描写的"办公室恋情"则明显朝职场利益的天平倾斜。如《问鼎》中的销售经理霍力虽然爱上了女下属于春颖，也动过放弃一切、与心爱的人远走高飞的念头，"可是，男人的责任感和成功欲望让他不能这样做"②。之所以出现此种分歧，正是前文讨论过的两种不同的性别文化观在"事业与爱情"这一命题上的具体呈现。

三 职场爱情中的"阴谋"与"阳谋"

职场是现代性的产物，而现代性高歌凯进、勇猛向前的"进步"神话，实质上就是父权制"征服"欲望的化身，因此职场也是性别政治的场域。身处职场旋涡中的现代爱情，已无法保持原汁原味，常常被职场的功利性、权力性、战斗性侵入和异化。爱情在职场中遭遇异化，有两方面的表现：一是职场爱情中的"阴谋"，一是职场爱情中的"阳谋"。

从职场爱情"阴谋"来看，在中国古代，"阴谋"指用兵的谋略，如《国语·越语下》："阴谋逆德，好用凶器。""阴谋"也指诡计、秘计。中国本土职场小说，尤其是男性职场小说，热衷于对职场"阴谋"的全方位解读，"阴谋"本是贬义词，意谓不光明的谋略或

---

① 紫百合：《荆棘舞：80后女孩外企生存手记》，长江文艺出版社 2009 年版，第 258 页。

② 崔伟：《问鼎》，新世界出版社 2009 年版，第 201 页。

诡计，但在不少职场小说中，"阴谋"却被转化成了中性词和褒义词，它的含义有时与"潜规则"类同，许多职场高手以深谙潜规则为荣，且不吝分享。陆琪在其轰动性作品《潜伏在办公室》《潜伏在办公室第二季》中，共精心提炼了四十六条职场潜规则，如"要叫一个人灭亡，就先让他疯狂"①"把每个谎话都当成性命攸关，这样说谎就不会内疚"②"理想很重要，但比理想更重要的是利益"③"表面是公义，心里是生意，这才是职场的本质"④ 等。可见，"阴谋"成了职场的关键词。而浸染在职场中的爱情也附带上与"攻略""势利""谎言"等属于"阴谋"范畴的成分。

《输赢》中的销售奇才方威对空姐赵颖一见钟情，并运用销售技巧来追求她。而《做单》中"从不输单"的大"sales"谢正更是将销售技巧在情场上运用得炉火纯青——"在情场上大大小小的战役中，这种小杀招百试百灵，对于女人这种敏感而又富于幻想的动物，这种细微的刺激，却绝对会满足她们对浪漫的无边幻想"⑤。谢正将情场比作战场，游刃有余地周旋其中，"按照他以往的战绩，对付这种刚刚毕业的小姑娘，失手率是——零"⑥。显然，谢正的爱情观已遭遇职场"阴谋"的异化：情场战场化，爱情被剥离灵魂，蜕变成简单的感官欲望。正如书中感叹的那样：

> 自从做上销售，每日的明争暗斗已然让他忘记了生活的感觉，更不知道爱情为何物。他只知道技巧和方法，用这种方法能赢单，用这种方法能上床。生活是什么？爱情是什么？在结果面前已经不重要。生活就是赢单，爱情不就是上床么。⑦

---

① 陆琪：《潜伏在办公室》，长江文艺出版社 2009 年版，第 192 页。
② 同上书，第 205 页。
③ 陆琪：《潜伏在办公室第二季》，文化艺术出版社 2009 年版，第 1 页。
④ 同上书，第 10 页。
⑤ 胡震生：《做单》，五洲传播出版社 2009 年版，第 11 页。
⑥ 同上书，第 1 页。
⑦ 同上书，第 16 页。

　　除了将爱情与职业手段相连，在职场中，爱情也常沦为谋求职业利益的工具。如《加油！格子间女人》中供职外企的女销售经理天啦与上司 Dick 之间的恋情，就是典型的"职场利益爱情"：天啦寻找升职捷径，对 Dick 蓄意引诱；而 Dick 起初不为美色所动，后又主动挑逗，原因在于：

　　　　当初，他拒绝天啦的示好，是因为事业处于关键时期，不可以与手下人传出绯闻，影响事业，当上代理 CEO 后，之所以主动向天啦示好，因为四川招标推迟、还有时日充分利用天啦得天独厚的客户关系和渠道，明修栈道，暗度陈仓，与天啦联盟，成就发达之大计。①

　　在这场香艳的男欢女爱中，物质利益成为核心。随着交往的加深，天啦真的爱上了 Dick，当然仍是有保留的爱；而 Dick 更加放心地利用天啦，因为他认为天啦对他有爱，所以不会谎报费用，独占利润，并感叹道："爱情，是一把利器，男人利用女人赚钱，并且放心赚钱的武器。"② 的确，在对职场利益的角逐中，不少男女互视对方的性别身份为可利用的资源，把感情作为交换物质利益和权力的工具。

　　而职场中的性骚扰堪称职场爱情"阳谋"，即明显地以权力、地位、物质、色相作诱饵引诱或胁迫作为异性的另一方，以达到性欲望或情感欲望的满足。爱情"阳谋"与爱情"阴谋"一样，都是奠基于"征服""支配""交换"等欲念。在职场中，性骚扰的施动者大多在权势上高于受动者。国际劳工组织通过的《消除对妇女一切形式歧视公约》，将性骚扰定义为："一种不受欢迎的与性相关的行为，

---

① 金津：《加油！格子间女人》，陕西师范大学出版社 2009 年版，第 238 页。
② 同上。

例如身体的接触和接近，以性为借口的评论、以文字或者行为表现出来的与性相关的要求。"① 1979 年，麦金侬出版《对工作妇女的性骚扰》（*Sexual Harassment of Working Women*），第一次区分了两种类型的性骚扰：敌意工作环境性骚扰和交换型性骚扰。麦金侬评论说："性骚扰，最宽泛地说，指权力不平等关系中强加的性要求……当男上司在工作中强行对女雇员提出性要求时，职场中对妇女的性骚扰特别明显；来自男同事和顾客的性压力，在受到雇主的宽容或者鼓励时，也可包括进来。"②

有不少职场小说描写了职场性骚扰现象。如《杜拉拉升职记》中的杜拉拉，起初在民营企业工作时，遭到老板阿发的性骚扰：

> 拉拉坐下看一份传真，忽然感觉阿发拿脚在摩挲她的脚背。正是夏天，拉拉没有穿袜子，光脚穿着凉鞋。她浑身一激灵，活像有只又湿又冷的肥老鼠爬过她的脚背，一夜回到旧社会的感觉霎时扫去了她满脸阳光。③

最终，拉拉被迫离开那家民企，当然临走前没忘了在电话中戏谑嘲弄阿发。——此为敌意工作环境性骚扰。《浮沉》里也有关于性骚扰的章节，女销售乔莉因公司业务关系，与某大国企的总工程师方卫军有应酬往来，方卫军恰好成为乔莉主持项目的技术负责人，并以此相要挟，对乔莉进行性骚扰——此为交换型性骚扰。职场中的性骚扰会给职业女性带来许多精神上的困扰，但她们通常表现得沉着、理智，既不屈从亦不激烈，显示出独特的智慧：不屈从是因为不想沦为利益的玩物，不激烈是因为不甘心使职业利益受损。乔莉对抗职场性

---

① 张立新：《将反性骚扰纳入民事立法的议程》，《妇女/性别理论与实践》（下册），全国妇联妇女研究所谭琳、姜秀花主编，社会科学文献出版社 2009 年版，第 624 页。

② Iaura W. Stein, *Sexual Harassment in America: A Documentary History*, Greenwood Press, 1999, pp. 12 – 13.

③ 李可：《杜拉拉升职记》，陕西师范大学出版社 2007 年版，第 11 页。

骚扰的办法是：将方卫军的性骚扰与威胁语言悄悄录音，并虚拟方卫军妻子的学生的哥哥的同事的身份，带上礼物去造访方妻，给骚扰者一个狠狠的下马威：

> 方卫军明白了，这乔莉哪里是送礼物，分明是警告他不要再乱打主意，不然，只怕后院就要失火了。……像这样对男人既不巧取也不豪夺，而是敢步步为营、步步将军的女人，他几乎没有见过。[①]

对职场性骚扰的"乔莉"式处理，体现了现代职业女性共同的生存策略：对职场性别统治这一事实，认识但不认同，对抗但不决裂，妥协中有保留，退让中有底线——最折中、最现实也是最无奈的方式。（据统计，在全国的性骚扰案件中，胜诉的只有三例）许多职业女性意识或者潜意识到：在仍然被男性刻板模式主宰的职场天地里，过于跟男权较真，不但难以弥补精神伤害，还会冒丧失生存资源与发展机遇的风险。以退为进，是"她时代"最理想的选择吗？

---

① 崔曼莉：《浮沉》，陕西师范大学出版社 2008 年版，第 142 页。

第四章

基于性别意识形态的职场
小说个案研究

　　职场小说的写作与阅读本身就是一个绕有意味的性别文化现象：无论男女写手，基本上都是以亲身经历过的素材写作，其笔下的主人公都被塑造成作者认可的"奋斗者"的形象，而这些奋斗者的性格、价值观浸染着写作者自身的精神血脉，在此意义上，许多读者将职场小说视为写实小说，甚至是自传性质的小说。于是女性写的职场小说以女性为主角，更多代表着女性的职场体验和职场价值观，吸引的主要是女性读者；男性写的职场小说以男性为主角，更多代表着男性的职场体验和职场价值观，吸引的主要是男性读者。据此，可以按照性别，将职场小说划分为男性职场小说和女性职场小说两大类。男性职场小说侧重于揭秘职场中的风云诡谲，展示斗争的刺激，可称为男性职场商战小说；女性职场小说侧重于描摹职场中的经历、历练，展示职场变迁对心智的激荡，可称为女性职场成长小说。

　　早在 2001 年，就有一批企业高管尝试将自己的从业经历诉诸文字，如欧莱雅的兰珍珍、阿里巴巴的马云等。但真正的职场小说发轫于 2005 年王强的《圈子圈套》，此后一发不可收，职场小说的热浪滚滚而来，迄今为止，在当当网上可以搜索到的职场小说有两百多部。其中畅销的男性职场小说有：王强的《圈子圈套》系列、付遥的《输赢》、胡震生的《做单》、崔伟的《问鼎》、孔二狗的《江湖，别样的江湖》、陆琪的《潜伏在办公室》系列、祝和平的《算计》、零因子的《无以言退》、陈峰的《人事经理》、赵迪的《基金经理》、蔡玎的《职场菜鸟升职记》、柴志强的《丁约翰打拼记》等；畅销的女性职场小说有：李可的《杜拉拉升职记》系列、崔曼莉的《浮沉》系列、秦与希的《米娅，快跑》、凌语嫣的《争锋》、13格格的《做个职场“坏”女人：北京公关小姐》、猫猫的《猫猫的白领生活》、肖映雪的《职商》、宋丽晅的《不认输——郝连娜职场蜕变记》、阿巳的《大猫儿的TT奋斗史》、金津的《加油！格子间女人》、紫百合的《荆棘舞：80后女孩外企生存手记》、绝望沧海的《一个外企女白领的日记》、肖晓的《苏畅畅加薪奋斗记》等。

本章原本打算只撷取媒体公认的四大职场小说：《圈子圈套》系列、《输赢》、《杜拉拉升职记》系列、《浮沉》系列作为个案研究标本，但考虑到秦与希的职场小说《米娅，快跑》的特殊意义（它是职场小说中的“另类”，旗帜鲜明地倡导了职场生态主义），故将其囊括进来。

通过对知名男女职场小说的具体解读，可以得出：男性职场小说既体现了“支配性男性气质”主导的“成王败寇”的二元对立式职场观，又体现了这种价值观在男性内部的自我颠覆，及生态职场理念的初步萌芽，同时也展示了男性之于女性的职业性别偏见是根深蒂固的。而女性职场小说既是对当代白领女性现实职场生涯的真实反映，也是一种关于“中产阶级”迷梦的集体想象；其中既有女性主义理想的高蹈，也有父权制的传播和“后女权”主义对父权制的趋附；更充满了性别身份的职业焦虑，以及对职场伦理（从它与人性相抵牾的角度来看）的迷茫、反思、探索与建构。

第一节　男性职场小说个案研究

一　《圈子圈套》系列——“成王败寇”的职场逻辑

《圈子圈套》最初在“天涯”连载，受到网友追捧，继而由清华大学出版社出版，并被评为2006年度全行业优秀畅销品种，2010年首届中国大学出版社图书奖一等奖。不久，《圈子圈套2》《圈子圈套3》相继出版，迄今为止，三部曲销量突破150万册。《圈子圈套》是中国本土职场小说的"开山之作"，因为它是首部由商界精英以自身的职场经历为依托，揭秘职场潜规则的"纪实教辅"小说。《圈子圈套》的作者王强，有颇为丰富的从业经历：在清华大学取得工科硕士学位后，先到联想集团做最底层销售，继而在 SSA 中国公司、西门子中国公司、Siebel Systems、SAS Institute 等知名外企工作；职位也在七年间由国企的普通员工飙升至外企在华的最高层，先后担任两家跨国软件巨头在中国的总经理——堪称职场金领。由这样一位职场成功人士，以现身说法的方式演绎的职场故事，显得真实；故事中传授的职场成功秘籍显得专业、权威。在网络上，流传着"有白领处必有《圈子圈套》"的说法。

在文本内容上，《圈子圈套》有两个特点：一是对职场技巧尤其是职场"潜规则"的讲解深透，像"职场完全手册"，具有较强的实操性；二是故事情节紧张曲折，争斗纷纭，像武侠版的职场演义，具有较强的娱乐性。实用性与娱乐性是中国本土职场小说的两大坐标。而其作者王强，作为这一新小说类型的开拓者，也获得了中国"职场教父"的称号。

王强在《圈子圈套1》的自序部分阐明了其写作的初衷：

> 给在外企干着或干过的朋友们解闷用的。……给做销售的、想做销售的切磋技艺用的。……给刚出校门的新人们、给已在围城之中希冀突围而出的老手们当职场指南用的。①

显然，作者的"目的"达到了。从"解闷"的角度来看：《圈子圈套1》（迷局篇）讲述的是美国 ICE 中国区的代理首席代表洪钧落入竞争对手，也是昔日好友俞威精心设置的"圈套"，不仅失去了合

---

① 王强：《圈子圈套1》自序，清华大学出版社 2010 年版。

智集团的大单，失去了在职位上被"扶正"的机会，还被东家和情人一脚踢开，瞬间落入了人生的谷底；但洪钧没有气馁，转投 ICE 的竞争对手维西尔公司，屈尊从地区销售经理做起，率领单薄的销售团队，谨慎布局，终于击败了俞威，取得普发集团的软件大单，得到美女菲比的青睐，同时跳跃性地荣升为维西尔中国公司的总经理——情场、事业双得意。《圈子圈套 2》（战局篇）描述的是出任维西尔中国区总经理的洪钧，与担任 ICE 中国区首席代表的"劲敌"俞威之间的较量仍在继续；同时，维西尔内部风云乍起，曾经赏识与提拔洪钧的亚太区总裁科克，在涉及自身利益的政治争斗中，无情地让洪钧当了牺牲品，使其由维西尔中国区总经理被架空为维西尔华北区总经理，受制于将他视为"敌人"的韦恩——洪钧再度职场失利。《圈子圈套 3》（终局篇）描写再次陷入低谷的洪钧，在内与上司明争暗斗，在外与俞威展开博弈，终于力挽狂澜：挤走科克，击败俞威，成为维西尔与 ICE 合并后中国区的头儿——夺得最后的胜利。《圈子圈套》三部曲恰似武侠版的职场江湖记：惊险、刺激，步步有陷阱，处处藏玄机，峰回路转，情节跌宕，扣人心弦。有网友评论为"惊心、动魄、勾魂的销售培训小说"①！从实用性来看，不少读者将其视为"职场圣经"，不少企业将其作为"销售培训教材"。如有圈友如下评价：

> 比所有的教材都好看，比所有的小说都有用。它让我得到了很多知识，大开眼界，也让我想通了不少困惑已久的问题。它如果能早几年出来，我就可能少走很多弯路，这本书将改变我的一生。②

> 这本书在圈子里很流行啊！朋友们都在看，我不能不看；同

---

① 王强：《圈子圈套 3》封底，长江文艺出版社 2010 年版。
② 同上。

事们都在看，我不能不看；竞争对手们都在看，我更是不能不看。①

可见，"好看"加"好用"，不仅是作者对《圈子圈套》的自我期许与自我评价，也获得了不少读者的认同。

然而，笔者却认为，"好看"并不意味着"精彩"，"好用"也并不意味着"有用"——透过《圈子圈套》纷繁热闹的情节与表象对其进行解剖，能发现：这套职场小说既缺乏文学的艺术性，也没有真正触及职场智慧之内核；更糟糕的是，它还有着低劣、混乱与摇摆的职场价值观，以及显著的大男子中心主义色彩。

从文学性来看，且不论其语言与修辞的水准，单情节的结构就经不起推敲：小说中共两条大的情节发展线索，一条是洪钧与俞威之间，英雄对枭雄的商战；一条是洪钧与皮特、科克等上司之间的职场政治斗争。第一条线索被处理为：在第一部迷局篇里，俞威成功暗算洪钧，取代洪钧成为 ICE 中国区首席代表，而在第三部终局篇里，洪钧成功暗算俞威，取代俞威，成为 ICE 和维西尔合并后的中国区的头儿——不仅雪耻，还衣锦还乡。第二条线索被处理为：洪钧在 ICE 的上司皮特非常赏识他，但为推卸一宗大单的责任，将他作为替罪羊踢出 ICE；洪钧转战另一美资公司维西尔，获得上司科克的器重，但科克同样为求自保，预备将洪钧牺牲掉，结果洪钧趁 ICE 与维西尔合并之机，联合皮特反戈，成功把科克挤出局——终于扬眉吐气。这两条线索都异常程式化，沿袭着江湖冤冤相报的武侠模式。武侠小说中诸如仇杀、流亡、练武、复出、遇挫、扫清帮凶、报仇雪恨等核心场景，都可以在《圈子圈套》中找到对应的寓意。《圈子圈套》令"圈迷"们不感"沉闷"的秘诀就在于，它套用了武侠小说的类型叙事模板。而按照"有意味的形式"这一观点，情节结构的因袭、单调化，显示了作品视野的狭隘与思想内容的陈旧，若静心品读，难免

---

① 王强：《圈子圈套3》封底，长江文艺出版社 2010 年版。

"沉闷"，更遑论精彩。

从实用性来看，2010 年出版的《圈子圈套》"白金纪念版"中，都郑重其事地印着："谨以此书献给，所有期望依靠智慧获取财富与成功的人们。"笔者认为，毋宁改成："谨以此书献给，所有期望依靠阴谋和办公室政治斗争获取利益的人们。"据《现代汉语词典》给出的解释，"智慧"是指"辨析判断、发明创造的能力"[①]。在人们的理解中，"智慧"不仅与创造性相连，而且与心灵、德行相连，是褒义词，"智慧的人"或许可以诗意地解释为：兰心蕙质的智者。

但《圈子圈套》三部曲里，既见不到"智慧的人"，也感受不到"智慧"的气息。小说围绕"打单"与"跳槽"两个关键词展开。"打单"是销售行业的术语，意指销售合同的签订，项目的完成。在《圈子圈套》系列里，"打单"被演绎成了"抢单"——在暗处使用手段，设下圈套，抢夺别人的劳动成果。如李龙伟与洪钧的一段对话：

> 我和那家药厂就快签合同了，您杀了进来，使用了一些手段，最后是 ICE 和药厂签了合同。我一直想找您当面问问，您当时用的是什么办法让药厂改了主意?[②]（李龙伟质疑）

> 在那个项目上，我是用了些损招。我们找到买过维西尔软件的一家河南的药厂，做了总工程师的工作，让这位总工给那家药厂的老总打了电话，劝他们不要也买维西尔的软件，说河南这家药厂发现维西尔的软件不适合药厂来用，正要和你们打官司退货呢。那家药厂的老总就犹豫了，他们买软件本来就只是为了应付国家给企业评级，眼看评级的时间快到了，也顾不上再仔细选型，就匆忙和 ICE 签了。[③]（洪钧回答）

---

① 《现代汉语词典》第 5 版，第 1759 页。
② 王强：《圈子圈套1》，清华大学出版社 2010 年版，第 173 页。
③ 同上书，第 173—174 页。

又如，ICE 与科曼竞争合智集团的软件大单。合智集团看中科曼的代理商体系，欲与之签，但要求更低的折扣。科曼的项目负责人俞威为获得美国总部批准更低折扣，与合智集团共同导演了一场大戏：即合智集团答应与 ICE 合作，并准备好合同签订文书，定好具体的合同签订日期。然而当 ICE 的项目负责人洪钧邀来新闻媒体，接来美国老板，预备与合智签订正式合同时，合智的负责人却使了一招"金蝉脱壳"，偷偷飞赴香港与科曼签下了正式合同。结果，原本有望升职的洪钧因此次重大失误而被炒了鱿鱼。

事后，俞威得意扬扬地向范宇宙炫耀自己的"智慧"：

> 关键还是我导演得好，洪钧这小子太投入了，真以为他能赢这个项目，真以为合智请他老板来签合同呢。我告诉总部，几月几号几点，合智集团的老板要和 ICE 的老板正式签合同了，合同金额会是一百七十万美元，然后我说，如果你总部批准我要的折扣，我就能让合智和咱们签，让 ICE 空手而归。这帮老美，不见棺材不掉泪，这才批准了。老范你知道吗？三十六计里头的好几计，我这一个项目就全用上了，像明修栈道暗度陈仓、隔岸观火，还有釜底抽薪。[①]

范宇宙听得目瞪口呆，感叹道："你玩儿得真厉害，真狠。……洪钧真把他老板请来签合同了，这下惨了。你们俩当初还是哥们呢。"[②]

《圈子圈套》中充斥了与以上例子相似的"骗局"，在这些骗局中有阴谋诡诈、有下流伎俩；没有商业诚信，没有职业操守，甚至没有人伦。《圈子圈套》中的人物，几乎没有一个是真正诚实正直的：洪钧的上司阴险、无担当，下属则势利，见风使舵，竞争对手俞威更

---

① 王强：《圈子圈套 1》，清华大学出版社 2010 年版，第 33 页。
② 同上。

是笑里藏刀、狡诈狠毒——"俞威修炼多年的功夫，完全可以面对一个他切齿痛恨的人，目光中却是饱含着尊敬、亲切甚至爱慕"①。而洪钧自己，本质上也与他所厌恶的人是同类。洪钧对普发集团的姚工有好感，认为"姚工是个性情中人，他活在他自己的精神世界里"②，但旋即又发现，"姚工其实很老练甚至是狡猾。洪钧想，这大概和姚工喜欢历史有关吧，他看了那么多尔虞我诈的东西，虽然不齿，但也学到几分了"。③ 其实，这段评价，也可以用到《圈子圈套》的读者们身上——"看了那么多尔虞我诈的东西，虽然不齿，但也学到几分了"，更何况，许多"圈迷"对《圈子圈套》传授的"职场胜经"深信不疑，甚至五体投地。由此可见，《圈子圈套》确实"实用"——产生毒药般的实际效用。

从《圈子圈套》表达的职场观来看，观点大体如下：

一是职场冷酷，个人利益至上。如 ICE 的全拼是 Intelligence & Computing Enterprise，即智能计算企业。而 ICE 主管亚太区业务的副总裁皮特，对 ICE 的另一种解释是："ICE，就是一个词，'冰'，我不得不这样，像冰一样冷酷无情。"④

二是在职场中，要"吃得苦中苦，方为人上人"。如作者对洪钧有一段心理描写：

> 毕业出来做学徒，跟在别人屁股后面打杂，学着做销售，十多年了，吃了多少苦，受了多少罪，只有自己知道，到现在，终于熬出来了。洪钧觉得怎样犒劳自己都不过分，该是可以放纵一下自己的时候了。⑤

---

① 王强：《圈子圈套1》，清华大学出版社 2010 年版，第 66 页。
② 同上书，第 77 页。
③ 同上书，第 225 页。
④ 同上书，第 50 页。
⑤ 同上书，第 6 页。

三是职场遵循着"成王败寇"的二元对立逻辑。如洪钧对李龙伟的感慨：

> 他面前的李龙伟，和自己一样，也都是在成者王侯败者贼的商场上，只因为一战落败，就被杰森打入了深深的低谷……①

又如他对自己的感叹：

> 这些年来，他已经习惯了过山车一般的生活。每个电话，都可能是带来一个好消息，让他感觉像登上了世界之巅；每封电子邮件，又都可能是一个突发的噩耗，让他仿佛到了世界末日。所以，他已经慢慢养成了别人难以想象的承受力。②

很显然，这不仅是典型的，带有封建残余色彩的，二元对立的男性职场价值观；还带有因长期陷在"圈套"中，导致视野狭窄、心胸局促而酿就的卑劣气。

《圈子圈套》的作者王强，回忆以前在清华图书馆，热衷于看《鲁迅全集》，那他一定熟悉鲁迅对"爬梯子"人的这段讥讽："虽然爬得上的很少，然而个个以为这正是他自己。……老实的照着章程规规矩矩的爬，大都是爬不上去的。聪明人就会推，把别人推开，推倒，踏在脚底下，踹着他们的肩膀和头顶，爬上去了。大多数人却还只是爬，认定自己的冤家并不在上面，而只在旁边——是那些一同在爬的人。他们大都忍耐着一切，两脚两手都着地，一步步的挨上去又挤下来，挤下来又挨上去，没有休止的。"③ 鲁迅这段讽刺国民劣根性的话，正好可以用来诠释《圈子圈套》的主题。《圈子圈套》里的

---

① 王强：《圈子圈套1》，清华大学出版社2010年版，第173页。
② 同上书，第39页。
③ 鲁迅：《爬和撞》，《鲁迅经典杂文全集》，吉林出版集团有限责任公司2010年版，第122页。

洪钧与俞威虽然身为外企精英，身份较一般平民"尊贵"，但同样在职场上蝇营狗苟地爬梯子——"两脚两手都着地，一步步的挨上去又挤下来，挤下来又挨上去，没有休止的"。

但倘若认定，《圈子圈套》系列中，或者其作者王强对上述职场观完全没有反思与反感，也是不公平的。事实上，《圈子圈套》也不吝笔力描写了主人公在"圈子圈套"中的挣扎与矛盾。如洪钧在短暂失业期间，作者对其的一段心理描写：

> 洪钧曾经以为，他这些年其实就是在做两件事：他一边给别人设圈套，一边防着别人给他设圈套。现在，洪钧明白了，其实他一直还在做着第三件事，他在不停地给自己设着圈套，然后自己跳进去，人这一辈子，都是为自己所累。①

又如作者在俞威"成功"后，对其的一段心理描写：

> 俞威虽然也是坐着，可他忽然觉得他是在俯视周围这些人了，是啊，他们谁能体验到俞威此时此刻这种成功的境界呢？一转念间，俞威又糊涂了，自己是不是也在羡慕他们呢？怎么周围的这些人，声音里、目光中，好像都流露出他俞威从未体验过的快乐呢？②

无论是作者心目中的"英雄"洪钧，还是作者心目中的"枭雄"俞威，都会偶尔为自己的所作所为脸红，也会偶尔质疑以欺诈手段获得的"成功"的价值——灵魂会阵阵刺痛。但他们是"聪明人"，或者说是"人精"，自有一套理论来摆脱心灵中的义利纠结。在《圈子圈套3》结尾处，洪钧去医院探望昔日的朋友，现在的宿敌俞威，俞

---

① 王强：《圈子圈套1》，清华大学出版社 2010 年版，第 77 页。
② 同上书，第 67 页。

威"善解人意"地总结：

> 人这辈子就像是在跨栏，我碰巧就是横在你面前的一个栏架，你是迫不得已才把我踢倒，要是换了我没准还要踢倒了再踩一脚。其实谁也不是有意和谁为敌，没办法，谁都想跑到别人前头，路太窄，难免磕磕碰碰。①

——一句"迫不得已"就撇清了所有的良心债，可以把一切道德上的污点归结为时势所迫。王强在接受媒体采访时曾经侃侃而谈"职场境界"，他认为：职场就像河流，人人皆随波逐流，但也分不同境界。第一层境界的人，宛如河中漂浮的西瓜，无知无觉无痛苦；第二层境界的人，能反观自我，因而有难受、痛苦之感；第三层境界是看透红尘，不再跟自己过不去。王强声称自己已达到了第三层境界。显然，其笔下的主人公洪钧、俞威，也达到了第三层境界。而这恰恰是《圈子圈套》对读者最大的蛊惑，引诱读者认同：职场中个人对利益的追逐是合法的，哪怕不择手段，也不必谴责良心；因为职场的本质就是冷酷无情，个人只能顺应，不必难为自己。难怪，"圈迷"们会有如下评论：

> 无论设局人还是钻套人都没有错，大家无非是做自己该做的事情而已。销售没有爱与恨，只有成与败。②

> ……英雄、枭雄一样令人心痛。怪只怪商场无情，职场冷酷；是非成败转头空，徒留余恨！③

消泯了是非判断的职场价值观是混乱、摇摆、可怕的。王强作为

---

① 王强：《圈子圈套3》，长江文艺出版社2010年版，第294页。
② 同上书，封底。
③ 同上。

中国本土职场小说的"开山鼻祖",影响深远,在以后许多职场小说的文本中,都可以窥见"教父"所倡导的这种职场伦理观的痕迹:许多文本在处理主人公面对义与利的矛盾时,最终都用王强"时势所迫,不必跟自己过不去"的理论来"招安"内心,从而义无反顾地抛弃"义",投奔"利"的怀抱。

若从女性主义的视角来解读《圈子圈套》系列,还可以发现其显著的男性中心主义色彩。

《圈子圈套》系列比较迎合部分男性的胃口,但却会让部分女性反胃。之前提及《圈子圈套》三部曲套用了武侠小说的类型叙事模式。而武侠小说中的侠客通常以事业为生命,女性基本沦为配角,"一般意义上的女性本身,在江湖世界的地位……是附属和次要的"。[①] 同理,男性职场小说中的女性也往往作为陪衬与点缀出现,尤其在"战争,让女人走开"的以销售行业为背景的职场小说中——这一特点,在《圈子圈套》系列中体现得尤为鲜明。

《圈子圈套》系列中出场了一些女性,但她们大多数只是作为性别符号悬浮在文本中,无性格、无能力、无思想,总之,无血无肉,面目模糊——一堆难以拼凑完整的碎片。其中作者着墨最多的两名女性——琳达与菲比,也显得苍白、乏味、分裂。下面试分析这两个女性形象,来剖析文本所呈现的大男子中心主义思想。

首先分析琳达:琳达是 ICE 的女销售,洪钧的下属,洪钧闪电般地泡上了琳达,不过连他自己也疑惑,"究竟是自己把琳达勾上了手,还是自己被琳达钓上了钩"[②]。的确,洪钧与琳达是互为"猎物"的:洪钧以"物"的态度对待琳达,把她当作暂时缓解压力的物品——"琳达作为迷幻剂的效用现在已经越来越差了,只能让他片刻逃离那种不安和焦虑。"[③]

---

① 宋伟杰:《从娱乐行为到乌托邦冲动——金庸小说再解读》,江苏人民出版社 1999 年版。

② 王强:《圈子圈套1》,清华大学出版社 2010 年版,第 3 页。

③ 同上。

　　同样，琳达与洪钧交往，也是看上了他的地位与权势，希望能为她所用；所以，当洪钧失势后，琳达毫不留情地与之划清界限，转而神速地傍上 ICE 新任首席代表俞威。可见，琳达与洪钧其实属于同一类型的人。或者说琳达是"后女权"式的，她的性格中有"支配性男性气质"的一面：理性、势利、无情、强硬、有支配欲。如果作者将琳达沿着已展现出来的"后女权"式的性格描述下去，倒也在情在理，因为在市场经济泛滥的当代商业社会中，"后女权"女子已形成了一股客观的存在与势力。"后女权"女子与具有男权思想的男子，本质上属于同类，但"同类相斥"，男人并不喜欢，甚至憎恶与自己同类的女人。这类女子的经典口号是"男人征服世界，女人通过征服男人而征服世界"，从表现形式看，她们表面上对男性柔顺有加、风情万种，实际上骨子里非常强硬。这种骨子里的强硬使男性的"支配性"权威大打折扣，也使他们面临被"抛弃"、被"羞辱"的风险。毫无疑问，琳达属于典型的"后女权"女子。在《圈子圈套1》里，她表现得很"正常"。但在后续情节的展开，即《圈子圈套2》《圈子圈套3》中，琳达的性格却来了个一百八十度的大转弯：琳达依稀爱上了俞威，向俞威要名分，乞求俞威也爱她，保护她：

　　　　她觉得俞威就像是包围着她的四面墙，让她无处可逃，她也不想逃，因为失去围墙的保护更危险、更没有归宿感，她想扬手向墙上打去，但疼的只会是她自己。①

　　而俞威则对琳达百般羞辱，让她觉得自己半人半鬼，恰似 A 片中的女主角。对俞威极度失望的琳达不由自主来找旧情人洪钧，拿着以前的钥匙开了洪钧的家门，结果又遭到洪钧的现任女友菲比的羞辱——总之，琳达由强势的"后女权"女子变成了可怜巴巴的"怨女"，仿佛得了"精神分裂症"。

---

　　① 王强：《圈子圈套2》，长江文艺出版社 2010 年版，第 234 页。

显然，这样的情节设计不符合琳达的性格发展逻辑，是作者蓄意扭曲的结果，只有这样，才能惩罚琳达之前抛弃男主角洪钧的"罪过"，才解作者心头之恨。在《圈子圈套3》的结尾处，男主角洪钧还不忘狠狠地再次挖苦琳达：

> 男人对她来说就像车，她就像在路边搭车的，能搭一段是一段，如果车没油了、爆胎了或者方向不对，她二话不说就会换一辆……①

无独有偶，在《圈子圈套1》的开篇之处，作者有一段关于男主角对女性态度的描述：

> 在女人上，洪钧一直是吃这种"快餐"，虽然他一直憧憬着一顿大餐的来临。每次他和一个女人开始的时候，他都曾想把对方享用一生，可是每次都沦为了"快餐"体验，只是快餐的种类和档次有所不同……②

两段话一比对，可以发现，前一段话以讥讽态度言之，后一段话以平和态度言之，言下之意为：男人可以视女人为"快餐"，女人却不能视男人为"顺风车"。

由此可以清晰地判断出作者分裂的男权主义性别"理念"：男人可以堂而皇之地视女人为"物"，而女人却不可以以"物化"的态度对待男性。

再来分析菲比：菲比是维西尔的女销售，是由ICE跳槽到维西尔的洪钧的下属。菲比以活泼、外向、阳光、敢爱敢恨的"80后女孩"的形象登场。"洪钧从见到菲比的第一面就感觉这个女孩具有很好的

---

① 王强：《圈子圈套3》，长江文艺出版社2010年版，第292页。
② 王强：《圈子圈套1》，清华大学出版社2010年版，第4页。

心态，或者说心理素质，而这在洪钧看来，是成为一名出色的销售人员的最重要的条件。"① 文中的这句话勾起了读者，尤其是女读者的期待视野：期待菲比日后真的成长为一名"出色"的职场女销售，既然她自身的资质已获得了销售精英洪钧的认可。然而，在具有男权意识的男性构筑的职场天地里，必然会沿袭"销售，让女人走开"的陈旧观念。故事的情节安排果不其然，当菲比主动向洪钧示爱，而洪钧也接受了这份感情时，洪钧马上像当年游说琳达那样，劝说菲比离开维西尔，不要再从事销售行业——

"比如，做做行政、搞搞培训，或者协调联络什么的。做销售压力太大，我也不想让你吃苦受累地四处跑。"② 言下之意，女人脆弱、不适宜抛头露面。而热爱销售行业、之前也表现得颇有主见的菲比，一下就缴械投诚了，顿时由时代新女性变身为旧社会的"小女子"，且看作者代菲比作的一段心理独白：

> 菲比一下子愣住了，"全职太太"？难道洪钧真已经想到那么远的将来了吗？菲比立刻感受到了比赢得普发项目更大的成就感和满足感。菲比想，其实自己不就是一直想发现一个好男人，抓住他，再管住他，让他管好自己的一辈子吗？既然自己的心思都要放在管住这个男人上面，所以至于如何管好自己，本来就是应该交给这个男人来做的嘛。③

很难相信，这是真实的菲比所言。更叫人难以忍受的是，在《圈子圈套 2》《圈子圈套 3》中，作者进一步将菲比浅薄化，除了将其形象定格为"脸笑得像一朵花似的站在门里，她系着一条画有鲜艳 Kitty 猫图案的大围裙，两只手上都戴着长长的胶皮手套，右手里拿

---

① 王强：《圈子圈套 1》，清华大学出版社 2010 年版，第 130 页。
② 同上书，第 247 页。
③ 同上书，第 248 页。

着一块抹布"① ——典型的"可爱家庭主妇"形象，还安排菲比跟琳达争风吃醋，跟婚庆公司与琳达同名的女服务人员撒泼。然而，矛盾的是，男主角依然不满意，当菲比真的做了家庭主妇后，男主角洪钧认为无法再与菲比交流工作上的事情，菲比的思想落伍了，多多少少有乏味之感。在《圈子圈套2》中，有一段关于琳达与赋闲在家的菲比的着装比较：

> 琳达在出门前用了将近一个小时把自己精心打扮得靓丽妩媚，而菲比起床后只随便洗了把脸就投身于每周例行的扫除工作；琳达的穿着是正式社交场合的一身楚楚动人的正装，戴的首饰也是环佩叮当、熠熠生辉，而菲比则是一身睡衣睡裤外罩一件围裙，手上还戴着胶皮手套，这场淑女名媛和丫鬟仆妇之间的比美斗艳，结局自然是显而易见的。②

也显而易见，这场"比美"的裁判是"男性"，是从男性的眼光与角度进行观看的。或许真像张爱玲所说的那样，男人的心中有两朵玫瑰，一朵红玫瑰，一朵白玫瑰。不妨引申一下：现代男人心中有两种类型的女性，白领丽人和家庭主妇。最好是两朵玫瑰糅合在一起，既是丽人又是主妇，既像琳达那样放荡又像菲比那样专情。可见，与对琳达的描绘一样，菲比也是一个理念化的载体，承载着作者的大男子主义气质以及对符合男性审美趣味的理想女性的意淫。

职场"教父"王强开启了一种新的小说类型，但遗憾的是——"新瓶装旧酒"。

二　《输赢》——狼与羊的职场哲理

自《圈子圈套》开中国本土职场小说先河以来，这种新的小说

---

① 王强：《圈子圈套2》，长江文艺出版社2010年版，第97页。
② 同上书，第236页。

品种便如雨后春笋。其中，付遥的《输赢》是继《圈子圈套》之后，最有影响力的一部男性职场小说——与《圈子圈套》《杜拉拉升职记》《浮沉》并称为中国本土"四大职场小说"。

与《圈子圈套》类似，《输赢》也先是在网络上征服读者，而后由北京大学出版社于 2006 年 7 月出版，出版几年来盛行不衰。《输赢》的作者付遥，跟《圈子圈套》的作者王强有着相似的人生轨迹：都出生于 1968 年，曾居住在北京；都是实力派销售专家——由最底层销售升至世界 500 强外企高管；都辞去外企工作，自己创业。最后，都以自己的职业发展经历为蓝本，创作了受读者追捧的职场小说。有评论者将《圈子圈套》与《输赢》视为"兄弟篇"，认为两者如出一辙：都展现了商场和职场的尔虞我诈，都传授了职场生存技巧，都体现了永不言败的励志性。但细加分析，它们其实貌合神离。

从小说情节展开的方式来看，《圈子圈套》系列沿用了武侠小说"落魄—复仇—再次落魄—再次复仇"的循环模式，较为单调；而《输赢》将故事集中在一个季度 13 周内，以周为大单元，周中又以具体的天为小单元，具体到几点几分，体现出急迫的时间节奏，与故事内容的紧张节奏呼应，层层递进，环环相扣，恰似一个完整的、经典的销售案例，颇有新意。故事讲述的是：知名外企捷科公司的销售总监周锐面临绝境：亲手带出的优秀销售团队被上司划走，却要完成数额巨大的销售指标。在内外交困的状态下，周锐唯一的希望就是获取经信银行的超级大单。而实力雄厚，又在经信银行内部有着盘根错节关系网的惠普公司，是最强劲的对手，惠普公司经信银行项目的负责人恰是周锐的初恋情人骆伽。周锐运用"摧龙六式"的销售手法精心布阵，发出攻势，经过几个回合的激烈交锋，仍处于败局。然而周锐手下的销售天才方威却收集到骆伽向经信银行行长刘丰进行商业贿赂的证据，局面由此发生戏剧性转折：刘丰被抓，骆伽为躲避警察追赶，驾车坠入冰河而亡，捷科公司顺理成章地签下了经信银行的大单——这场硝烟弥漫的销售大战终于结束了。但周锐与方威并没有"胜利"后的喜悦，他们开始沉痛地思考"输赢"的意义，人生的意义。客观地评价，

《输赢》不仅在形式的创新上超越了《圈子圈套》，更重要的是，在思想上超越了前者——由"术"的层面上升到"道"的高度，依稀触碰到关于职场境界及人生真谛的主题。笔者拟从职场技巧、职场价值观、职场性别视角三个维度来剖析《输赢》的"超越性"。

从小说传授的职场技巧来看。《输赢》宣称"为中国六百万销售人员而作"，又号称"中国第一部可用于培训的精彩商战小说"，因而其中传授的销售技巧具有较强的"专业性"，如著名的"摧龙六式"，意指产品销售中的情报、客户需求、产品价值、客户关系、价格、客户体验等六个关键因素。作者将这六个因素巧妙糅合在故事情节中，伴随故事情节的展开，"摧龙六式"也步步推进，具体应用，显得深入浅出，通俗易懂。应读者要求，作者于2010年又推出《输赢——摧龙六式》，对"摧龙六式"进行拓展讲解。

与《圈子圈套》以炫耀的口吻，津津乐道销售行业中的"关系营销"，及职位升迁中的权谋争斗相反，《输赢》立场鲜明地批驳了这些职场"伪技巧"。

《输赢》中的一号男主角周锐心胸坦荡，对待下属真诚扶持，对待上司也绝不阿谀奉承。捷科的市场总监林佳玲对其评价道：

> 我了解到那么多人愿意和他同进同退的原因，他诚实地对待下属，帮助他们，他没有觉得这是给别人的恩惠，作为一个团队的领导，这些就是他每天都应该做的自然而然的事情。①

作者借对周锐正面形象，与对捷科中国区总经理陈明楷及其心腹魏岩等人负面形象的塑造，表达了对"办公室政治""内耗"等职场弊端的憎恶。如当周锐率团队拼尽全力，打开北京地区的销售局面时，陈明楷却对他降职，让心腹魏岩接管胜利成果。对此，周锐非常愤怒——"他觉得取得业绩有两种方式：带着团队击败竞争对手是一

---

① 付遥：《输赢》，北京大学出版社2009年版，第199页。

种方式，另一种是打击内部竞争者之后落井下石，从内部抢到最后的
客户资源，魏岩使用的就是后者，这也是一种赢的方式，也是周锐最
不喜欢的方式。他喜欢历史，发现中国的力量在很多时候都用于内
耗了。"①

在与所率领的销售团队聚会时，周锐又感叹道：

> 在我们公司里，团队之间互不信任，于是就互相猜疑，猜疑
> 不断产生误解，误解产生怨气，怨气爆发冲突，冲突产生相互之
> 间的陷害和倾轧，陷害产生背叛和仇恨，仇恨产生暴力和杀
> 戮。……中国这么大的国家，自从鸦片战争之后，一直到新中国
> 成立，一直处于内忧外患的困境中。好不容易迎来了安定团结的
> 局面和改革开放的政策，我们却不知道把握赶超发达国家的机
> 遇，还是在这里不停地内斗。②

在此，作者阐述了团队"内耗"、国家"内耗"的危害，明确表
达了对"办公室政治斗争"的反感，并且上升到对国民劣根性进行
批判的高度。

作者还探讨了销售人员所采用的销售手段，与滋生贪官的关系：

> 每个中国的老百姓都痛恨贪官污吏，可是他们生下来就是贪
> 官污吏吗？不是。我们销售人员为了赢得订单不择手段，从各种
> 渠道收集客户的个人资料，千方百计投其所好。像刘丰这样位高
> 权重的关键客户，数以千计的销售人员都对他虎视眈眈，其中不
> 乏一些销售的绝顶高手，坦白地说，如果我处在他的位置上，可
> 能比他腐败得更快。③

---

① 付遥：《输赢》，北京大学出版社 2009 年版，第 131 页。
② 同上书，第 191—192 页。
③ 同上书，第 310 页。

我常常想一个问题，我们每天想方设法请客户吃饭，然后去卡拉 OK，最终用回扣砸下去，直到把客户拉下水，这几乎是我们每天的功课，以能搞定客户而沾沾自喜。贪官污吏出了事受到惩罚，我们销售人员却拿着业绩在公司内成为英雄。从这个角度说，我们才是真正的罪魁祸首。①

这两段话体现了作者对销售行业、销售手段的深刻反省与反思：销售应该具备道德意识，不具备道德意识的销售技巧将沦为卑劣的销售伎俩，最终害人害己。许多职场小说的写手热衷于揭秘职场"潜规则"，以深谙潜规则，娴熟运用潜规则为荣，如《圈子圈套》系列的封面上赫然印着"商圈如海，习水性者生；职场如局，明内幕者存"②，言下之意，精通"潜规则"者存。而《输赢》旗帜鲜明地反对职场"潜规则"，提倡诚信竞争，这是难能可贵的，俨然唱响了一曲职场"正气歌"。

从小说透露的职场价值观来看，《输赢》体现了"狼与羊"的职场哲理，颠覆了"成王败寇"的职场逻辑，并延伸至对职场终极意义的思考。

《输赢》中的男主角都酷爱竞争，具有狼性。如书中对周锐手下的销售天才俞威的描写：

他酷爱竞争，……这就像出生入死的将军，面临强大的难以取胜的对手时，也要勇敢地大吼一声向前冲去，向对手毅然亮剑，即使战死疆场也要面带微笑马革裹尸。这就是销售员的宿命，既然选择了这个职业，就如同选择成为古代的战士一样，战死疆场是每个战士的一种归宿和荣耀，软弱、绝望和放弃只能使自己面临被人奴役的失败的命运。③

---

① 付遥：《输赢》，北京大学出版社 2009 年版，第 310—311 页。
② 同上书，封面。
③ 同上书，第 49 页。

又如周锐对部下说道：

> 既然大家选择了销售这个最残酷也是最有成就感的职业，就
> 要永不放弃，永不言败。你们要像士兵一样，如果有枪有炮，就
> 用枪用炮；如果枪炮打没了，就用刺刀；如果刺刀也断了，你们
> 就要用拳头；如果胳膊折断了，就是用牙咬，也不能放弃任何胜
> 利的机会。①

作者认为在职场上要像狼一样勇于竞争，永不言弃。其实"竞
争"也分层次分境界。境界低者，盯着竞争的结果，是输还是赢？
想以竞争为工具，达到金钱与权力挟裹的巅峰，体会竞争带来的虚荣
与实惠；境界高者，视竞争为激发自我潜能，考验个体毅力，磨砺精
神风貌的机遇，渴望在竞争的过程中展现个体的力量与价值，实现对
自我命运的主宰。无疑，《输赢》中所提倡的"狼性"，属于较高的
境界，甚至隐喻了中国在现代化进程中应具有的积极进取、团队作战
的"狼性精神"，因为作者在文中多次提到民族历史与家国之恨。但
与此同时，作者也提倡"羊性"：对内部，要像羊一样可亲，反对
"内耗"，建立一个和谐温暖的职场氛围，这也隐喻了中国构建"和
谐社会"的理念。可见，《输赢》以对"狼与羊"职场哲理的沉思，
展现了较为深远的职场视野。

但《输赢》在职场价值观上也呈现出一定的矛盾性：竞争的目
的是"赢"，如果没有"赢"的结果，又如何印证自身的进步？就像
中国，在赶超西方的竞争过程中，如果没有"成果"与"成就"，又
如何来衡量自身的发展呢？在竞争过程中，"输赢"很重要，在某种
程度上，"成王败寇"既是别人看自己的眼光，也是自己看自己的眼
光。所以销售精英周锐与销售天才方威在商战中纵横驰骋，永不言

---

① 付遥：《输赢》，北京大学出版社 2009 年版，第 310 页。

退，是为了追求"赢"。从作者的立场来看，《输赢》既然作为一本职场培训与励志书，自然也是激励职场人以战士般的心态与斗志去追求"赢"。然而，在小说结尾处，作者又不惜笔墨对"成王败寇"的职场逻辑作了质疑与颠覆。如周锐和方威虽然在经信银行的大单业务中获胜，但他们并没有"胜利"后的喜悦，反而困惑、迷茫，两人都感觉到了，为得到一个"赢"的结果，"输"掉了更重要的东西，付出了极大的代价。书中最后一章的标题便是"代价"。已升职为捷科中国区总经理的周锐最终决定辞职。在暮色笼罩的大海边，周锐对林佳玲说：

> 可是我为什么要沉迷于输赢游戏之中呢？为什么一定要拼尽全力击败竞争对手执著于名利之中呢？这真的有意义吗？……我们都成了输赢的奴隶，忽略了人生中真正重要的事情。[1]

> 我已经经历了不少被输赢主导的游戏，现在是我应该退出这场游戏的时候了。当我不为输而痛苦，不为赢而快乐的时候，我就可以从此超越输赢，就会拥有真正想要的人生，而不是被结果扭曲人生过程。我难以摆脱结果，但是可以控制对待结果的态度，这样就可以摆脱输赢的牵挂，专心领悟人生的过程。[2]

而周锐的忠实部下，曾经酷爱竞争游戏的方威，在一次攀爬雪山后，也醍醐灌顶般地感叹道：

> 人生有两个维度，一个是享受过程，另外一个是追求结果。你觉得是追求结果重要呢，还是享受过程重要？[3]

---

① 付遥：《输赢》，北京大学出版社 2009 年版，第 316 页。
② 同上。
③ 同上书，第 314 页。

刚才爬雪山的时候，我在即将掉下去的瞬间，发现人生只有过程，结果只是勾勒人生过程的记号。我以前却执著于结果的输赢之中，忽略了欣赏人生的精彩过程，即使不喜欢也强迫自己去做，为了结果不择手段，虽然经常为这些行为感到内疚和后悔，却一而再，再而三地重复。我为了达到目的不得不抛弃做人的原则，却发现自己成了输赢的奴隶。①

作者似乎想表达这样的理念：可以享受竞争过程中的刺激与乐趣，但不必执着于输赢，更不要因此失去生命中如亲情、友情、爱情、良知、高尚等最本真的意义。而这一理念仿佛与作者之前关于"竞争"的理论或多或少有些背离。或许人与世界都是永恒的矛盾，就像文本结尾处，林佳玲笑周锐："你有时不能做喜欢的事情，因为你只能去做你不得不做的事情"，而周锐回敬道："人们在做不得不做的事情，但是我们仍然可以做想做的事情"②。矛盾无时无刻不在，有人面对矛盾逃避，甚至走极端；有人面对矛盾思索，尽管会承受灵魂撕裂的痛苦，但最终会尝试平衡。而《输赢》就是一次职场价值观矛盾的凸显和平衡的尝试。作者将周锐与方威对职场与生活的平衡、名利竞争与心灵安定的平衡的思考，置于大海、雪山、星空之下，可以视为包含了"生态主义"寓意，从这个角度来考察，《输赢》中的男主人公形象并不具备那么纯粹的"狼性"，也具备温情脉脉的"羊性"，与女性主义的生态职场观有沟通与契合之处。从而导致，若从性别视角来考察《输赢》，同样会显露矛盾的意蕴。

从性别视角来看，《输赢》既流露了对女性职业能力的肯定与支持，也透露出以男性价值衡量女性人生的性别偏见。

《输赢》中描摹了一些女性形象：在销售场上战无不胜的"女杀手"，惠普公司的销售总监骆伽；出身于美国耶鲁 MBA，才华横溢的

---

① 付遥：《输赢》，北京大学出版社 2009 年版，第 314 页。
② 同上书，第 317 页。

捷科公司市场总监林佳玲;外表娇弱,内心坚强的捷科销售主管杨露;怀孕了仍坚持工作,为团队献智献力的捷科公司女销售肖芸;温柔善良大方的空中小姐赵颖;周锐的夫人,含蓄而有心计的黄静等。这些女性基本上都很美丽,但绝非"花瓶",而是美貌与智慧并存,各有才情,当然也各有缺点。其中,作者最费心力塑造的是"骆伽"这一形象。

骆伽是周锐的初恋情人,她野心勃勃,像方威那样,享受销售行业惊心动魄的历险感和巨大的成就感;她凭借自身才干,桀骜地闯荡于销售战场,像男人那样征战,创造了令"敌人"闻风丧胆的江湖传奇。肖芸对同事们如是评价骆伽:

> 自从骆伽两年前担任惠普北方区总监以来,就将我们在北京的客户一一拔起,可以说是战无不胜,她已经成为行业的奇迹,听到骆伽的名字,竞争对手基本就不战而退了。以前还有人敢于挑战,现在已经没有人敢了。①

骆伽不仅具有超人的销售才华,而且具有古灵精怪的性格与令男性沉迷的气质。方威将其比喻成极具魅惑力的狐仙和女魔头,惠普中国区总经理林振威拜倒在她的石榴裙下,而周锐也一直不能忘情于她。骆伽深爱周锐,但却不愿为其放弃自己钟爱的销售行业,在周锐离开后,虽然倍感寂寞,但依然坚持让自己每天保持微笑。可见,骆伽是一个理性、坚强,不向外界与内心屈服,希冀主宰自己人生的现代意义上的"女强人"。

然而就是这样一个秀外慧中的"女强人",却遭遇了悲剧性的人生结局:失去爱情,失去事业,甚至失去年轻的生命。表面看来,这一悲剧是她"咎由自取"的结果:好胜心太重,为达目的不择手段,在商业竞争中采用了商业贿赂这一不正当手段,以致为躲避警察,驾

---

① 付遥:《输赢》,北京大学出版社 2009 年版,第 50—51 页。

车坠入冰河而亡。骆伽的前男友周锐在给新员工作入职培训时，沉痛地讲述了她的故事，以其为反面教材，郑重提醒道："我只是希望你们记住，无论身处多么激烈的决定命运的竞争之中，我们都必须遵守游戏规则和自己原则的底线。"① 显然，作者也认为，经受不住"赢"的诱惑从而触犯了商业道德，酿就了骆伽的悲情人生。但笔者认为，骆伽悲剧人生的根源不在于她自身性格中的好胜，而在于她所处的以男性为主宰，或者说以男性规则为主宰的商战天地里。正如骆伽对林振威控诉的那样：

> 他们都认为经信银行这个项目是我一手运作的，参加投标的公司说我是高手，你也要将我树立成公司的榜样。其实我心里明白，我并不是那个高手中的高手，现在只是一个失去一切的可怜女孩，真正在幕后规划和运作这个项目的高手是你。这个订单如果赢了，我得到名声，你得到你梦寐以求的业绩；如果输了，你不需要承担责任。我并不反对这样的安排，也认可你的安排。可是现在出事之后，你的做法却让我伤心，我将成为替罪羊来承担一切后果，你却可以继续做你的中国区总经理，对吗？所以你立即宣布将我开除出公司，将自己的责任撇得干干净净。②

骆伽处在由"支配性男性价值观"主导的商战天地里，这一求名逐利的价值观无时无刻不在浸染、影响、蛊惑着她，男上司承诺将其打造成耀眼的明星，她无力抵挡这一动人光环射照出的虚荣；同时也明白，要在男性疆场杀出一条血路，就必须顺应甚至驾轻就熟男性职场规则，所以她陪客户喝酒到呕吐，放下女性的羞赧为客户替小姐买单，在公司的默许下请客、送礼、进行商业贿赂——她以男人的方式，在男人的战场上取得了骄人的业绩。但同时也付出了极大的代

---

① 付遥：《输赢》，北京大学出版社 2009 年版，第 312 页。
② 同上书，第 286 页。

价，以扭曲自我本性、扭曲正常的生活、失去所爱的人为代价。"两年后，她终于想通了准备退出，她的公司却希望她能够为公司做成最后一个超大的经信银行的订单。"① 也就是在这场最后的商战中，骆伽被男上司当做"炮灰"，无情地清理出男性疆域，输得一败涂地。可见骆伽自始至终都是男性职场文化的受害者，不管她如何"努力"，都摆脱不了"失败"的宿命。退一步而言，假如贿赂事件并未东窗事发，骆伽赢得了经信银行的大单，沿着公司为她设计的"公关明星总监"的人生轨迹走下去，她就是成功与快乐的吗？其实不然，她依然是个被设计者，她依然无法获得对自己而言最自然、最喜欢的东西。而且在"支配性"男性价值观主宰的天地里，"公关明星总监"也要在风云竞争、诡诈决斗中求生存，这条男性为之铺筑的男性之路将永无消停。

骆伽的悲剧人生提出了一个尖锐的问题：在"支配性"男性价值观主导的职场天地里，女性如何开拓与发展她们的事业？是把自己变成一个"男人"般的战士，征战沙场；还是退回家庭，做一个没有事业心没有竞争欲的贤良家庭主妇？进亦忧，退亦忧，然则何时而乐耶？其实这一问题，对于部分怀疑与批判"支配性"职场价值观的男性同样适用。如小说中的周锐与方威，他们厌倦了职场的输赢争斗，渴望追求到人生更重要的东西，然而他们真能摆脱职场争斗吗？以"生态者"的心态，如何在弱肉强食的职场社会中生存？或许唯一的路径便是改造职场生态环境，男女一起。无论如何，周锐与方威的形象像两株小草，让我们隐约看到了生态主义职场的春天。

作者虽然在小说中触碰到了生态主义的职场理念，但也流露出传统的基于男性趣味的性别偏见。如以下骆伽与周锐的对话，就体现了男性中心主义的"职业性别区隔"意识：

你觉得做销售适合我吗？（骆伽问周锐）

---

① 付遥：《输赢》，北京大学出版社 2009 年版，第 312 页。

不适合。其实做销售是很辛苦的，压力又非常大，所以女孩子做销售的就不多，我也从来不找漂亮的女孩子做销售，她们有太多的机会和依靠，不需要进入残酷的竞争中。①（周锐答道）

言下之意，女性，尤其是漂亮女性完全可以依靠男性获得人生幸福。这当然是男性一厢情愿的观点，没有顾及女性独有的心理感受。事业与家庭的两难困境，一直是现代职业女性苦苦纠葛的主题。而男性常常武断地认为，女性应以家庭为重，女人的幸福感主要来源于家庭。其实，这是概括了男性自身的需求。如小说中的男主角周锐，虽然对骆伽一见钟情，而且与之有过一段刻骨铭心的爱恋，但最终离她而去，理由是："我要一个正常的妻子，难以接受她这样的生活方式。"②周锐离开骆伽后，很快娶了骆伽的好友黄静，因为后者能够带给他安宁、放松——一种类似母性情怀的偎依感和安全感。在周锐潜意识的大男子主义心中，觉得女人对于与自己关系密切的男人，应该具备"牺牲"精神。倘若骆伽能够为周锐"牺牲"事业上的追求，周锐就不会让骆伽失去自己。在小说中，作者对另一个女性，空中小姐赵颖也着墨颇多，但与骆伽相比，赵颖的形象显得很单薄、单调、缺乏真实感——只是作者宣称女性"牺牲"理论的喇叭。

赵颖在方威的强烈爱情攻势下，爱上了他，但最终仍然决定嫁给同样深爱自己的，交往了几年的男友赵国峰。赵颖在婚礼上的发言如下：

我在想，是应该追求长久的幸福呢还是应该追求短暂的快乐和激情？我是应该为自己生活还是应该承担起责任？我是不是应该为喜欢自己的人做出牺牲？"③

———————————
①　付遥：《输赢》，北京大学出版社 2009 年版，第 318 页。
②　同上书，第 312 页。
③　同上书，第 304 页。

作者仿佛还嫌不过瘾，又为赵颖加了一段心理独白：

> 说到这里，赵颖心中突然明朗起来：是的，她爱方威，如果她同时认识方威和国峰，她会选择方威，此时她却只能选择国峰。方威离开自己之后依然可以继续寻找幸福，而国峰失去自己却只能滑进黑暗的深渊。既然国峰那么毫无保留地爱自己，赵颖愿意牺牲一段爱情换来国峰一生的幸福。①

赵颖被塑造成了一个"圣女"。勇于"牺牲"，是作者对女性的一个评价尺度。

通过分析小说文本中对各类女性的描述，可以总结出男主角周锐理想的女性类型：最难以忘怀的情人是狐仙般的骆伽；最适合做妻子的是"圣女"与"圣母"融合的赵颖与黄静；而美丽与智慧并存，善解人意又适时拔刀相助的红颜知己莫过于林佳玲了。只是男性有各个层次的欲望与需求，女性又如何能做到把自己割裂成各个层次而不感到痛苦呢？

就像"输赢"本身就是一对矛盾，《输赢》中也展现了职场价值观的矛盾，职场性别观念的矛盾，并引领读者展开了矛盾思辨之旅，"路漫漫其修远兮，吾将上下而求索"，笔者认为，与《圈子圈套》直白式的书写相比，这一求索的态度本身就是"赢"。

第二节　女性职场小说个案研究

一　《杜拉拉升职记》——"草根"女子的"中产阶级"梦想

2007 年 9 月，《杜拉拉升职记》由博集天卷策划，陕西师范大学出版。第一版的封面设计艳丽，销售方向定位为"女性读物"，市场反响平

---

① 付遥：《输赢》，北京大学出版社 2009 年版，第 304 页。

平；2007 年 11 月，第二版面世，此版改成简洁大方的封面设计，销售方向定位为"职场小说"，立即引起读者关注。2007 年 12 月初，位列"卓越网"小说类销量第二，"当当网"小说销量第三，此后人气持续飙升，2008 年初，位列"卓越网"图书排行榜小说类冠军。2008 年 11 月，销量突破 60 万——成为图书市场横空出世的一匹"黑马"。

《杜拉拉升职记》不仅销量惊人，影响力也令人瞠目：2007 年 12 月被豆瓣网友评为大学生毕业前必读的 10 本书之一；2008 年 2 月，上海文化广播传媒高价竞得其电视剧改编权，随后中央人民广播电台制作同名广播剧；2008 年 7 月繁体版权韩文版权售出，上海地区话剧改编权售出；2008 年 10 月，繁体版在台湾出版，获金石堂文学类图书排行榜第一名……随着《杜拉拉升职记》话剧版、电影版、电视剧版的热播，如今黄河内外，大江南北，谁人不识"杜拉拉"？

从销量和影响力来看，《杜拉拉升职记》无疑是职场小说中的翘楚，成了职场小说类的"首席代表"，其中的女主人公"杜拉拉"成为职场小说当仁不让的"形象大使"。

笔者认为，《杜拉拉升职记》之所以能够获得如此巨大的成功，关键在于它描写了一个"草根"女子成功实现"中产阶级"梦想的奋进之途。这激起了无数渴望实现"中产阶级"人生梦想的普通人的共鸣与崇拜。

李可笔下的"杜拉拉"乃南方女子，毕业后在国营单位工作了一年，又在沿海一民营企业工作了三个月，接着辗转于港台企业，最后终于在通信行业的著名美资 500 强企业 DB 公司里，找到一份销售助理的活，算是尘埃落定了。在作者的意念中，进入 500 强企业 DB 才是正式进入"现代化"的职场，是杜拉拉职业生涯的真正开始（杜拉拉之前的从业经历，要么被轻飘飘一笔带过，要么被描述成一段捧腹的闹剧）。DB 有专业严谨的工作流程、相对公平的竞争环境、尊重员工的企业文化，这些优势与杜拉拉自身的勤勉、"倔强"、敬业、理智、聪慧、善于分析总结等优点相撞击，焕发出耀眼的火花——她从职场灰姑娘华丽变身为职场"白骨精"（白领骨干精英）。

杜拉拉升职的过程令人艳羡，无论是作者本人还是评论者，皆认为她的经历值得借鉴。《杜拉拉升职记》《杜拉拉2》《杜拉拉3》的封面上都赫然印着："她的故事比比尔·盖茨的更值得参考。"表面看来，的确如此：比尔·盖茨式的人生是传奇性的精英人生，充满着太多的机遇和偶然性，是普通人难以企及的；而"杜拉拉"式的人生是日常性的平民人生，且充满着被总结出来的规律，仿佛只要认真模仿，就能实现——正是这种真实性与亲和力，带来了鼓励性与煽动力，掀起一股大众式的"头脑风暴"。

但冷静下来仔细分析，不难发现，"杜拉拉"式的成功并不具有广泛的可复制性，它的可借鉴度并不高。因为"杜拉拉"对于职场生涯的所感所悟、所思所想，所总结出来的心得都基于一个前提——供职于欧美500强企业中的佼佼者，美国DB公司。也就是说她是在一个特定的空间内获得成功的，而这一空间不仅非平民化，反而极度"精英"化。

《杜拉拉升职记》中，有一个关于"乡下人"的典故：

> 在不久的以前，上海人管外地人叫乡下人，所有上海以外的人，都是乡下人——这不奇怪，听说巴黎的公车售票员也有类似的态度，他们觉得巴黎以外的全世界各地的人都是乡巴佬。①

事实上，"乡下人"恰好可以用来作一种譬喻或象征：世界500强企业中的顶级美资公司（像DB这样实力强大又有深厚美国绅士文化底蕴的公司）之外的其他公司都是"乡下人"。如DB新招聘经理曾服务于著名的500强欧洲公司NJ，小说中对他的评价是："童家明从北欧公司乍到典型的美国公司DB，也知道要注意尊重他人些，然而他的骨子里刻着的依旧是北欧式的聪明与海盗般的彪悍。"② ——

---

① 李可：《杜拉拉升职记》，陕西师范大学出版社2007年版，第108页。
② 同上书，第198页。

换句话而言，就是仍难脱"乡"气。杜拉拉曾在 DB 受委屈，动过跳槽的念头，也去应聘了另一家低于 DB 级别的 500 强美资公司，结果大失所望："拉拉想，单凭眼前这个 HR，估计这个公司的平均素质也乐观不到哪里去。他自己这样的档次，又能给 HEP 招到些啥等级的货色呢？就算 HEP 真的肯给自己行政经理的位置，自己也不要去——成天和这样的人群一起工作，活得未免太没有劲了。不如在李斯特那儿混着，就算只做个行政主管，好歹李斯特说话客气礼貌，做派又活像好莱坞的大牌明星，至少可以饱饱眼福吧。"①——一种"城里人"对"乡下人"的轻蔑暴露无遗。对于港台企业，"拉拉暗自思忖，这也许就是外企和港台企业的一个不同吧，它会在一定范围内给你自由和信任，让员工舒服点。至少，拉拉觉得 DB 既有钱又有风度……"②——言下之意，港台企业又抠门又猥琐，属"乡下人"范畴。至于杜拉拉以前工作过的民营企业，就更是典型的乡巴佬了，不知是有意还是无意，作者给那家民营企业的老板配备了一个"胡阿发"的乡土气息浓郁的名字。

可见，姿色中上，没有特殊背景，貌似草根女子的杜拉拉，其实是在一个已设定好的、最先进、最理想化的"精英空间"中怀着极其优越的"城里人"心态，设计与展开自己的职业发展路径的。而这个"精英空间"对于普通求职者是如此狭窄，难以涉足。试想，目前中国，有多少企业能进驻世界 500 强？在进驻的 500 强企业中，又有多少著名的美资企业？中国每年有几百万大学生毕业就业，真正能进入世界 500 强著名美资企业的只怕寥寥无几。而杜拉拉的职业生涯以及对职业生涯的经验总结，离开欧美 500 强企业文化这一大背景，简直无从谈起——广大人民群众被"忽悠"了。但无数"杜拉拉迷"自愿被忽悠，因为做梦的权利可以保留，"草根"女子的"中产阶级"梦想依然在无数人头顶熠熠闪光。

①　李可：《杜拉拉升职记》，陕西师范大学出版社 2007 年版，第 86 页。
②　同上书，第 19 页。

　　显然，"杜拉拉"式的中产阶级梦想是以西方文化，尤其是具有"绅士"做派的美国文化为蓝本的。对于美国而言，中产阶级是常态，即大多数人的生活形态，而在中国，由于仍处在"现代化"的赶追途中，"中产阶级"是一个具有优越感的阶层，不仅有经济地位，更有文化层面的优越感。顶级外企中的白领阶层是中国"中产阶级"的典型代表，他们（她们）也是最"西化"的一个群体。《杜拉拉升职记》的封面有对作者李可的介绍："十余年外企生涯，职业经理人……在典型的欧美500强企业长期熏陶出的专业与敬业下，她是一个生动的热爱生活的人。"①

　　由对作者的介绍及其在小说中的文字表达，不难揣测李可本人对欧美企业文化的推崇；也不难判断，李可通过《杜拉拉升职记》，表达了这样的意识：最好的企业文化促成了杜拉拉的快速成长。问题在于，欧美企业文化真有那么无懈可击吗？在这种文化的浸染下，杜拉拉究竟获得了哪方面的"成长"？

　　不可否认，欧美企业，尤其是美国企业组织架构完整，流程规范，有较好的福利和对员工表面的尊重，也给通过正道奋斗的职员（经典代表杜拉拉）提供了机遇和职业上升的空间。正如杜拉拉感叹的那样："DB是拉拉所经历过的最好的公司。所谓好，一是收入，二是环境，三是未来。其间的很多好处，不是钱就能涵盖了的。"②

　　但欧美的企业文化也并非一味"绅士"，在温情脉脉的面纱下暗藏杀机——以追求资本利益的最大化为主旨，越是顶级外企，这点就越明显。所以外企在华员工普遍压力重重，他们经常加班，经常超负荷工作，并且不能露出倦态，以免与公司主张的激昂奋进的企业文化相悖——"DB是个典型的美国公司，公司里但凡是个人物，不分男女，都得是high energy（精力充沛）的铁人形象，个个都活像不需要睡觉吃饭，越是头天晚上开会开得晚，第二天越要一早就红光满面中

① 李可：《杜拉拉升职记》，陕西师范大学出版社2007年版，封面。
② 同上书，第25页。

气充沛地来和大家 SAY HELLO，拉拉不敢不随着大家也天天作精神抖擞状"。①

　　明明是工作压力大，员工的生活空间遭遇到工作的挤压与盘剥，DB 公司却偏偏在办公室的墙上悬挂着 "Life work balance"（生活工作两平衡）的口号。何以平衡？这难道不是伪企业文化？

　　杜拉拉曾对男友王伟抱怨，销售指标年年都在增加，什么时候才是个尽头？王伟笑道："什么时候都没个尽头。受不了的就走呀，大把新鲜血液等着补充进来呢……"拉拉一想也是，公司在华员工的平均年龄才三十出头。② 由此可见，外企员工，表面看来光鲜靓丽，其实内心埋藏着难言的苦楚：外企员工跟吃青春饭的小姐有类似之处，当身心极度透支，再榨不出剩余价值时，就会被公司一脚踢出，当然仍是以一种极其"绅士"的方式。美资外企的"绅士"做派真只是一种"做派"（形式上的东西），而并非具有"绅士"的精神内涵。

　　再来看看，杜拉拉进入 DB 后的"成长"。如果以职位升迁、薪酬上涨作为衡量"成长"的指标，那杜拉拉确实"成长"迅速：短短几年间，从最初月薪四千的销售助理上升至年薪几十万的人事行政经理。获得了世俗认可的"成功"。但"成长"是一个全方位的综合性概念，不仅囊括事业的发展，更应该凸显身体与心智的成长；成功也不应该仅被设定成一个单线的发展过程。

　　从性格变化来看，初入职的杜拉拉单纯、天真、率直，甚至有点"笨"：

　　　　有活干，她就兴奋，她的注意力全放在怎么把活干好，至于干好了能够怎么样可以怎么样，她就几乎不想。就算偶尔想想，她的想象力也就局限于拿个不错的年终奖、年终考核拿个 "ex-

————————

① 李可：《杜拉拉升职记》，陕西师范大学出版社 2007 年版，第 130 页。
② 同上书，第 162 页。

ceed"（卓越）之类的。在职业生涯的规划上，她没有什么脑子，有点傻乎乎的。①

然而历经了几年职场磨砺与美资企业文化的熏陶后，杜拉拉变得：精明，老练，善于控制情绪及对事物理性分析，甚至心机重重。典型例子便是，已坐上 DB 人事行政经理位置的杜拉拉，对新招来的行政主管帕米拉（尚在试用期）的心态与行为：

> 拉拉自己不是 BASE（常驻）在上海，因此，她既需要上海办主管独立的负责工作，又担心这个人太过能干，会成为自己的后备人选，自己有一半时间不在上海，真有个这样的下属放在上海，说不准哪天就撬了自己。拉拉下决心干掉这个太能干的帕米拉。②

善于行动的杜拉拉很快就调查到帕米拉违背公司原则的行为，如愿以偿地将威胁分子清除出局。当然，"炒"帕米拉时，杜拉拉也感到难受，"她觉得自己的神经都快要崩溃了，一种'在干害人的事情'的感觉噬咬着她的心"。③然而经过上司李斯特（他是美国企业文化的形象代言人）的安抚，杜拉拉的良心很快安顿下来：这件事一方面可视为帕米拉咎由自取，一方面也可看作对自我的超越。因为李斯特说了："你要是连这个关都过不去，还怎么做 HR！"④ DB 的企业文化帮助杜拉拉迈过了这道坎。正如文中假杜拉拉之口的评论："要说大公司的企业文化，见过提倡诚信的，见过提倡创新的，还真就没见过哪个大公司的企业文化提倡要善良的。"⑤

---

① 李可：《杜拉拉升职记》，陕西师范大学出版社 2007 年版，第 41 页。
② 同上书，第 143 页。
③ 同上书，第 111 页。
④ 同上书，第 113 页。
⑤ 同上书，第 216 页。

　　以杜拉拉的本性，她绝非坏人，但在欧美务实、竞争、成王败寇的企业文化染缸中，她也再没有机会成为一个高尚的人了。而《杜拉拉2》《杜拉拉3》里的杜拉拉更是深谙斗争之道，修炼得刀枪不入了，与企业文化也显得水乳交融，开始充当"导师"的角色——真正走向"成熟"了。对杜拉拉个人而言，适者生存，可以理解。但从人性的角度来看，正如有读者评论的那样，杜拉拉"不再那么可爱"了。从某种角度而言，这不仅不是性格的成长，反而是后退。

　　从身体与心灵的变化来看，杜拉拉身心俱疲。首先是身体出现状况：要靠安眠药才能维持睡眠，气色变差，健忘，注意力难集中，身体虚弱到拧不开可乐瓶盖……杜拉拉自己也察觉到，感叹说："过去在 DB 做装修那会儿，我加了多少班呀，可并没有感觉到像现在这么累。莫非我老了？做不动了！"① 真应了那句话——"财多身子弱"②。其次是心灵空虚：工作几乎占据了杜拉拉所有的时间与心绪，无暇运动无暇娱乐，即使经常出差也无法感受世界的丰富；在 DB 的工作环境中，与上司、同级、下属之间基本是顺应、防范、控制的关系，没有可以倾吐内心的朋友，久而久之，心灵既麻木又疲惫，寻找不到人生的意义，或者说根本没有间隙去对人生作形而上的思考。杜拉拉有一段关于"人生寄托"的心理独白：

　　　　过去，我在赚钱上也很努力，而现在，我在赚钱上的主要特点不再是努力，而是沉浸，我沉浸地赚钱——这没啥不好，人总得有追求，有个事情让你沉浸，你想到这事就会兴奋投入，寂寞也罢辛苦也罢就都可以忍受了。所以，如果连钱我都不喜欢了，那可就麻烦大了。③

　　这段话特别能反映杜拉拉心灵的空虚，空虚到无奈地以"赚钱"

---

① 李可：《杜拉拉升职记3》，江苏文艺出版社 2010 年版，第 283 页。
② 同上书，第 286 页。
③ 同上书，第 233 页。

作为精神寄托。与心灵空虚、精神世界单调相对应的是，杜拉拉无法做出关于人生意义的深层思考。杜拉拉与在飞机上邂逅的李都有一场关于"恰当的活法"的对话，对话如下：

你觉得怎么样才算"恰当的活法"？早点赚够保障退休生活的本钱，保持良好的生活质量？（杜拉拉）

是这个意思。早点退休，爱干嘛干嘛，自由自在地活——这是眼下最时兴的一种"中产阶级"的活法。（李都）

从中产阶级的阶级特征来看，这是活得最累的一个阶级，你看——没有特殊背景，靠个人奋斗获得成功，奉公守法，过体面的日子——凡此种种，哪里和"自由自在的活"挨得上？（杜拉拉）

就是因为中产阶级太累了，所以才向往自由自在地活，也正因为中产阶级的勤奋和成功，他们才可能比别人早日获得财务自由，从而真正实现"自由自在"的梦想。（李都）

关于"恰当的活法"，I totally agree with you. （杜拉拉）①

这一段男白领与女白领达成共识的对话，透露的信息与问题是：工作是为了赚钱，赚足够的钱是为了逃离辛苦的工作；那么工作本身的乐趣何在？如果工作只是实现财务自由的工具，带有强迫性，那么人越勤奋就越证明，他（她）只不过是工具的奴隶。人被工作异化，同时人也异化了工作。曾以"工作狂"自居的白领，最终与能够给自己带来"自由"的工作相决裂，这本身就是个莫大的悖论。杜拉

---

① 李可：《杜拉拉升职记》，陕西师范大学出版社 2007 年版，第 255 页。

拉们对中产阶级"自由自在"生活理想的表达，苍白得接近虚无，除了一个"财务自由"的躯壳外，"自由自在"的哲理内涵是什么，杜拉拉们无法言谈，因为以"杜拉拉"式的现实头脑和对人生肤浅的洞识，这一提问实在过于深邃。

以身体与心灵的受损与异化，来换取职业的上升轨迹，这与其说是飞扬的"成长"，毋宁说是沉重的坠落。由以上所述，笔者对"杜拉拉"这一文学形象，及《杜拉拉升职记》系列文本的意义与价值，作出如下评论：

其一，《杜拉拉升职记》系列在一定程度上再现与总结了外企白领的职业境况，但真实的借鉴空间不大。它所指引的"草根女子的'中产阶级'"梦想其实是含混不清的，只是一种虚妄的想象，而这种虚妄的想象又激起无数读者的虚妄想象。

其二，从对"杜拉拉"形象的分析来看：她是一个极为"西化"的人物，热爱与拥护美资外企的企业文化，虽受其害却不自知，或者自知了也无怨无悔；她具有较强的专业知识与敬业态度，但视野狭窄，工作之外了无情趣；她精明能干理智果断也不乏心机，人品不坏也不算特别好；她属于现实派，以极度务实的作风对待职业、爱情与生活，没有高远的职场境界，更没有开阔的人生理想……无论从哪一方面来审视，杜拉拉的人生线条都很单薄，也谈不上有多少人格魅力，反而给人"贫血"的感觉。奇怪的是，她居然能成为职场中的"女英雄"，引无数"杜拉拉迷"竞折腰。或许，是我们所处的这个现实主义年代成全了杜拉拉。

其三，从女性主义角度进行审视："杜拉拉"独立、自主、不依赖男人自我奋斗，这是值得肯定的，对社会上一批甘当"花瓶"或一心以婚姻为幸福生活砝码的女性，有警醒、鞭策、激励和榜样作用。但杜拉拉遵循的是男性中心主义式的二元对立的思维模式，其所设定的"成功"，仍然沿袭着父权制的定义，即认为成功是线性的发展过程，以金钱、职位、名望等外在的"物"为唯一衡量标准，为获得此种成功，不惜以身心受损为代价。从这一角度来看，杜拉拉更多地具备本书第二章提及的"男性支配性气质"。

其四,"杜拉拉"这一形象的特征及包含的意蕴决定《杜拉拉升职记》系列的社会价值。如果作者以批判性、反思性的态度对待"杜拉拉",或许会挖掘出更深的东西,例如外企文化的伪善性,人类真正的超越性等。但遗憾的是,作者恰恰是以褒扬的态度,甚至将杜拉拉包装成了职场新人的"精神导师"。在《杜拉拉3》临近结尾处,杜拉拉对男友说:"其实,我更想做的,是有一天,能把我这辈子的经验和教训都分享给需要的人。"[①]——这显然不符合现实主义分子杜拉拉的思维逻辑,在欧美竞争激烈的企业文化熏陶下的杜拉拉,绝不可能产生如此"高尚"的想法。应该是作者强加上去为杜拉拉作宣传的口号。作者李可在《杜拉拉3》的自序中写道:"希望'杜拉拉'对人们的生活有一些超越职场的现实意义,实现我分享经验和教训的初衷。"[②] 可是,"拔剑四顾心茫然"——那些"超越职场的现实意义"到底在哪里?期待真正具有"超越性"的文本,哪怕只是在黑暗中看到一丝浮沉的曙光。

二 《浮沉》——在男性世界中"沉沉"的"她者"

2007年9月19日,微软全球副总裁、大中华区首席执行官陈永正宣布离开微软,转投NBA。3天后,"天涯社区"惊现以IT业为背景的《浮沉》,且小说开端与陈永正离职事件高度吻合,一时间引发网友热议:两个月间,网上出现8个读者QQ群、1个MSN群。2008年5月1日,《浮沉》全国上市,一个月内连印5次,销量达15万册,在业内引起轰动。

从销售策略来看,图书策划商常将《浮沉》与《杜拉拉升职记》并列营销,无论宣传还是店面摆放,都双生般同时出现,且为《浮沉》第一部作序者,正是《杜拉拉升职记》的作者李可,李可深深

---

① 李可:《杜拉拉升职记3》,江苏文艺出版社2010年版,第284页。
② 同上书,自序。

赞叹《浮沉》的魅力与价值。由此，读者会产生错觉：《浮沉》与《杜拉拉升职记》是一对姐妹花，具有相似的精神气质。但其实这只是出版策划方为提升销量而让两者结合在一起，互相带动、互相借势的营销战略，与效益相关，与精神无关，因为两者内在的价值观相去甚远。

《杜拉拉升职记》依赖构建"草根女子的'中产阶级'迷梦"（即丑小鸭变成白天鹅的故事）而获得无数粉丝，成为流行的时尚职场小说；《浮沉》恰好打破了这一迷梦，因为她笔下的女主角——小销售乔莉，虽然在商战中磨砺了自我，但始终没有获得职位升迁，即使成功签下晶通电子的大单后，也没有获得相应的荣耀，反而是前途不可预测地如履薄冰——依然是灰姑娘。《浮沉》的成功更多是靠自身的"实力"及商业机构的精心运作。

从自身实力来看，其作者崔曼莉毕业于南京大学中文系，从事过主持、策划、互联产业等多种职业。崔曼莉 2002 年开始自由创作，在《花城》《芙蓉》《青年文学》等刊物上发表诗歌与小说：处女作《卡卡的信仰》入选《2003 年中国最佳短篇小说选》；《杀鸭记》获得 2006 年金陵文学奖；爱情小说《最爱》成为 2004 年新浪网点击冠军；继《浮沉》第一部之后，又有一部民国历史小说《琉璃时代》面世，荣登各文学图书热销排行榜——由是观之，崔曼莉具有职场白领与"专业"作家双重身份，这决定她的以职场为反映对象的小说离生硬的职场教科书远一点，而离生动的"文学性"近一点。《浮沉》以外企赛思中国与其他大小企业争夺国企晶通电子因改制而即将产生的价值 7 亿的大单为外在的情节发展线索，以在这场硝烟弥漫的战争中作为"马前卒"的销售新人乔莉的思考与"成长"为内在的逻辑演绎线索，讲述了一个外企商战与新人的职场成长故事。其结构错落有致，情节曲折，语言叙述流畅，人物形象传神，糅合了大气与细腻两种风格，并且有一定的文化底蕴——这样一部作品受到读者青睐是顺理成章的。从商业机构的运作来看，出版商对《浮沉》的推广不遗余力：推广分为上市前、中、后三阶段，前期的预热集中在网络，以最大范围地提升其网络知名度；中后期则重点攻克平面媒体，包括报刊、电台。除此之外还组织了名人联袂推荐、新书发布、大学演讲、巡回签售等活动。自身的优良品质加上媒体的宣传造势，使得《浮沉》成为职场小说中耀眼的明星。

崔曼莉在《浮沉》"引言"中表露其创作初衷为："回顾中国 IT 业二十年，沉沉浮浮，浮浮沉沉，中国外企与中国外企人才伴随着时代的脚步，经历了复杂的变化，笔者念及此，有感而发。"① 的确，作为业内人士，崔曼莉对外企的风云变幻和外企人的职场际遇深有感触；同时，作为一名女性职场精英，她对于外企中女白领的职场沉浮与酸甜苦辣更有切肤之痛，这种痛以女销售"乔莉"的形象为载体，流诸笔端。笔者认为，《浮沉》最大的价值，并不在于它为职场人提供了多少"商战胜经"和"职场行走指南"，因为，与《杜拉拉》系列相似，《浮沉》也是以 500 强外企中的"销售"行业为背景，在中国没有广阔的指导意义，即便是对 500 强外企中的"销售"行业的职员，也并不意味着极其实用，因为每个人都有基于自身个性、才情的具体工作情境，职场同样是一种"罗生门"现象。《浮沉》最大的亮点与价值应该是它对职场中中西、异域文化冲突的关注，以及职场人的人性——这种人性渗透了各自文化模塑的痕迹。《浮沉》的作者是女性，其主人公也是女性，所以在对人性的思考与关注中，倚重于女性的职业成长经验。从性别视角诠释，该小说包含了这样的性别寓意——当代职场女性在男性文化主宰的世界中"沉沉"，困惑而不懈地寻求着关于"她者"的生存定义。《浮沉》与《浮沉 2》的封面都印着：最激励人心的职场生存小说，将其定位为"职场生存小说"有一定道理，职场就是生活的一部分，"生存"一词有紧迫感，含挣扎、艰难的意思，不仅意味着职业过程的艰难和不进则退，更意味着心灵世界在职场伦理中的艰难着陆。可从以下四个维度来解读《浮沉》中的性别文化寓意：

---

① 崔曼莉：《浮沉》，陕西师范大学出版社 2008 年版，引言。

其一,《浮沉》展示了职场女性众生相,在对 500 强外企赛思中国里几个性格、才情、职业观、人生观各异的女白领的描摹中,嵌入了作者的批判眼光,表达了其对女性生存策略与生存意义的思量。如小说中,由秘书到市场助理再到市场经理的瑞贝卡,好见风使舵,能力一般却心胸狭隘、嫉贤妒能,喜欢施展小阴谋却难以得逞:

> 为什么?为什么她的人生如此失败?在家里面对男朋友也是这样,无论她使出多少计谋,最后都被那个男人用无所谓的态度和一种无情的轻视忽略过去。在公司她也是这样,无论她付出多少心力,最后都被这些人用这样的态度忽略过去。①

相比之下,瑞贝卡手下的市场助理翠西显得八面玲珑:在公司,直接跨过自己的上司瑞贝卡,向市场总监薇薇安献媚,由于阿谀奉承的水平炉火纯青,深得薇薇安欢心;在私人感情上,翠西也善于"经营",并自有一套理论:

> 上帝造了男人又造了女人,我们本来和他们就是两种生物,男人就应该流血流汗,女人呢,只要流流眼泪,朝他们眨眨眼睛笑一笑,就什么都有了。②

这是典型的"男人征服世界,女人通过征服男人征服世界"的观点,典型的"后女权"主义思想。翠西不仅如是想,而且身体力行,表面上看,她过得春风滋润、活色生香。

赛思中国的大销售琳达,有超强的销售才能——"销售做得久了,琳达有时候觉得自己的灵活程度已经无法形容,说实话,如果地球核心里藏着她想要的单子,只要给她一条缝,她就能钻入最深的地

---

① 崔曼莉:《浮沉》,陕西师范大学出版社 2008 年版,第 116—117 页。
② 同上书,第 284 页。

底，直到打单完成"。① 但由于在销售业打拼十年，阅尽风霜，琳达的心坚硬如铁：

> 见乔莉轻抹脂粉的脸上洋溢着青春的味道，不禁浑身不舒服：仗着自己年轻漂亮，就想转作销售，省省吧！她不想再待下去，拿了东西扬长而去，全然忘记了 10 年前的她也是从乔莉的境遇中一步一步走上来的。②

瑞贝卡的直接上司——市场总监薇薇安，来自中国香港，是个38 岁的未婚女人。她向公司市场副总裁施蒂夫抱怨在内地做事情难，内地人一点都不专业。同时薇薇安也善于逢迎，送老板夫人东北紫貂皮大衣，使得施蒂夫非常喜欢她的"忠诚"，如此一来，虽然薇薇安在工作上有极大失误，但有老板庇护，仍毫发无损。

服务于赛思中国竞争对手 SK 公司的车雅尼——"身上有一些朦胧的东西，它不确定，神秘，易于受伤害……她的眼睛里有梦，她对咖啡有品味，她令人有说不出的感受"。③ 然而就是这样一个外表纤弱、韵味绵长的女子成了赛思中国"潜伏"在 SK 的"内鬼"。通俗的版本是：她与 SK 的销售总监有感情纠葛，从而想报复。

……

无疑，作者对这些白领丽人的描写采取了现实主义手法，流露了批判的态度：批判瑞贝卡、翠西、薇薇安"后女权"式的职场观和生活态度；批判琳达被职场风霜打磨出来的狡黠、冷漠；批判车雅尼为情所伤的脆弱及为谋求报复而激发出的心理暗影。在批判她们的同时，作者浓墨重彩地推出了自己心仪的女主人公——销售新人乔莉。乔莉坚强、独立、敬业、大方、满怀抱负，善于反省，在物欲横流的世界中保持着对自我的体认与警醒——正是作者心目中的白领职业女

---

① 崔曼莉：《浮沉》，陕西师范大学出版社 2008 年版，第 20 页。
② 同上书，第 10 页。
③ 同上书，第 286 页。

性典范，一个寄托某种正面理想的人物。

其二，作者虽然对"乔莉"这一形象饱含心血，将其视为理想的职场女性。但并没有以理想化的手法进行扁平化的塑造，而是还原了主人公性格和思想的复杂性与矛盾性，这种复杂性与矛盾性主要源于文化冲突。

乔莉是老乔夫妇的独生女儿，老乔是机关里退休的老干部，爱好哲学，乔莉从父亲那里耳濡目染了中国传统文化的养分。如事缓则圆，静观其变；事成于密，败于泄；凡人只可三分话，不可全抛一片心；不在其位，不谋其政等。可见受父亲的影响，乔莉的思想中融贯了东方式的中庸之道。但中国传统文化并非一味中和，这种貌似温雅的文化中其实暗藏杀机，正如赛思中国副总裁欧阳贵所总结的："东方人对事物的理解带有一点超理性的东西，比如中国人喜欢说胜者为王败者为寇，这其实是忽略了过程的一个总结，意思是不管你用何种方式创造了奇迹，你就是胜利者。"①——一种异常强硬的逻辑，包含匪气。

中国传统文化既包含了正直、礼让的谦谦君子之风，也隐藏着机谋、诡诈、无情的阴暗之气，这种自相矛盾的特点，在乔莉性格与人格的生成上烙下了印痕：一方面，乔莉善良、乐观、宽容、自强、自立，追求超越物质意义的人生；另一方面，她也有冷硬的一面，富于心计，城府颇深，在"斗争"场合绝不手软。譬如，在成功处理了方卫军的性骚扰事件后，"她觉得她的身体里有一股强大的力量，每当她胜利一次，这个力量就强大一次，就快要破茧而出了"②。

作为销售新人，乔莉曾经被上司作为一枚"棋子"，充当"马前卒"，还将面临成为"炮灰"的风险。对这种命运，乔莉抱怨、愤懑过。但当她自己被上司派遣，要为团队的利益布局，挑起市场部与晶

---

① 崔曼莉：《浮沉》，陕西师范大学出版社 2008 年版，第 318 页。
② 同上书，第 158 页。

通大项目总管的矛盾时，乔莉"出色"完成任务，没有丝毫心虚与不安，以致她自己都感到奇怪，不由反思：

> 她为什么会这么做？如此迅捷坦然、毫不犹豫？那些从家庭里学到的、浸透了中国古典文化教育的优雅、礼让、清高与士可杀不可辱的倔强，在此时全都土崩瓦解，但又似乎有着一脉相承的力量。乔莉不明白，这前后有什么联系，她只是凭直觉认识到，如果没有小时候的教育，她在此时的动作不会那么协调和流畅。如果说，之前的邮件与方卫军事件，她只是出于本能所做的自保与出击，那么这次这个动作，则是一种能力的进步，从此时起，她把自己从小时候理解的"好人"范畴里划了出去。①

——中国传统文化的矛盾性在乔莉的潜意识深处发酵。

另外，乔莉虽在父亲那里积淀了传统文化，但她也是吃着肯德基，喝着可乐，听着西方的爵士乐长大的一代，又进了美资500强外企，必然也受到西方文化的影响。西方式的思维方式强调"逻辑"二字，强调从常情常态分析事物，这使得乔莉办事周到，条理明晰，思维缜密。表面看来，西式文化注重理性，中式文化注重感性，两者相差千里，然究其本质，却有共通性，或者说默契。例如销售总监陆帆有常年在美国读书、工作的经历，深受西式文明熏陶。然而他的某些言论与思想跟乔莉的父亲极为相似，简直可以作互文式的理解。例如，陆帆向乔莉传授职场的新理念：

> 销售不是战场，商场也不是战场。战场上，不是你死就是我活，而商场，是需要双生双赢的。你没有敌人，也不需要消灭敌人，你要尊重对方，帮助对方获取利润，前提是，他必须和你

---

① 崔曼莉：《浮沉》，陕西师范大学出版社2008年版，第64页。

合作。①

这段话表面听来很"绅士"，但其实有一个强硬的前提——"他必须跟你合作"，言下之意是必须在一条船上。若是脱离了这一前提呢，也许可以成为敌人，总之以确保自身的利益为准绳。而当乔莉向父亲汇报其工作进展时，老乔语重心长地开导：

> 丫头，你记住，你只和你自己在一条船上，只要记住这一条，你就能适当地关心别人了。②

言下之意，就是要先学会保护自己，在自己的利益没有得到确保之前，无须介意他人的利益。又譬如，老乔就工作与朋友的关系提醒乔莉：

> ……要接受社会现实，尽量地理解他人，不要随便动怒，也不要随便地交朋友。……朋友是难得和珍贵的，你的老板不是你的朋友，同事也不是，你记住了吗？③

无独有偶，在处理工作与朋友感情方面，陆帆正是乔父这番话的践行者：

> 陆帆心中有一丝感动，和云海相识这么多年，他们的关系一直很微妙，两个人一开始就觉得对方是自己很好的商业合作伙伴，所以他们既像老朋友，又不像老朋友，既彼此知心，又彼此有一层说不出的警惕，也许两个人都害怕这种感情太深厚之后，

---

① 崔曼莉：《浮沉》，陕西师范大学出版社 2008 年版，第 64 页。
② 同上书，第 66 页。
③ 同上。

会影响事业的发展，会让商业合作掺入不和谐的因素。①

陆帆自己也承认，中西方文化必须相结合才能制胜：

> 中国很多东西没有变过，几千年了，只有汉文明可以读懂几千年的文章，可以理解几千年的行为与思想，它就像一张网，不管我们有多少西方的理论，离开这张网，我们就不能做生意。②

那么，在职场中，中西方文化达成共识的交点是什么呢？笔者认为是中西方父权制文化中对"职场"的男性定义，是男性支配性气质在职场中的统率。中国具有几千年的封建历史，父权制传统文化根深蒂固，而西方社会，也是以白人中产阶级男性的价值观为社会主流意识形态的——职场被共通性地理解为运筹帷幄的权力斗争场域，像陆帆感叹的那样，"社会就是如此，……所有的人都是棋子，所有的人也都是摆布棋局的人"③。

乔莉身处职场，尤其是直接关联利益的销售行业职场，宛若在男性世界中沉浮的"她者"，无论是现实职场的男性规则，还是已浸入其骨髓的父权制文化，都迫使她在某些时候（特别是工作时）像精英男性那样立身行事，显现出"刚硬"与"权谋"的风格。问题是，男性在职场中表现得"刚硬"，善弄权术，可称英雄或枭雄，通常被认为是有魅力的。而女性如此则适得其反，至少，会被男性认为不可爱。如销售总监陆帆是个会布局的男性，也精于此道，但当他从一个男性的眼光去观察乔莉时，常常会感到失望，失望于乔莉最初留在他印象中的那股天真味道的消殒。而销售经理狄云海也有相同的感受——"乔莉离开了办公环境，就有了完全不同的另一种感觉，怎

---

① 崔曼莉：《浮沉》，陕西师范大学出版社 2008 年版，第 122 页。
② 同上书，第 151 页。
③ 同上书，第 24 页。

么说呢，有点天真，有点可爱，还有一点动人"。① 就连一心想把女儿培养得自信、自强的乔父也不由感叹："你是个女孩，有这么坚硬的心，真不知道是不是好事情。"②

难怪乔莉会时常迷惑、困惑。乔莉迷惑于自己对老板布的局、办公室斗争、性骚扰等丑恶现象感到无比愤怒与憎恶，但同时自己又常常几乎本能地参与进去，内心萦绕着分裂的痛楚；困惑于虽然赞同父亲所讲的道理，但内心会涌上莫名的难过，虽然折服于上司关于团队精神、"甘当棋子"等理论，但委屈与憋闷的情绪挥之不去——原因就在于乔莉终究是一个女性，一个有主见、渴望自立的女性，希望以自己的方式证明自己。然而职场男性规则显然是为"他证明自己"而不是为"她证明自己"设立的。许多女性在男性主宰的职场中都会感到不舒服，但鲜有人会认真反思与反抗。在《浮沉2》临近结尾处，一向理智有序的乔莉在酒吧喝醉了酒，打电话给上司，悲愤地质问：

> 就算当初是我要当销售，可我只是想用我的努力，换到我的未来。我想挣钱，这有错吗？我想要清清楚楚、明明白白的挣钱，我为公司卖产品，公司发给我奖金，我想在北京有个家，我想向我的父亲证明我自己，我被他们养育了二十年，受了中国大学的教育，所以，我想向这个社会证明自己，我，可以活着，而且可以活得很好！……可你们为什么要把我拖入这七个亿？这是你们的战争，不是我的。我只想要自己的一个家，自己的一条路，弗兰克，你告诉我，你为什么要这么做？③

——宣泄与反抗的声音。

乔莉是在中西方文化与性别文化交织的职场语境中挣扎、浮沉的

---

① 崔曼莉：《浮沉》，陕西师范大学出版社 2008 年版，第 167 页。
② 同上书，第 120 页。
③ 同上书，第 320 页。

个体，她的迷惑、困惑及愤怒代表了对男权文化反拨的可能性。

其三，从女性主义立场来审视，乔莉是一个有觉悟的女性，她并不随波逐流，而是对职场，对情感，对生命的意义有认真的思考。

对于职场，乔莉下意识地希望它不要那么严肃和流程化，职场中的人也不应被机械化，成为工作的符码。职场该充满人性，即便是烦恼的人性：

> 八卦真是个好东西，它让乔莉一下子觉得周围所有的人都生动而立体起来……反正他们都不再是职场中一个职位代号，而是一群活生生的人，由烦恼、欲望、失落、无奈等组成，每每想到这儿，她就觉得生活是美好的工作是有乐趣的，人生总是能通过别人的不幸找到自己的幸福。①

对于情感，乔莉既不愿对世俗的观点妥协（如人们对"大龄剩女"的看法），也不愿它被现实的物质与权力胁裹，而是希望寻找到真正与自己相互鼓励、相互支持的爱人，像舒婷的诗《致橡树》歌咏的那样，肩并肩，拥有平等的人格与尊严。

售前刘明达将乔莉视为可发展的结婚对象，并对其旁敲侧击，提示她女人年龄大了在感情方面会失去优势，要趁着青春抓住一个合适的男人。对此乔莉很反感——"乔莉心想这人真没完没了，非要逼着自己承认女人年龄大了就是混蛋，那么看重年龄不看重人品与素质的男人是不是更混蛋呢？"②

晶通电子的总工对乔莉性骚扰，借机摸了她的手，"乔莉看着自己的手，其实给他摸了一下又怎么样呢？不！她打断了自己的念头，有一就有二，自己绝不能成为这些利益的玩物"。③

乔莉的好友曾给她介绍过一个相亲对象——阿士利，结果约会

---

① 崔曼莉：《浮沉》，陕西师范大学出版社 2008 年版，第 208 页。
② 同上书，第 234 页。
③ 同上书，第 110 页。

后，阿士利没看上乔莉，认为她太朴素，生活方面不太讲究品质，而且"善意地"对她进行"洗脑"：

> 安妮，我觉得你有必要学习学习艾丽丝，她其实没有你漂亮，真的，从长相来说，她不算美女。可是她会打扮，热爱生活，每天不是飞到日本购物，就是在家举办各种 Party，而且她很懂得作的分寸。所以，她不需要出门辛苦地工作，只需要牢牢抓住一个会工作的男人，就可以过得很舒服。①

而乔莉不以为然，她暗想，"这西方的绅士风度如何到了东方就成了形式主义呢？如果这就是所谓的生活，那么她宁愿在工作中孤独度日。……不知道是这位阿士利先生在物质世界中迷失了自己，还是自己活得太古怪，她有一些淡淡的忧伤，还有一些淡淡的快活"②。

对于生活，乔莉经常反思，希望能找到关于人生意义的答案。曾见到一个脏兮兮的小男孩在翻捡垃圾桶里的塑料瓶，翻到一瓶未喝完的可乐，立即拧开瓶盖一饮而尽，然后将空瓶扔到背后的大包里。这种旁若无人、自顾自的姿态感染了乔莉，她"站在十字路口，看着那个黑色的身影，正满不在乎地依靠自己的方式努力求生，她突然跺了跺脚，自己有什么理由伤感呢，生活本来就是这样"。③

乔莉执着于工作，因为她想通过工作来证明自己，寻求到人生的意义与价值。然而身心倦怠时，她"突然发现来北京工作将近两年，她似乎没有什么生活中的朋友，是这个城市太冷漠，还是自己太专注于工作，忘记了其他？乔莉不得而知，她第一次想到了这个问题：我是否要这样活着？"④

但乔莉显然还称不上坚定的女性主义者，因为男性文化对她的浸

---

① 崔曼莉：《浮沉》，陕西师范大学出版社 2008 年版，第 176 页。
② 同上。
③ 同上书，第 81 页。
④ 同上。

濡颇深，她主要还是想向以父亲和男性上司为代表的男性世界证明自己。在乔莉的心目中，父亲、陆帆、程轶群、何乘风等男性一直是她的"精神导师"，甚至偶像：

　　　　她用手指轻捏眉心，她又一次想起了程轶群，身为赛思中国最高层的管理者，他面对的压力与烦恼要比她多百倍千倍吧，他是怎么做到的呢？还有何乘风，他也是一副永远精神奕奕、春风常在的表情，他们是怎么做到的呢？①

　　"用手指轻捏眉心"是赛思中国前任总裁陈轶群的经典动作，被乔莉无意识地复制到自己身上。推翻偶像的过程何其艰难，但不推翻，将是永远的分裂与迷茫。"她觉得自己有一点儿迷茫，这迷茫是什么，她不清楚，她生平第一次感到需要另外的一些力量，可是这力量在哪儿呢？"②

　　其四，从作者的写作立场来看，崔曼莉是有女性主义倾向的，尽管她忌讳被人称为女性主义者。崔曼莉为坎迪斯·布什奈尔的小说《口红丛林》写了一篇短评，作为序言。短评中写道："如果口红是每个女人化妆包里的必备品，那么《口红丛林》就应该是每个女人皮包里的必备品。"③

　　《口红丛林》是坎迪斯·布什奈尔创作的第四部作品：书中描写的三位职业女性都非常强势，在"纽约最有权势的女人"排行榜单上分别位列第8、第12、第17位。她们性格各异，奋斗的领域不一，但有一点是共通的，即都遵循灵魂深处最真实的呼唤，都能把握自己的人生。如小说中的维克托里，是著名的时装设计师，年过四十未婚，在回答媒体所提的"你的事业真的值得你放弃婚姻和孩子吗"这一问题时，维克托里答道：

---

① 崔曼莉：《浮沉》，陕西师范大学出版社2008年版，第156页。
② 同上书，第184页。
③ 崔曼莉：《口红丛林》序言，凤凰出版传媒集团、译林出版社2009年版。

　　我每天早上起来，四周看看，听听。我形单影只，耳边……
一片寂静。但是，耳边……一片寂静，然后，一种幸福的感觉慢
慢地从我心底涌上来。一种快乐的感觉。然后我感谢上帝，我还
是自由的，还可以自由地享受生活和事业。……很多关于女人的
说法都是骗人的，不是吗？你告诉自己想要什么，但那其实只是
社会希望你要的。很多女人认为顺从才能生存。但对于有些女人
来说，顺从就等于死亡。是灵魂的死亡。灵魂，是很宝贵的东
西。生活在谎言当中，你就损害了灵魂。①

　　——简直是一篇女性主义式宣言。崔曼莉对这部女性主义色彩鲜
明的小说持认同态度，也间接地反映了她自己的女性主义意识。

　　崔曼莉在其另一部颇具影响力的小说《琉璃时代》的正文前，
郑重地写了一句话："有些人永远掌握自己的命运，不交与他人，甚
至一个时代。"② 这句话可视为崔曼莉对其笔下主人公的最高理想，
自然也包括对《浮沉》中乔莉的希冀。乔莉背负着文化的重负，在
现实男性主宰的世界中沉浮、困惑、反思，艰难地追求着关于灵魂自
由的理想。尽管前途不可预测，但毕竟显露出了黎明前的丝丝曙光。

　　如果说乔莉对男性价值观主导的职场文化，只是困惑与本能的反
感，在反抗父权制的道路上彷徨游移，走得跌跌撞撞。那么，继乔莉
之后，有人开始全面质疑职场"伪生态"，在反抗父权制的道路上飞
奔起来。

三　《米娅，快跑》——关于职场生态主义的宣言

　　与其他职场小说相比，《米娅，快跑》的装帧显得很低调：封面
没有设置煽动性的语录与噱头，除小说题目外，只用细浅的黑色字印

---

　　① ［美］坎迪斯·布什奈尔：《口红丛林》，张淑文译，凤凰出版传媒集团、译林出
版社 2009 年版，第 6 页。
　　② 崔曼莉：《琉璃时代》，作家出版社 2009 年版，封三。

着："一部温暖有趣的职场小说，这本书，让一群相似的人，知道彼此的存在"①；封面封底的颜色是草绿，一改职场小说惯用的黑、白、红三种色彩交混的紧张基调，显得自然、清新；封底对作者的介绍也非常简约："秦与希，毕业于北京大学，曾任职于某世界 500 强公司，后赴欧洲留学，目前任职于某媒体"②。而《米娅，快跑》的内容跟它的形式高度吻合：以轻松、幽默的姿态发表关于职场生态主义的宣言，预告充满人性的职场春天的来临。

与其他职场小说相比，《米娅，快跑》的内容显得非常"另类"：它讲述了米娅及其两位女友的职场故事，也是以世界 500 强美资外企为背景。"鬼精灵"米娅在与不同老板斗争与合作的过程中，从懵懂、冲动到胸有城府，较快地"混"至经理职务，而后在尚有升职空间的状况下，毅然辞职，远赴欧洲留学，只是为了"当初那些有趣又虚无缥缈的理想"③ ——其结局与其他多数职场小说以"升职"收尾的"功成名就"型大相径庭。《米娅，快跑》的"另类"不仅体现在情节设计上，更体现在所表达的新鲜的职场理念上。如虽然有对职场政治、商业智慧的描写，但并不以优越的身份"说教"，而是充满了反思与反讽；虽然也描绘了职场的陷阱阴谋，但并不惊心动魄，而是渗透着日常温情。正如其作者秦与希在"跋"中所写："公司虽然是人因为利益而不是价值观聚合在一起，但是它毕竟还有别的东西，比如互相发自心底的欣赏、无私的帮助和心甘情愿的牺牲。"④因而，读完它，内心会涌上一股暖流，就像附着在书的封底中，某个读者（意大利哥诗达邮轮公司亚太区市场总监 Ella Bee）的读后感言：

　　　　职场是一个奇怪的地方，像一个魔方，很多面。有人看到刀

---

① 秦与希：《米娅，快跑》，北京大学出版社 2009 年版，封面。
② 同上书，封底。
③ 同上书，第 212 页。
④ 同上书，跋。

光剑影，有人贪念荣华富贵，有人每日如履薄冰，有人弄得遍体
鳞伤。《米娅，快跑》是可以发生在任何一天，任何一个公司，
任何一个白领身上的故事，有一些友谊，一些感悟，一些小小的
会心微笑。看这本书，就像看一面镜子，有自己，还有周围种种
人和事的影子。书里时时浮现的温暖和美好，唤醒了一些过去，
一些碎片也得以重新组合。而当时若干的苦不堪言，因为距离，
因为时间，就此有了新的闪亮和一丝回甜。[①]

但《米娅，快跑》带给人们的绝不仅仅是温暖的感觉和"一丝
回甜"。与一般职场小说传授职业攀升的经验和秘诀相反，它在某种
程度上，恰恰是在解构职业攀升的价值。并对外企文化，职场中的民
族矛盾，以及经济社会中，人的生存状态、生存方式及生存意义作出
了令人心痛的沉思——从这个角度而言，《米娅，快跑》中又溢满咖
啡般的滋味，苦涩而催人警醒。

笔者认为《米娅，快跑》在四个层面，凸显了它对现代职场人
的警醒意义。

其一，对职场生存技巧的探索。

职场小说的一个重要特征，便是它的实用性。每一本职场小说都
会向读者介绍职场生存的技巧、谋略、潜规则等，所不同的是介绍者
的态度：有的炫耀，有的制造猎奇心理，有的以"职场导师"自居，
有的反思，有的批判……而《米娅，快跑》以一种多面的、探索的
心态来介绍职场技巧。在对职场技巧的如实介绍中，作者渗透了自己
的评价，体现出一定的道德倾向。这种道德倾向是难能可贵的，因为
许多职场小说"客观地"对职场技巧进行描写，不管是正面的还是
类似于职场"陷阱"般的，这种大一统的处理，往往将职场智慧与
职场伎俩混为一谈，不仅不利于读者的借鉴，反而极易误导，演变成
"诲职"。《米娅，快跑》中对职场技巧的介绍语气分为两种：戏谑与

---

①　秦与希：《米娅，快跑》，北京大学出版社 2009 年版，封底。

郑重，由此能间接地反映作者的态度与道德评判。如以戏谑语气表达出嘲讽意味的：

在职场上，十有八九的炮灰都是用来牺牲的，……但是总有一两个炮灰阴差阳错地顺势而上。①

怎样的会议是最有效的？能达成你想要的结果才是最有效的——要想做到这一点，功夫其实在会外。……这样的会议更像是一场戏，而你是导演。②

营销就是催眠术，不过不会只是吊个手表在你眼前晃那么简单；市场部就像跳钢管舞的人，主要干的就是极尽挑逗之能事。③

搞定一个新老板是件相对容易的事，如果你能有两把刷子：一方面，他在还没熟悉业务的情况下不得不依靠你；另一方面，诈唬他一下，有意无意地让他知道你可是有高层人物支持的。当然，如果他在手忙脚乱进入角色的过程中一不小心还有点小把柄落在你手里，这样的老板管理起来就比较容易了。④

女老板跟男老板在本质上是不同的：男老板首先是个老板，然后是个人，最后才是个男人；而女老板首先是个女人，然后是个老板，最后才是个人。⑤

势利眼也有五花八门的类型，有的人以出生论英雄，有的人

---

① 秦与希：《米娅，快跑》，北京大学出版社 2009 年版，第 46 页。
② 同上书，第 124 页。
③ 同上书，第 121 页。
④ 同上书，第 48 页。
⑤ 同上书，第 94 页。

眼睛只盯着老板以及老板的红人，还有的人，属于情趣型势利眼。如果你是个既有名校背景，又有老板撑腰，还知情识趣的万金油，大门自然而然就会为你敞开。①

而以郑重语气介绍的，通常是正面的职场经验，例如：

> 一个人的工作表现并不是由他的能力决定的，而更取决于整个大环境，以及他能遇上一个什么样的老板。②

> 只要是关系，不管是男女关系还是上下级关系，都可以经营。老板也有弱点。③

> 我们在战略上是绝对应该"总是不停地要"的，那是进步的动力；可是战术上，是一定不能要到别人想逃的。④

> 你如何看待你的工作，决定了你的工作方式和生活态度，也决定了你能得到啥。重要的是，一个人要清楚地知道自己想要什么，明白应该通过怎样的路径得到，并承担一切后果。⑤

> 只有愚蠢的女人才会一心想当老板的情人。处理上下级关系的最高境界是不要涉及男女之情，而是要让他把你当做女儿来看待。情人是很容易被抛弃的，尤其是当这样的绯闻影响了他的职业形象和发展，他第一个放弃的就是你。只有对自己的女儿才是要尽全力帮助并会长久维系的，谁会把自己的女儿给扔了呢?⑥

① 秦与希：《米娅，快跑》，北京大学出版社 2009 年版，第 129 页。
② 同上书，第 46 页。
③ 同上书，第 165 页。
④ 同上书，第 162 页。
⑤ 同上书，第 176 页。
⑥ 同上书，第 142 页。

其中后两条，堪称"职场智慧"。

而小说中的第一号女主角米娅，是深谙并娴熟运用职场技巧的，这体现在她的超级能"混"上，"混"以保有技巧为前提，"混首先是一种心态，它颠覆了原始资本主义精神。在解构了工作的崇高意义之后，它强调的是保持轻松的心态，寻求工作与生活的平衡。会混的人知道该在什么时候什么地方出力，他们只在这些必要的事情上出力，并且出的是巧力"。① 显然，米娅以将技巧置于影响职业发展因素首位的方式消解了职场的神圣性。——我们甚至可将其称为"生态主义职场技巧观"。

其二，对外企文化与职场伪生态的控诉。

职场小说中相当一部分是以外企为背景，跟以国有企业、民营企业为背景的职场小说相比，它们是职场小说中的贵族。而知名职场小说更是离不开世界 500 强外企，尤其是美资企业。因为在人们的意识中，"职场"是一个与"先进"相连的词汇，越是外企，越与现代化的职场接轨：那里有最科学的企业管理制度，有最优越的企业文化。能在外企获得职业发展，是许多白领阶层的职业理想。因此以外企尤其是世界 500 强美资外企为背景的职场小说，才符合绝大多数人关于"中产阶级"的梦想，才会受到最广泛的追捧。由此不难理解，中国四大最知名最畅销的本土职场小说（《圈子圈套》《输赢》《杜拉拉升职记》《浮沉》）都清一色地以世界 500 强外企为背景，而且多多少少以所皈依的外企文化为豪。《米娅，快跑》也是以世界 500 强美资外企为背景，作者在"跋"中解释，"很抱歉，我从俗了，……但是没办法，因为我就在这里待过，我无法空想一家其他的公司套上这个故事"②。虽然在以外企为背景这一形式上从俗，但作者关于外企的思想理念却不从俗。她在《米娅，快跑》中，毫不留情地揭露与

① 秦与希：《米娅，快跑》，北京大学出版社 2009 年版，第 178 页。
② 同上书，第 234 页。

抨击了某些外企文化的伪善性，并进一步延展开来，质疑整个职场伪生态。

在欧美 500 强外企里，都有给新人进行入职培训这一项，很多企业还采用全封闭式的军事化训练。米娅作为美资外企 QT 公司的新职员，被拉到荒郊野外进行了为期四十天的全封闭式培训，对此，她深有感慨，也深表怀疑：

> 我们这帮新人在这些天里，记住了这个企业的辉煌历史，更记住了它辉煌的现在，中国市场的迅猛发展，让美国总部把它看成不断诞生奇迹的地方。……这个培训就如同一种宗教仪式，迅速有效地给包括我在内的每一个人洗了脑。①

> 我不知道这是个误会还是个阴谋——哪个企业需要这么多总经理，就算里面有几个能当上，剩下那些人相当于拼命把自己挤进庞大的分母，给分子撑着那块金光闪闪的板子。②

QT 公司招聘手册上印着这样一段告白：

> 我们需要的人才，无论是男性还是女性，都必须是聪明又乐于奉献，自信而又积极主动，勤奋而又不断接受挑战的人。我们对你们的承诺是：尽我们所能来帮助你不断进步，达到你能力的极限，并尽快让你充分发挥你在事业上的潜力。③

对此，米娅感慨道：

> 真是不同的时候读同一段话会有不同的感受。我自己应聘

---

① 秦与希：《米娅，快跑》，北京大学出版社 2009 年版，第 17 页。
② 同上书，第 32 页。
③ 同上书，第 195 页。

QT 的时候，像看《圣经》一样一字不漏地读这些材料，心里怀着对公司的无限仰慕和向往。可是现在看来，这简直就是赤裸裸地宣扬原始资本主义精神：吃苦耐劳，日夜工作，不择手段追求利益最大化。所谓"达到你能力的极限"，就是让你累死累活地为公司挣钱。①

——可谓一针见血。能对 QT 公司的管理和激励机制进行反思与批判，证明米娅是清醒的，事实上米娅一直认为，工作需要衡量投入与产出比，如果付出的成本太高，包括身体成本与心理成本，她宁愿辞职。而她的女上司，升职为市场总监的 Helen 则与米娅截然相反，是一个被欧美企业文化，或者说欧美职场文化成功"洗脑"的人物：起先因疯狂工作导致流产，而后过劳死，临死前还惦记着工作——照米娅的话来说，典型的"赢等于输"。也在 IQ 工作的苏是米娅的好友，她专业、敬业，大有 Helen 玩命工作的风范，但一个偶然事件（四川地震中，QT 公司对灾区表现出的冷漠行为）令苏幡然醒悟，她愤而辞职，愤而感慨：

> 我更遗憾我会为这样的公司工作，它在这里发布煽情的广告……在这里赚取了巨额的利润，但是对这里的历史和人们的理解却荒唐到了可耻的地步。②

她开始质疑在此之前自己所认同的职业理想：

> 商业到底是个多么神奇而可怕的东西，能让人如此浅薄和冷血同时还洋洋得意。如果我以后的公司开到国外，我会不会也同样因为追逐利润而变得心无牵挂，一心一意只对财富负责?③

---

① 秦与希：《米娅，快跑》，北京大学出版社 2009 年版，第 195 页。
② 同上书，第 230 页。
③ 同上。

对于工作的真实意义，工作与人生的关系，米娅是先知先觉，苏是后知后觉，而 Helen 是至死不悟。

对于职场伪生态，米娅作了个总结性的控诉：

> 所有公司本质上就是罪恶和违背人性的，把一个个活生生有爱有恨有想法有趣味的人搞得目光短浅、恶趣丛生，让世界充满了混口饭吃的人，还有脸声称自己很高尚。①

——虽然略嫌尖刻，但不得不佩服米娅那种把黑暗面撕裂开来，给人看的勇气。她是真正的生态女性主义者。

其三，对女性生活状态的哲学思考及对姐妹情谊的强调。

很多职场小说重在揭秘职场中与职业升迁相关的玄机，而不注重对人性玄机的揭秘，友情、爱情在职场中都变得含混起来。而《米娅，快跑》则对人性，对女人性，尤其是女人性中的姐妹情谊进行了深度思考。如对女性生活状态的感想：

> 女人不知道自己过得怎么样，是通过别人才知道自己到底如何。②

> 我觉得天下的女人分两类，一类生下来就知道自己要什么，一类是在不断摸索和碰壁之中慢慢知道自己要什么。晓含属于前者，我则属于后者。当然，肯定还有活了一辈子都不知道自己要什么的，我就把她们排除在外了，我认为她们基本上不算女人，她们属于男人和女人之外的第三类：糊涂人。③

---

① 秦与希：《米娅，快跑》，北京大学出版社2009年版，第218页。
② 同上书，第158页。
③ 同上书，第3页。

在对女性的思考中，最有力量的恐怕是对女性间"姐妹情谊"的强调。当交了男友的晓含察觉到米娅的失落时，给她发了一篇关于"女朋友"的帖子，可视为一篇"姐妹情谊"的宣言：

随着岁月的流逝，她慢慢地领悟到女朋友们其实是她生命的中流砥柱。爱褪色了，婚姻失败了，心碎了，职业生涯停滞了，孩子长大了，父母去世了。男人们不再打来电话，但女朋友们永远在身边，当需要帮助的时候，只有她们会毫无保留甚至毫无原则地支持她。当你不得不独自在寂寞的山谷里行走，你的女朋友们会在山谷的边上，鼓舞你，为你祈祷，拉你一把，并在终点向你伸开双臂。如果没有她们，你的世界会完全不同。当我们开始女性的征途，我们并不知道会有多少的悲喜在前头等着我们，我们也并不知道我们多么需要彼此。①

而故事中的三个女性，也以她们自己真诚的友谊诠释了这一宣言。米娅、晓含、苏，是三个性格、情调，甚至人生志向迥异的女子，但她们相互欣赏，相互鼓励，也相互补充——潜移默化地吸收着彼此的精华。其中米娅与苏同在世界500强外企任职，照通常的职场逻辑，她们是竞争对手，几乎不应该存在友谊，许多职场书籍给出的职场秘籍中都有一条：职场中没有永远的朋友，只有永远的利益。但米娅与苏联手推翻了这一定论，或者说推翻了这条具有"支配性男性气质"的定论。在职场中，苏向米娅传授职场中的专业知识，而米娅也对苏进行职场技巧的点拨，最后获得了"双赢"；当"混混"米娅先行升职时，实力雄厚、业绩突出的苏虽有心理失衡之感，但并不妒忌，而是由衷祝贺，且发自内心认为米娅的偶然幸运中其实蕴含着必然。通过苏与米娅的相互支持，作者想告诉我们的是：职场中有且应该有真正的友谊。

---

① 秦与希：《米娅，快跑》，北京大学出版社2009年版，第81页。

其四，对多元化生命情态，与本真的生命意义的向往与追求。

生态女性主义关注人与自然、人与社会、人与自我的平衡。对平衡的关注，必然具有赞赏多元化生命情态的态度，必然会情不自禁地去追寻生命最本真的意义，就像追寻灵魂的家园。

《米娅，快跑》中所体现的对多样化生命形态的追寻，伴随着对"外企人"单薄形象的批判展开。米娅为女友晓含负责编辑的版面写了一篇"外企人气质"的短文，对"外企人"苍白、贫乏、妄自尊大的生活状态与性格特征给予了辛辣的讽刺，如：

> 外企人有一定优越感。这个优越感倒不见得来自于高薪……来源于一种可以称为代表先进文化的优越感……大致都有一些坐在世界剧院第一排，或者提前走入中国明天的美好感觉。[1]

> 外企人大多不喜欢读书，尤其是不喜欢读闲书。我认识的一位资深外企人士多年来以有限的几张报纸作为自己的谈资来源和精神食粮。[2]

> 他们往往很天真，很自信，以所在外企的外方为自己的文化皈依。如果恰恰在国外培训或者学习过，文化倾向则更为强烈。[3]

> 他们视体面为最需要保障的生活状态……业务往来上，他们比较爽利；生活往来上，多少有些乏味。好容易有个有点性格的，点儿也不见得踩得准，往往兼有做作和粗糙，幽怨和自大，慷慨和吝啬，天真和势利。[4]

---

[1] 秦与希：《米娅，快跑》，北京大学出版社2009年版，第192页。
[2] 同上。
[3] 同上。
[4] 同上书，第193页。

米娅最后总结道：

> 外企盛产单向度的人，被强大的公司文化格式化过的。坐在
> 同样的格子间里，想同样的事，操同样的用语。无论是加薪还是
> 升职，都已经是一种不用过脑子的追求，被洗脑而不自知。[1]

随着中国现代化进程的推进，人们的生活越来越职业化，人们对
物质的追求与需求都日益膨胀，但人们的幸福指数却仿佛没有得到时
代承诺的提升。相反，亚健康发展成的过劳死，抑郁症演化成的跳楼
死，层出不穷。我们得到了什么，又失去了什么？小说中的米娅质
疑道：

> 我们每天耗在这里长达 8—16 个小时不等的公司到底是什
> 么，我们为什么要耗在这里？我想要探讨我们到底有没有可能在
> 经济社会中还有其他的生存方式？那些不适应到底是心理上的瓶
> 颈还是一种撒娇？[2]

笔者认为，在经济社会中可能的生存方式，正是文本中已经流露
的生态主义：真正的工作与生活两平衡；工作应该与幸福感而不是与
欲望相连，工作应该激发人的丰富性而不是压抑人性，如文本中所
言："幸福的前提是坦然，条件是能创造性地为他人服务，但也许这
个服务是应该去满足别人真正的需求，而不是开发出大量虚假的需
求，让人欲壑难填。"[3]

小说以做了母亲的晓含写给远赴欧洲留学的米娅的一封信结尾，
信末，晓含写道："麦兜的眼睛清亮得要命，每回看到这双眼睛我都

---

① 秦与希：《米娅，快跑》，北京大学出版社 2009 年版，第 199 页。
② 同上书，跋，第 233 页。
③ 同上书，第 231 页。

在想，也许她知道所有问题的答案，就像我们婴儿时一样，只是我们在长大中，把它给丢了。"① 毫无疑问，我们应该收拾身心，来一次返璞归真之旅，尤其对于在职场义利中苦苦挣扎的人。

从知名度、畅销度来看，《米娅，快跑》远远不及《杜拉拉升职记》与《浮沉》，但从思想性来看，它对现代职场人提出了风趣而深刻的警醒，就像 21 世纪报系发行人沈颢所评，"触及到了一些坚硬的内核"（封底），所以它是超越前两者的。从《杜拉拉升职记》到《浮沉》，再到《米娅，快跑》，有一个职场女性思想境界的提升轨迹：迷失→困惑与反省→解构与建构，这一思想发展的轨迹也真切体现了中国当代女性职业白领多元化的生存际遇，以及艰难求索的心路历程。

---

① 秦与希：《米娅，快跑》，北京大学出版社 2009 年版，第 231 页。

第五章

审美现代性、性别诗学与职场
小说未来走向

　　职场小说是中国现代化展开过程中的产物，中国的现代化一直以西方为模本，对其进行追赶，因而职场小说与西方的文化语境密切相关；同时，与西方的原发现代性相比，中国的现代化具有"后发"性，有自我的本土情结，这决定职场小说也必然具有浓厚的本土化特色。带有西方文化印痕的中国本土职场小说，受到同样带有西化印痕的中国白领阶层和未来白领阶层的追捧，成为近几年来非常畅销的小说类型，得到一批数量庞大的读者群认可。然而，文学评论界对当前流行的职场小说的审美价值、思想价值甚至实用价值都提出了质疑，表达了职场小说是否"昙花一现"的忧虑意识：从现实需要来看，中国处于现代化的行进途中，中国人的生活愈来愈职业化，或者说生活职业化已演变成中国巨大的生存现实，在这种境况下，的确需要优秀的职场小说来反映人们现实的生活图景，并对人们的职场生活作出规划与展望，引领人们达到一定的职场境界。总之，时代呼唤职场小说大师的诞生。但从职场小说发展的现实趋势来看，职场小说在商业化与消费文化的挟裹下，显得急功近利，有沦为职场快速工具手册的倾向，缺乏对人性的深刻挖掘与深度关怀，无论是审美性还是思想性都颇为苍白，因此职场小说的发展前景堪忧。笔者认为，职场小说本身是中国审美现代性的一种形式，将其纳入审美现代性的理论框架中审视，可以充分透视职场小说的内在矛盾；鉴于前文分析过的，中国本土职场小说具有的鲜明的性别意识形态，又可将"性别诗学"作为一种有力的分析与批判的武器介入，在审美现代性与性别诗学的合力观照下，为中国本土职场小说的未来走向，提供富有启发性的学理思路。

第一节　审美现代性与职场小说

一　中国审美现代性及其四种范式

审美现代性是现代性在美学领域的展开。现代性本身包含悖论性：一方面理性、功利、科层化、乐观、理想；另一方面多变、不确定、混乱、颓废、无意义感。现代人也身处现代性的二元对立窘境中：扛着"进步"神话的大旗，却身陷相对主义的泥淖里终日焦灼。审美现代性作为现代性的一隅，遵从现代性的核心价值观，本身也内蕴了现代性的矛盾性。此外，审美现代性相对于启蒙现代性，具有独立性、分裂性与对抗性。因为启蒙现代性将理性从人类思维中分离出来，对之强化，这就产生了如何看待人类思维中剩余的感性知识这一问题，"美学"的出现正是以论证感性知识的合理性为主旨。从这个意义而言，审美现代性是现代性的补充物与对立物。审美现代性的复杂性决定了其对现代性的复杂态度，以及在现代社会的复杂表现形态：既遵循启蒙现代性的价值理念，积极推动现代性这一"未完成的方案"，又对启蒙现代性进行严厉批判。卡林内斯库在其《现代性的五副面孔》中，对审美现代性的多重矛盾身份总结道："美学现代性应被理解为一个包含了三重辩证对立的危机概念：审美现代性对立于传统；对立于资产阶级文明（及其理性、功利、进步、理想）的现代性；对立于自身。"①

武汉大学张荣翼教授在《中国文学的后发现代性语境》一文中

---

① ［美］马泰·卡林内斯库著，周宪、许钧主编：《现代性的五副面孔》，商务印书馆 2003 年版，第 16—17 页。

指出，与西方现代性相比，中国现代性属于"后发式"的，即现代化的诱发与刺激因素主要来源于外部世界的生存挑战及现代化的示范效应。这决定中国的现代化具有自我的本土特色，学者余虹论述道："正如理解西方之'现代'不得不考察英国工业革命、法国大革命和启蒙运动一样，理解中国之'现代'不得不考察中国式政党实践。"①与后发式现代性相对应，中国的审美现代性也具有后发性与本土性。本书沿用中国艺术研究院马克思主义文艺理论研究所研究员李世涛关于"中国审美现代性"的定义："中国审美现代性指的是晚清开始的现代化以来，中国人的心性、情感、体验、审美趣味等方面的变化。从某种程度上讲，它是中国现代化的反映和症候，是在感知、心理、体验等审美层面上对社会现代化的反应，主要涉及到艺术、文学、美学等审美方面的变革，诸如审美思潮、现代审美与美育观、现代审美趣味与审美心理等都属于审美现代性的范畴。"②

　　西方审美现代性是在西方现代化进程已大体完成，现代性的弊端暴露无遗之际，同时艺术基本达到自律阶段的产物。而中国审美现代性是在追求现代化的路途中，由西方引渡过来的概念，并且处在政治话语与市场话语双重掌控的历史语境下。这决定中国的审美现代性随中国国情的变化而具有不同的中心与重点。五四时期，社会呼吁以理性改造愚昧麻木的国民性，文学上掀起启蒙热潮，审美现代性与启蒙现代性思想呈现出推进关系。改革开放时期，文学作为激进的思想形式，直接表达现代化急迫的历史愿望，为历史变革呐喊开道，审美现代性与启蒙现代性思想呈现出合作、协力关系。市场经济与社会转型时期，审美现代性表现得错综复杂，内部产生分裂：既遵循、递进现代性的积极进取、创新的价值观，也表现出对历史变革的质疑，对现代都市文明的批驳；既肯定、赞同、服从现代性的理性、科层化与技

---

　　①　余虹：《革命·审美·解构——20世纪中国文学理论的现代性和后现代性》，广西师范大学出版社2001年版，第2页。

　　②　李世涛：《历史嬗变中的中国审美现代性》，《艺术百家》2011年第1期，第123页。

术化，又以感官泛滥的"日常生活审美化"的大众娱乐方式对其进行反拨。从功能角度划分，中国审美现代性至少可分为四种范式：纯审美范式、工具主义范式、大众娱乐范式、批判性范式。

从纯审美范式来看，这一"纯粹美"思想是由王国维于 20 世纪初开启的，而后不断得到学人响应，成为中国现代美学重要的审美范式之一。如鲁迅在《摩罗诗力说》一文中强调文学的"不用之用"；梁启超曾大力倡导"趣味""情感"等范畴；在创造社里，审美非功利的思想也得到了突出，郁达夫在《艺术与国家》一文中强调艺术的最大追求是形式与精神的美感；而新月派更是坚持文学的审美独立性，徐志摩在《新月的态度》一文中宣称："功利也不是我们的，我们不计较稻穗的饱满是在哪一天。"① 抗战及新中国成立前后，中国的纯审美范式一度中断，直至 20 世纪 80 年代，邓小平在第四次文代会上提出不再强调文艺从属于政治，文艺的审美独立意识又得以复燃，童庆炳、钱中文等学者极力倡导"审美"自律精神；20 世纪 90 年代以来，随着市场经济的深入，消费浪潮冲击了"纯文学"，审美开始全方位地与日常生活、商业情境相连，文学向文化扩容，甚至有人惊呼"文学终结了"——纯审美范式岌岌可危。

从工具主义范式来看，这一范式早期更多地与国家政治话语相连，充当社会启蒙、革命、救亡与建设的工具；而当下则更多地与私人消费欲望相连，充当个体在物质与名望领域生存、发展的实用工具。梁启超早年特别重视文艺的社会功用，将艺术视为启蒙、变革、救亡的强大武器；鲁迅、郭沫若、郁达夫等人为革命而"前驱"，为唤醒民众而"呐喊"，都抱有明确的审美功利态度。新中国成立前的革命文学、普罗文学、抗日文学、解放区文学，新中国成立后毛泽东推广的社会主义文学都具有强烈的政治色彩与审美功利性。改革开放以来，文学的政治色彩减弱，不再从属于政治与阶级斗争，但文学"文以载道"的功利性仍蔓延着，体现在伤痕文学、反思文学、改革

---

① 徐志摩：《徐志摩散文全篇》，浙江文艺出版社 1991 年版，第 551 页。

文学的一度繁荣上。到了社会转型期，文学的国家意识形态话语愈来愈薄弱，如新写实小说、先锋派小说，私人写作都显示了对宏大意识形态的疏离。而新世纪以来，随着消费主义的浸淫，人们的世俗欲望不断膨胀，文学也卷入了个体欲望的旋涡，开始充当商业牟利与个体牟利的工具。如类型小说的崛起，一些种类的类型小说满足了人们的虚幻、糜烂、寻求刺激的精神欲望，如玄幻、盗墓、穿越、后宫、耽美小说等；一些种类的类型小说满足了人们现实的利益需求，可以用作具体的工具，如官场小说、职场小说等。但无论哪种类型小说，皆离不开商业的牟利性运作，总之，类型小说无论对于创作者、运作商还是读者都充满了工具性。如果说文学的审美功利性在抗战时期、"文革"时期、毛泽东年代达到了政治利益导向的极端，那么在当下的消费时代，则达到了经济利益导向的极致。

从大众娱乐范式来看，这一范式是晚清与当今最盛行、影响面最广的中国审美现代性的表现形式，它与大众传媒紧密相连。自现代印刷术、出版发行制度在晚清出现以来，中国文艺诗歌散文自娱自乐、自为酬唱格局便被打破了。为谋求商业利润，现代报纸杂志面向大众群体，最大限度地迎合大众的审美趣味，以休闲娱乐为要旨的大众艺术开始扩张，一大批"通俗"文学的创作者前后相继，如范烟桥、包天笑、张恨水、程小青等，晚清民国时期流行的文学样式有孽情、艳情、狭邪、武侠、侦探、黑幕、青楼、娼门小说及科幻奇谈等。梁启超批评晚清民国以来的小说"其什九则诲盗与诲淫而已，或则尖酸轻薄毫无取义之游戏文也"。[①] 陈平原解释道："以娱乐为目的的小说比以教诲为目的或以审美为目的的小说销路好，这大概古今中外绝少例外。只是正常的情况下，这类小说在整个文坛不占主导地位。而民初小说之所以备受责难，就在于这种俗化的倾向成了小说界的主潮。"[②] 21 世纪初期，伴随电脑作为工具与媒介在城乡的蔓延，中国

---

① 梁启超：《饮冰室合集》第 4 册，中华书局 1989 年版，第 68 页。
② 陈平原：《中国现代小说的起点：清末民初小说研究》，北京大学出版社 2005 年版，第 118 页。

迎来了网络时代，也迎来了"网络文化"，"网络文化的崛起大大改变了中国的文化生态，上至政治，下至民众的休闲娱乐，皆因网络的公开、匿名、虚拟、便捷、众声喧哗等特性而增强了民主、自由性"①。在中国的审美现代性格局中，网络娱乐文化铺天盖地而来，且不断推陈出新，民众倾情投入，舆论积极参与，打造出"全民狂欢"的盛世奇观。其中网络小说、网上论坛、博客、微博等已成为网民们最重要的文学艺术体验。事实上，在当代文坛占统治地位的类型小说大多率先"走红"于网络，而后由纸质媒体竞相出版。

从批判性范式来看，随着中国现代性的发展，"物化""异化""机械化"等"现代病"日渐显露，对现代性弊端的审美批判也逐渐展开。文学对现代性的批判集中在对工业技术的异己性、都市生活的荒诞性等方面的质问。五四运动后的中国知识界已经意识到，"一种客观的异己力量威胁着人的生存状态。现代工业技术权威的树立使人文精神转向低迷，商品交换逻辑的渗透让人的尊严与价值沦落，庸俗的'散文化'现实摧毁人们诗意浪漫的梦幻式向往"②。于是有现代派的穆时英、刘呐鸥、施蛰存等人对都市情欲糜烂、道德沦丧、灵魂孤单景象的描绘与厌弃，更有沈从文、废名、孙犁对乡村牧歌理想与乡土文明的讴歌——这一城乡二元对立模式，曾是中国审美现代性最基本的批判路径。但在生活节奏日趋紧张，消费力量日趋强大，大众娱乐文化日趋繁荣的当下中国，任何审美批判的路径都面临被湮没的危机。因为文学"机械复制时代"已粉墨登场，文艺的神圣性遭到解构，带有反思批判性质的"纯文学"愈来愈被疏离，陷入孤芳自赏的象牙塔；更重要的是，现代人身心俱疲，没有时间、没有精力，更没有纯净的心情借由文艺拷问自我的灵魂，剩下的一点余热，刚够适应那些诙谐搞怪、刺激感官与神经的"戏说"类文学——文艺更趋向于"媚俗"，其批判力量变得虚无缥缈。

---

① 闫寒英：《中国式审美现代性与网络娱乐文化》，《学习月刊》2010 年第 2 期，第 122 页。

② 俞兆平：《现代性与五四文学思潮》，厦门大学出版社 2002 年版，第 101 页。

二　审美现代性四种范型在职场小说中的体现

"职场"是现代化的产物，反映中国白领阶层职场生存技巧与职场生存状况的职场小说，几乎是所有小说类型中与现代性脉搏的跃动最紧密贴合的一类，而职场小说所呈现的美学现代性在当下中国也具有一定的典型性与代表性。笔者试以中国审美现代性的四种范型，来考察中国本土职场小说的美学现代性。

从纯审美范式来看，这一范式在职场小说中被严重边缘化，几乎接近虚无。职场小说依赖自身的类型身份和内容表现取胜，而读者对这类作品的需求也往往直奔主题，获取自己想要的职场信息。无论是作者还是读者，都仿佛无暇顾及职场小说的"文学性"，更遑论"纯粹美"，只是在少数女性职场小说中还能依稀辨识到"趣味""情感"的痕迹。对纯审美范式的摒弃，导致许多职场小说叙事单调，语言粗糙，意蕴浮于表层，无法进行审美推敲。如男写手陆琪受电视剧《潜伏》的启发而作的《潜伏在办公室》，因"为职员说话""是老板的公敌""极度职场厚黑"等"另类"因子而大受瞩目，引发巨大争议，当然也引发巨大销量。然细究该书，发现其每一章固定地由两部分组成："亲身体验式"案例与由案例总结出的"职场军规"。这一形式与许多企业管理类书籍的写法异常相似，而离小说的味道相距甚远。笔者认为，《潜伏在办公室》是借助于"潜伏热"与职场小说热这两股东风而混迹于文学天地，其实并无文学的审美价值。又如女写手绝望沧海的《一个外企女白领的日记》，几乎接近"原生态"，以直白的语气谈职场经验，抒发职场感叹，没有谋篇布局，没有铺垫修辞，没有言外之意，甚至连情节也没有，仅仅凭着"真实"而走红，严格地说，该作品不能称为"小说"或"散文"，而仅仅只是"日记"。这不由令人想起丁玲的"日记体"小说《莎菲女士的日记》。《莎菲女士的日记》具有敏锐的文字感觉及细腻的叙述风格，两者融合，创设出慵懒、苦闷的知识少女的心境与氛围，表达了大胆的女性意识，成为文坛杰作。抛弃了文学性、审美性的职场小说或许能在商业化的炒作下一夜成名，也或许能像"快餐"那样解读者一时之饥渴，但绝不会产生余音绕梁的效果，更不可能历久弥新。由于诱人的市场化利益，职场小说的创作一波接一波，然而大多像海面上的白色泡沫，被后浪击碎。学者徐岱指出，在科技化、信息化当道的今天，"发达的现代传媒以其高清晰度的视觉效果与高效率的传播速度，为表现重大历史事件与时事奇闻提供了最佳手段，彻底结束了小说与历史/新闻以往的那种暧昧关系。电影镜头在讲故事方面的独特魅力，更加促使小说真正回归通过神秘的文字效果来深入个体生命体验的审美规定"[①]。而诸多职场小说不仅缺乏"神秘文字效果"，更缺乏"审美规定"，纯审美范式的缺乏是中国本土职场小说的一道硬伤。

从工具主义范式来看，职场小说充满了"实用性"与功利性。但职场小说的"实用性"有待商榷，大多数时候，"实用"仅是商家打出来吸引顾客的招牌，有时甚至可视为虚假广告。正如在消费主义社会，商家与媒体联袂，刺激与创造着多重物质消费欲望与物质消费需求，精神产品的消费欲望与消费需求也可以凭借各种宣传手段被诱导与创设出来，从消费层面而言，职场小说的"实用性"在某种程度上，是被制造出来的伪概念，其背后的实质与动力是利益：职场小说的作者借标榜其作品"实用"，以实现自抬身价，成名成家；读者推崇职场小说的"实用"，以满足与安抚胸中蠢蠢涌动的"发达"梦；而出版方更是不遗余力地推广职场小说的"实用"价值，造成市场效应，获取巨大的商业利润。在"功利性"上，职场小说的作者、读者、出版策划者不约而同达成了默契，共同把职场小说的"实用性"推向极致。职场小说《争锋》的作者凌语嫣透露，人民文学出版社从"天涯论坛"上一个万字左右的帖子找到她，命她一月之内成书。为完成这项任务，凌语嫣打字打得手腕关节劳损，久坐导

---

① 徐岱：《边缘叙事——20 世纪中国女性小说个案批评》，学林出版社 2002 年版，第 11 页。

致下肢静脉曲张，视力急剧下降 200 度，终于在一月之内完成 20 万字的长篇小说。这部"世界顶级外企沉浮录"一面世，便获得极大反响，受到媒体好评，财经作家吴晓波对作者凌语嫣赞叹道："她作为当代精英职场中取得成功的突出代表，用《争锋》生动、敏锐、深刻的文字解构了这个时代的魂魄，凌语嫣的深度职场小说有可能会影响一代人……"① 笔者认为，这一评价过高，从情节上来看，《争锋》与杜拉拉的故事有雷同之处——讲述的是无背景、无后台、无名校履历的大学女毕业生衣云在大外企中的奋斗史；从思想内涵上来看，文本虽然对职场生活有思考，对世情有感悟，但并未展示职场的深远境界，也没有将人性上升到审美意蕴与哲理思辨相融合的高度。《争锋》被列为"深度职场小说"只是相对于其他许多更浅表化的职场小说而言，并不意味着真正的深度。尽管在物质与精神都浮躁的尘世中，曹雪芹于悼红轩中批阅十载的经历，已风化成世纪神话，成为不可触摸的追忆；但现代社会"快速成书"的市场动机与效率化的实践，必然会对作品的思想维度带来损害。职场小说的功利性既体现在它外在的成书、出版过程，也体现在其内容实质上，无论是灰姑娘们的职场神奇变身，还是硬汉们的职场纵横，都脱离不了"急功近利"的风味。审美工具主义范式在职场小说中的过于膨胀，挤压了职场小说的人文气息。

从大众娱乐范式来看，虽然大多数职场小说以世界 500 强外企的职场为叙述背景，但职场小说的读者显然绝不局限于外企白领，而是扩张到各色人群，因为职场小说除了"实用"功能外，还具有大众娱乐功能。职场小说的大众娱乐功能体现在对民众窥私欲望的满足，以及对民众"名声＋财富"的生活欲望的替代式满足。其实就中国的实际职场状况而言，国有与民营企业远远多于外企，中国最真实、最现实的职场应该是它们，但几乎所有职场小说都含情脉脉地把目光投向了外企，或者说只有那些聚焦于外企与名企的职场

---

① 《出版界争相竞逐职场小说〈争锋〉版权》，中国新闻网 2009 年 10 月 28 日。

小说才能最大限度地吸引读者，并由此酿成职场小说创作与阅读的单一循环。之所以形成此番格局，在于外企的耀眼光芒与神秘内幕深深刺激了大众的好奇心与窥私欲——越是无法亲身涉足越是想了解其中的玄机。例如《浮沉》的内容，被疑为影射微软中国前总裁陈永正的辞职事件；零因子的职场小说《无以言退》，被读者揣测为以"华为"为背景，书中提到的"百林苑"即是"百草园"。而知名职场小说的作者通常也拥有"明星"身份，如崔曼莉被称为"美女总裁"；《争锋》的作者凌语嫣号称职场小说作家中"真正的外企高管"，网上还盛传该女的容貌堪比国际巨星章子怡——写作者的特殊身份进一步诱发了读者的好奇心。另外，以外企为背景的职场小说描绘了一幅由高档写字楼、电梯、咖啡、名牌、PARTY、奔驰宝马、香鬓丽影等组合而成的"现代化"生活图景，流露出优雅、优越的"上流社会"气息，这令许多在柴米油盐的庸常人生中奔波与挣扎的民众艳羡不已，现实生活中无法企及的生活，借由阅读这一"白日梦"得以实现。职场小说的大众娱乐范式吸引了读者的眼球，强化了读者对物质欲望的想象与偏执，却疏离了对读者心灵的观照与呵护。

从批判性范式来看，职场小说在描绘职场"现代化"生活场景的同时，也不乏对职场现代性弊端的揭露与批判。如外企文化的伪善性，统一化、流程化的现代企业制度对人性的压抑，资本主义式的生产方式的残酷性，工作对人的物化与异化……少数职场小说对职场现代性的批判比较深入与尖锐，还隐隐提出了生态主义职场的想望。但大部分职场小说没有触及对职场现代性进行反思与批判的维度，大体停留在对职场现代性赞赏、顺应，甚至奴从的层次。有学者指出，中国目前的制度现代性根基未稳，过于强调审美现代性的批判性，恐会动摇制度现代性的建立，容易与已涌入国内的后现代潮流结合，演化成嬉皮、亵渎的文化形态。但笔者认为，批判并不意味彻底否定与彻底解构，更不意味向后现代的虚无滑移。批判是有针对性的，如果将现代性视为"一项未完成的工程"，批判是现代性内部的自我完善。西方以批判为主旨的审美现代性的兴起，的确是在其现代化发育充分、现代性弊端暴露无遗之际的产物，但中国不需要跟在西方后面亦步亦趋，可以借鉴西方的经验教训，尽量少走弯路。事实上，近期"富士康"在华员工的跳楼事件已经警醒国人，职场现代性的危机已不再是"狼来了"的谣言。

职场小说批判性范式的弱化还体现在对人性、对人生的反思与批判力度轻飘。许多职场小说热衷于描写公司内的争斗，职场里的输赢，人际关系的浮沉，将世界视为敌我二元对立的场域，视野、格局狭小，缺乏人性关怀。学者徐岱在《边缘叙事——20世纪中国女性小说个案批评》中评论道："小说在发展阶段曾从神话/史诗汲取营养，向历史与新闻借力的经历，清楚地表明了它是一种'边界模糊'的艺术；与左邻右舍始终保持一种你中有我、我中有你的密切联系，是它在当代文化时空中仍能够左右逢源的原因。但其前提是表现个体生命体验、探测人性奥秘。"① 的确如此，职场小说融小说、成功学、企业管理类教科书于一身，显得左右逢源，受到市场与读者的热捧，但从长久的生命力来看，它依然必须遵循人文主义精神。

通过分析中国审美现代性的四种范式在职场小说中的呈现，可以概括出中国本土职场小说的缺陷与矛盾在于：功利主义与媚俗的娱乐主义过剩，而文学性与人文性稀缺。功利主义与媚俗的娱乐主义，在职场小说中汇聚成一股现世享乐主义的主流；这股现世享乐的物欲洪流冲挤着职场小说中与文学性、人文性相关的深度审美体验，使职场小说浮于浅表。职场小说一直以"寓教于乐"自居，只是"乐"与"美"无关，"教"也重教授实用技巧，而轻对人心的教化——本末倒置了。

---

① 徐岱：《边缘叙事——20世纪中国女性小说个案批评》，学林出版社2002年版，第17页。

三　中国传统美学资源对于建构职场小说审美、人文意蕴的独特价值

职场小说需要大力弘扬审美、人文意蕴才能获得可持续发展，问题是该以何种理论介入。20 世纪 80 年代以来，中国的美学思想、文学理论一直紧密追踪西方，而且是一种"错位"的追踪：当西方谈"重建现代性"时，我们停留在"反现代性"；当西方开始反思"后现代"时，我们正在取"后现代真经"——这体现了西方理论与中国现实的隔膜。况且，无论是西方的现代性还是审美现代性，都不同于中国的后发现代性与后发审美现代性，将西方理论直接套用到中国语境中，会出现水土不服的排斥现象。

在这一西方理论移植的困境下，转过头，看中国传统的审美方式，或许能挖掘到有效阐释中国问题的理论资源。笔者认为，中国传统美学资源对于解决中国的现代性问题，具有较大的优越性；自然而然，对于建构中国本土职场小说的审美、人文意蕴，也具有独特价值。

中国传统美学有三大审美形态：一是"比德"，强调社会道德意义是获取美感的基础，这一美感主要来于理性、集体；二是"缘情"，强调主体情感体验是美感的重要源泉，这一美感主要来于感性、个体；三是"畅神"，强调身心舒畅、灵肉和谐是美感的标准。在中国传统美学的三大审美形态中，"比德"对中国当下职场小说的发展现实尤有针对性。中国传统美学的三大审美形态对于构建中国本土职场小说审美、人文意蕴的意义阐述如下：

关于"比德"，职场小说迫切需要注入社会道德意识形态。当下的职场小说，功利主义、工具主义盛行，重利轻义。20 世纪 90 年代以来的市场经济，将中国社会推入到商业化进程，商品主义在改变社会利益结构的同时，也改变了人们的社会价值观，尤其是财富价值观，如何获取、累积、消费财富成为时代热议的主题。在当代中国创业激情与消费浪潮的双重刺激下，现代人崇尚财富、勇于逐利，并且通过创造财富来定义与确证自我，体现了现代性的积极进取精神。当

代的这一财富伦理观在职场小说中也得到了鲜明体现，因为职场是创造财富与制造名利的主要场域。在职场小说中，主人公往往将升职、提薪、利己当作事业的基本内涵，视为应履行的伦理义务。这本无可厚非，因为对利益追求保持基本尊重，既是对人性的基本尊重，也是一个正当社会的必然前提，而且是时代的选择，从计划过渡而来的市场经济，依照现代性的理性逻辑，打破了"重义轻利"的传统思想。但在中国当下的语境中，对不断发展的趋利冲动的激励，以及对不断汹涌的创富激情的推动，已经过度，人的主体性面临迷失的危机。许多职场小说津津乐道于职场潜规则，沉迷于描绘职场圈套，遵循"成者为王，败者为寇"的职场观而倡导不择手段的竞争；这必然伴随着对职场诚信、职场道德的摒弃，以及对高尚职场境界的疏离，即对职场"义"的放逐。而对"义"的放逐，对精神寓所的虚无化，必然会给现代人带来紧张与陌生感，因此，许多职场小说也不约而同地抒写了现代职场人心灵迷失的矛盾与痛苦：职场是成就名利、实现自我的天堂，也是孤独空虚、残酷压抑的地狱。可见，在职场中"义利并举"才能达到个人功利欲望与内心渴望的集体归宿和灵魂家园的平衡，才能实现审美化的人生。职场小说的创作也该以"比德"的审美方式注入"义利并举"的财富与职场伦理观。陈晓明如是评论当代文学艺术的特点与功能，"一方面，文学艺术作为一种激进的思想形式，直接表达现代性的意义，它表达现代性急迫的历史愿望，它为那些历史变革开道呐喊，当然也强化了历史断裂的鸿沟。另一方面，文学艺术又是一种保守性的情感力量。它不断地对现代性的历史变革进行质疑和反思，它始终眷恋历史的连续性，在反抗历史断裂的同时，也遮蔽和抚平历史断裂的鸿沟"[1]。同理，作为现代化产物的职场小说，必然具有现代性的精神气质，直接表达现代性的意义；然而，作为文学，它也必须具有连接历史的功能，否则便失去了根基，儒家道德伦理与"比德"的审美范式正是抚平现代性鸿沟的有效资

---

① 陈晓明主编：《现代性与中国文学转型》，云南人民出版社 2003 年版，第 11 页。

源，能够为职场小说提供发展路径的启示。

关于"缘情"，首先可与西方的"移情"作一比较，西方"移情"说强调将人的情感、思想投射到眼中的人与事，通过移情得到的美感实质上是"自我价值感"，如立普斯所说的，"审美的欣赏并非对于一个对象的欣赏，而是对于一个自我的欣赏，它是一种位于人自己身上的直接的价值感觉"①。可见西方的"移情"以"自我"为中心。而中国的"缘情"是人与外物的交互活动，既不是主体情感单方面的外射，也不是单纯被动的刺激，乃是物我相互感应，"登山则情满于山，观海则意溢于海"，这种双向互动式情感追求人与人、人与世界的和谐相生。中国本土职场小说的功利色彩浓厚，突出"利己""自我"，将职场视为征服异己力量与角斗的场所；而"缘情"有助于现代人设身处地地体悟职场中的人与事，以中正平和的心境调和人与职场的紧张对立，使职场充满人情人性，将职场还原为人性成长的审美空间。

关于"畅神"，古人宗炳在《画山水序》里写道："于是闲居理气，拂觞鸣琴，披图幽对，坐究四荒。……云林深眇，圣贤暎于绝代，万趣融其神思。余复何为哉？畅神而已。神之所畅，孰有先焉！"② 这是一种整个身心通体舒泰的状态，是海德格尔向往的"天地神人"俱在的自由境界。其实，也可将"畅神"树立为职场的最高境界，职场小说作为对现代职场的描述、想象，理应有对理想职场境界的展望，理想的职场应该具有生态主义的平衡结构，身体与心灵皆能在此畅游并相携而行，职场最终能成为现代人诗意栖居与安身立命的公共空间。

概而言之，中国传统美学中的"比德""缘情""畅神"这三大审美范式，对于纠补职场小说的功利、浮躁、粗疏、表浅之弊端，建构职场小说的审美、人文意蕴具有独特价值。

---

① 蒋孔阳、朱立元：《西方美学通史》第5卷，译文出版社1999年版，第110页。
② 俞剑华：《中国画论类编》，人民美术出版社1986年版，第583—584页。

第二节 性别诗学与职场小说

一 "性别诗学"辨析

"诗学"除了指关于诗歌的理论，也指一般文学理论，"现代意义上的诗学是指有关文学本身的、在抽象层面展开的理论研究。它与文学批评不同，并不诠释具体作品的成败得失；它与文学史也不同，并不对作品进行历史评价。它所研究的是文学文本的模式和程式，以及文学意义是如何通过这些模式和程式而产生的"。① 由此类推，可知"性别诗学"研究的是文学文本中的性别模式与程式及其表达的性别意蕴。

国内首次正式提出"性别诗学"这一概念，并予以较完整阐释的是学者林树明。林树明教授对"性别诗学"所作定义如下："性别诗学（Gender Poetics）属于文艺学中价值论与存在论的范畴，其以性别价值取向为基本分析要素，把社会性别作为社会身份的重要组成部分，将性别意识作为文学研究的基本坐标，对文学艺术中的性别因素做诗学层面的解析、研讨，研究作者、作品及接受者性别角色的复杂性，探讨由性别、种族、阶级、时代、经济、科技及教育等因素所铸成的性别角色与身份之间的交叉与矛盾，挖掘男女两性特殊的精神底蕴和文学的审美表达方式，并试图说明其产生缘由，突出文学的'性别性'和两性平等价值。"②

林树明对"性别诗学"的倡导得到了万莲子、乔以钢、刘思谦、任一鸣等学者的响应。如万莲子将"性别诗学"界定为"一种以性别为视角考察人类文学活动的，具有动态生成能力的知识体系与结构，这一知识结构和体系主要包括女性主义文学的基本原理、范畴和

---

① 乐黛云、叶朗、倪培耕主编：《世界诗学大辞典·序》，春风文艺出版社 1993 年版，第 4 页。

② 林树明：《女性文学研究、性别诗学与社会学理论》，《贵州社会科学》2007 年第 12 期，第 41 页。

标准等，但又不排除与性别有关的非女性主义文学部分"。① 任一鸣
教授认为，"性别诗学"旨在打破既定性别等级秩序，建立新型性别
审美关系，"它意味着一种更高境界的超越性别的角色认同，打破单
一的男女两性社会性别角色的规定，催生更加丰富的性别文化内涵和
审美外观，在文化与审美领域获取更高层次和更深意义上的性别公正
与性别审美理想"。②

对"性别诗学"的理解，至少可以从以下三个层面进行：

其一，"性别诗学"是一种方法论。毋庸置疑，"性别诗学"与
"女性主义"紧密关联。当代女性主义以"社会性别"为解剖器，指
出社会性别是由政治、经济、文化、历史等社会性的方式构建的社会
身份与性别角色期待，并作为强大的意识形态控制着社会分层及个体
的生活抉择。女性主义的"社会性别"理论深刻揭露了父权制下两
性不平等的根源，极大拓宽了文学研究空间，但也带来了男性中心压
迫与女性中心偏执。而"性别诗学"是女性主义"性别理论"，由社
会学维度进一步向价值论与审美论维度的迈进，是女性主义的彼岸阶
段。这一理论与方法论给了男性"平等"的地位，表现为当代女性
主义理智地要求在男权之外开辟自我世界，不再希冀用女权思想彻底
取代男权思想，这也意味着女性主义已从争取社会学上的性别平等，
走向了更具反省意识及思辨色彩的具有包容质地的新时代。"性别理
论强调所有写作，不只是妇女写作，都带有性别……性别理论容许把
男性主体介绍进女性主义批评之中。"③ 近年来，中国女性学界提出
的"微笑的女性主义""中国女性主义""男性关怀""两性对话"
"双性视野"等都是超越二元对立思维模式的"性别诗学"的具体
呈现。

---

① 万莲子：《性别：一种可能的审美维度——全球化视域里的"中国性别诗学"导论》，《湘潭大学学报》（哲学社会科学版）2006 年第 1 期，第 90 页。

② 任一鸣：《社会性别与性别诗学——女性（主义）文学批评笔记之二》，《海南师范学院学报》（社会科学版）2004 年第 4 期，第 63 页。

③ ［美］埃琳·肖沃尔特：《女性主义文学批评的革命》，王政、杜芳琴《社会性别研究选译》，三联书店 1998 年版，第 88 页。

其二，男女两性"和而不同"是"性别诗学"的价值定位。性别诗学追求双性差异中的和谐，即追求对人性最自由、最民主、最全面的张扬，并希冀以美的形式体现之。个体多元化的主体性由三个层面组成：元层面是"人性"，一种比较抽象的规定性；中间层面是"类的属性"，一种比较具体的规定性；顶层面是"个性"，一种更为具体的规定性。"人性"经由"性别"转换为"个性"，而"个性"经由"性别"还原为"人性"，因而性别是贯穿人的主体性的关键环节，人对自我及对象的意识，必然包含性别化意识。文学是人类性别化意识的多彩呈现，"性别文化取向深刻影响着文学的创作、接受等过程，文学及文化产品必然或多或少打上了创造者或接受者的性别特征，而文学的想象与虚构特征又使两性的社会存在更具审美意味或'诗意'"①。

其三，"性别诗学"并非单一向度的性别研究，而是强调性别属性的诠释与其他范畴结合，是多学科融合的文化研究与审美研究，具有多义性与延展性。

相对于生活、心理、个人实践，性别属性通常表现于人类深层无意识，这决定两性关系无法像宗教、种族、阶级关系般壁垒分明，性别范畴只有与其他范畴结合，展示多重内涵，才能触及事物的真实存在。此外，商业化传媒内在地便存有社会性别歧视与偏见，文化产品的机械化复制与倾销又进一步加剧了此种性别定见，误导着受众的审美趣味。而性别诗学运用多学科的研究方法，对性别人文环境与性别文化生态进行多层次、全方位的动态考察，有助于达到澄明之境。

二　从西方"双性同体"的构想到东方"双性和谐"的理想

在传统的性别界定中，男性特质和女性特质被视为一维对立的两极，分别形成男女两性的性别刻板印象。如今，一维对立的性别认同

---

① 林树明：《女性文学研究、性别诗学与社会学理论》，《贵州社会科学》2007年第12期，第40页。

模式日渐受到理论与现实的挑战。美国心理学家桑德拉·贝姆（Sandra Bem）提出了二维性的性别特质分类法，他将男女分为男性化、女性化、双性化、中性化四组性别气质。其中，双性化最理想，同时具有高度男性特质与女性特质的心理特征；而中性化与之相反，是一种未分化的、男女气质都不明显的心理特征。男性的勇敢、自信、刚强、雄心与女性的温柔、细腻、善解人意相融合，常能做出跨性别行为，能较好地适应组织与社会——这体现了"双性同体"的新人类人格构想。

"双性同体"（androgyny），又译为"雌雄共体""雌雄同体""双性共体"等。从生物学意义而言，指同一个体身上，既具备成熟的雄性性器官，又具备成熟的雌性性器官，在生理特征方面，表现为雄性与雌性的混合物；从心理学意义而言，指同一个体身上，既有显明的男性人格特征，又有显明的女性人格特征，即兼具强悍与温柔、果敢与细致等性格，在不同情境下有不同表现。"双性同体"的思想源远流长，最早见于古希腊神话：西恩与伊什塔尔是巴比伦月亮神，西恩被赞美为"万物之母，众生之父"，伊什塔尔也被赞美道："噢，我的男神吆，我的女神吆？"①——月亮神实际上为阴阳合一。心理学家荣格也以"男性的女性意象"及"女性的男性意象"两个术语，来说明人类先天即具有双性化的心理特质。而第一次将此概念引入女性主义文学批评的是弗吉尼亚·伍尔夫，她在《自己的一间屋》中写道："我们之中每个人有两个力量支配一切，一个男性的力量，一个女性的力量。最正常的境况就是这两个力量结合在一起的时候。"②埃莱娜·西苏以"双性同体"来消除男女二元对立，她在《美杜莎的微笑》中写道："双性即每个人在自身中找到两性的存在，这种存在依据男女个人，其明显与坚决的程度是多种多样的，既不能排除差

---

① ［美］M. 艾瑟·哈婷：《月亮神话》，蒙子、龙天、芝子译，上海文艺出版社1992年版，第59页。
② ［英］弗吉尼亚·伍尔夫：《自己的一间屋》，王环译，三联书店1989年版，第38页。

别也不排除其中一个性。"

　　在反性别本质主义一隅，中西方女性主义者路径有别：西方的女性主义批评在谋求两性平等的进程中含仇视对立情绪，试图模糊两性之差，强调两性之同；中国的女性主义批评则以承认两性差异为前提，强调女性应保持自己的特性。源自于西方的"双性同体"思想也是强调两性之同，在某些时候甚至被理解为"中性"，但事实上，双性不可能真正"同体"，因为男女性别有其自然区别，"同体"一词未能体现出男女性属的差异。所以"双性同体"尽管在心理学上得到重视，但作为一个比较难实现的新人类模式，受到相当多的质疑。其实在中国古代的哲学、美学中也有类似的思想，只不过带上了辩证思维的特点，而比"双性同体"更富内涵，更有超越性。道家始祖老子创阴阳学说，认为世界的图式是阴阳相参，"道生一，一生二，二生三，三生万物。万物负阴而抱阳，冲气以为和"①。一阴一阳谓之道，作为世界的图式，阴阳既指自然界现象差别，也指男女的性别差异，同时也指个体内部心理特质。阴阳有别，阳者刚，阴者柔，但阴柔相济，世界才能存在与运行：自然是阴阳矛盾的对立统一体，男女是阴阳对立的矛盾统一体，个体同样是阴阳对立的矛盾统一体。这种矛盾对立产生的相辅相成，表现为"和谐"，和谐是一动态生成的过程：事物永远处在阴阳对立——阴阳统一（和谐）——新的层次的阴阳对立——新的层次的阴阳统一（更高层次的和谐）……的无限运动过程中。"和谐美"是中国人最高的审美境界与审美理想。当然，从人类现实的发展过程来看，常常会出现阴阳对立却不统一的状态，这常招致事物灾难性的毁灭，或者人类历史的停滞不前甚至倒退。

　　和谐即为对立统一的思想，在西方学界也早有表达，"和谐"原本即为美学概念，毕达哥拉斯早提出"美是和谐"的命题。而黑格尔更是在《美学》中对"和谐"作了精当的论述："比单纯的符合规

———————————

　　① ［魏］王弼注：《老子庄子》，上海古籍出版社1995年版，第25页。

律更高一级的是和谐。和谐是从质上见到的差异面的一种关系，而且是这些差异面的一种整体，它是在事物本质中找到它的根据的。这些质的差异面不只是现为差异面及其对立和矛盾，而是现为协调一致的统一，这统一固然把凡是属于它的因素都表现出来，却把它们表现为一种本身一致的整体。各因素之间的这种协调一致就是和谐。和谐一方面见出本质上的差异面的整体，另一方面也消除了这些差异面的纯然对立，因此它们的相互依存和内在联系就显现为它们的统一。"①

学者万莲子在其《掇拾性别和"双性和谐"的文化意义》一文中，就用"双性和谐"取代了"双性同体"这一西化概念。笔者也赞同从西方"双性同体"的构想到东方"双性和谐"之理想的演绎。不仅因为"和谐"更符合中国的文化与国情，更在于"和谐"包含了"和而不同"的理念，且是动态生成的，从动态生成这一点来考察，它又具有"社会性别"的内涵。即它既强调男女两性的差异与自由个性，又强调男女两性的性属发展，是一个受社会情境影响的，性别差异面相互依赖、相互补充、共融共生的过程。这符合男女两性的性属发展实际，并为两性的发展提供了有望实现的美学理想。

"性别"是一个层级性的概念，可分为生理性别、社会性别、文化性别；生理性别与自然禀赋相连，社会性别与社会定位相连，文化性别与性别认同感相连。以往，学术界对"社会性别"论述颇多，对"文化性别"的阐释较少。其实在性别冲突与和解过程中，"文化性别"扮演着积极角色。因为文化性别强调认同感，不仅是对自我性属的认同，也包括对异性性属的认同，即理解、宽容、包容甚至吸纳异性的性属特征。但两性之间性别认同感的形成，有赖于两性间的交往互动，否则性别认同会滞留在臆想阶段，无法达成真正的性别认同与性别和谐。在此，笔者认为引入"主体间性"理论能更好地理解性别认同及"双性和谐"。学者吴兴明在《文艺研究如何走向主体间性——主体间性讨论中的越界、含混及其他》一文中，对"主体间性"

---

① ［德］黑格尔：《美学》第 1 卷，朱光潜译，商务印书馆 1996 年版，第 180 页。

概念及中国文艺研究该如何走向主体间性进行了纠偏与阐释。《西方哲学英汉对照词典》如此定义"主体间性"："如果某物的存在既非独立于人类心灵（纯客观的），也非取决于单个心灵或主体（纯主观的），而是有赖于不同心灵的共同特征，那么它就是主体间的。……主体间的东西主要与纯粹主体性的东西形成对照，它意味着某种源自不同心灵之共同特征而非对象自身本质的客观性。心灵的共同性与共享性隐含着不同心灵或主体之间的互动作用和传播，这便是它们的主体间性。"①毫无疑问，两性之间存在"主体间性"，性别之间的差异与斗争是构成主体间性的必要维度。由性别差异→性别斗争→性别承认→性别认同，是一个两性交互运动中斗争与和解不断轮替的过程，它朝"双性和谐"理想螺旋式递进。之所以强调两性间的主体间性，意在提醒我们，"双性和谐"的实现应以两性之间的交往、斗争、实践、协商为基础，而不能单凭认知理性，或者陷入纯粹"理解""同情"的精神领域及审美主义的乌托邦中，正如吴兴明教授指出的那样："价值原则的合理性不是要通过外在认知的客观性来证明，而是必须诉诸主体之间的平等协商、非强制性认同的效力。"② 可见，"双性和谐"的理想关乎美学范式，更关乎社会学范式。

三　"双性和谐"的生态主义职场范式

　　以"双性和谐"的美学理想来指导建构生态主义职场范式具有特别的意义。

　　生态主义职场范式至少包含两方面的平衡：其一，人与职场环境平衡，协调，和谐，人在职场中持续发展，职场也因为人的行动而不断臻于完善，为人提供更好的发展机遇，如此形成良性循环；其二，职场人自我内部的平衡与和谐，即个体的身体与心灵、工作与生活均

---

　　① ［英］尼古拉斯·布宁著，余纪元编著：《西方哲学英汉对照词典》，人民出版社2001年版，第518页。

　　② 吴兴明：《文艺研究如何走向主体间性——主体间性讨论中的越界、含混及其他》，《文艺研究》2009年第1期，第28页。

得到平衡与舒展。而要实现这两方面的平衡，必须借助"双性和谐"的美学理想。

从人与职场环境的平衡来看，现代人面临被职场异化的危机，职场与人对立、对抗而无法统一，结果要么是人被机械化、单调化，要么是职场被破坏。其深层原因在于"双性"的"不和谐"，意即职场中男性气质与女性气质的失衡，现代职场受现代启蒙思想的指引，崇尚逻各斯的二元对立男性原则，以男性气质的意识元素，如控制、征服、支配、侵犯、自我、成就等作为职场优等精神内涵与价值追求，而将女性的温和、谦虚、直觉、体悟等品质视为次等的，甚至有违职场进取的障碍物，予以忽视或清除。这势必使职场演变成残酷的斗兽场，使人与职场处于索取与敌对的境况，就像现代人与自然的索取与敌对关系那样。人对自然的无限制的贪婪欲念与索取行为，正在逐渐毁掉人的生存、发展家园；而人在职场中的无限贪念与不择手段的"进取"，同样会毁掉人的伦理与心灵家园，职场正逐渐成为现代人的囚笼与坟墓。所以倡导"两性和谐"的美学理想不仅能促成职场中男女两性的共同发展，更能深层次地改善人与职场的失衡关系。

从职场个体内部的自我平衡来看，"两性和谐"不仅指性属之间，即男性与女性之间的和谐；也指个体自身内部的阴阳调和，即个体内部男性气质与女性气质的调和。在人类的生命里，"阴阳之道"存在于作为生命之根的性别上。当个体阳性或阴性过重，压抑了另一方的挥发时，常会以一种崩溃的方式爆发。例如有"雄狮"之誉的海明威，粗鲁健壮英勇，但最后却自杀，从心理学角度分析，与他平常过于注重男子汉气质，压抑了内心里原有的女性气质（直觉、善感、温情、流泪）的宣泄，导致"阴阳失调"，苦闷不已，以极端的方式寻求解脱。现代人在现实生活中，受传统性别文化的影响与刻板性别印象的牵制（如"男儿有泪不轻弹"），也会有意无意地压制自我性格中"阳性"或"阴性"的一面，酿成悲剧性的心理灾难。这种压制在男性逻各斯价值观统率的现代职场中尤为明显，逻各斯将职场规定为一个坚硬、坚强的公共领域，不允许内心深处柔软情愫的流露，因为情感被定义为私人领域。于是，职场中的许多个体处在"阴阳失调"的状态下，长此以往，心理疾病潜滋暗长。倡导"两性和谐"不仅能使两性互为观照，相互吸纳对方的性格优势，还能真正调和内心的矛盾冲突，使个体多元的心理能量都得以挥发。

在谈论生态主义时，人们会很自然地将其与女性的母性思维、关怀伦理相连，认为女性是人类家园的寻找、庇护者，是"爱"与"美"的化身，恢复生态文明，必须仰仗于女性文化。席勒在论及美与道德风尚关系时说："温和的道德比英雄性的道德更令我们喜爱；因为妇女的性格，尤其是完善的妇女性格，由于爱好而行动。"① 王宁指出，生态女性主义的核心策略在于"把建构女性文化作为解决生态危机的根本途径，尊重差异，倡导多样性，强调人与自然的联系和同一，解构男人/女人、文化/自然、精神/肉体、理智/情感等传统文化中的二元对立的思维方式，确立非二元思维方式和非等级观念"②。学者何怀宏也赞誉道："由于具有创造和养育生命的能力（像大自然那样），女性历来比男性更接近自然。女性的心灵更适合于思考人与自然的关系。"③

但女性文化显然不是万能的，因为同男性文化一样，它自身也存在缺陷，一方面是过于强调遵循"自然"法则，而人类社会的生态系统虽然与自然有关，却并非一一对应的关系，社会远比自然更复杂。诚如学者张玉能所指出的，"然而女性美学也具有严重的弱点。女性美学强调女性生理经验的重要性非常危险地接近性别歧视的本质论。女性美学试图以假设存在着一种女性语言、丧失了的母亲大地，或男性文化中的女性文化来建立一种独特的妇女写作，但这样的做法

---

① ［德］弗里德希利·席勒：《秀美与尊严——席勒艺术和美学文集》，张玉能译，文化艺术出版社 1996 年版，第 73 页。

② 陈厚诚、王宁：《西方当代文学批评在中国》，百花文艺出版社 2000 年版，第 49 页。

③ 何怀宏：《生态伦理——精神资源与哲学基础》，河北大学出版社 2002 年版，第 230 页。

不能够由学术研究结果来支撑和证明"。① 当代女性文化的缺陷不仅体现在过于依赖自然、身体、感觉等范畴，更在于它本身的不完满，同男性文化一样，女性文化也需要得到自省与纠偏。

在谈"两性和谐"时，人们强调两性气质中优越性方面的互补及相互转化，如寓刚于柔、含刚蓄柔为最佳人格与艺术的妙品。但两性气质中也存在着需要警惕的阴暗面，尤其是女性气质中的阴暗面。作为男性特点的逻各斯原则，常被人提及批判。逻各斯中心主义是西方形而上学的别称，是德里达继承海德格尔的思路对西方哲学的一个总裁决。逻各斯中心主义以理性决定论的思维范式，追问世界本原并解释世界，这种追问与解释常表现为对感性世界与超感世界的截然划分及对立，包括在此前提下的理性盲从。逻各斯中心主义制造了二元对立的思维方法，如灵魂与肉体、自然与文化、男性与女性、语言与文字、真理与谬误等。这种二元项的对立不是平等并置，其中第一项是本源、本质、首位、中心的，第二项是衍生、非本质、次要、边缘的。

而作为女性原则的厄洛斯远比逻各斯复杂，本书在哲学意义上使用"厄洛斯"，指心理联系原则，而非古希腊神话中的"爱神"，尽管"厄洛斯"不能脱离"爱"的激情。杨慧在《从月亮神话看性别本质主义》一文中对"厄洛斯"解释道："这是凶猛的女性原则，中国人的'阴'即女性的阴性威力。它像一只猛虎，悄无声息地窥视着它的猎物，但在表面上看起来它又像猫一样，温柔慈善，使人几乎忘了它的凶猛。希腊人将女性的这种威力视为厄洛斯，更多的是强调其心理关联而不是爱，因为在厄洛斯的观念中，消极或痛恨的成分与积极或爱的成分一样多。"② "厄洛斯"这一阴性原则，相对于"逻各斯"这一阳性原则，更深地潜伏在性别本质中，以至于常被忽略，但它客观地起作用。对于男性，他的意识受逻各斯原则引导，但

---

① 张玉能：《女性主义文论与当代中国文论建设》，《文艺理论研究》2010 年第 1 期，第 88 页。

② 杨慧：《从月亮神话看性别本质主义》，《文艺理论》2007 年第 3 期，第 246 页。

"厄洛斯"却于无意识中主宰他的灵魂；对于女性，"厄洛斯"原则直接左右她的意识与个性，使她与自己精心构筑的理性色彩背道而驰。

女性"厄洛斯"中的消极与恨的成分，其中的"阴险"威力，也被投射在职场上。中国本土职场小说中大量地描写职场"阴谋"，这种"阴谋"的"最高境界"就是深藏不露、笑里藏刀、杀人不见血——恰是阴性威力的体现。在意识领域，男性以理性、正直、阳刚、伟岸自诩，但女性"厄洛斯"在他们灵魂中起着下意识的作用，所以职场小说中的男性也有着狡诈、阴险、吊诡的面貌。职场小说之所以大量描写男主人公热衷于"阴谋"，从心理学角度考察，也的确"真实"反映了人性中的女性原则的阴暗面。当然，在职场中，女性玩弄"阴谋"并不逊于男性，有可能比男性更娴熟，因为阴性原则直接左右其意识与个性，女性常常以额外的力量区分开内心的"厄洛斯"与外在的理性世界，以自己对世界的"女性化"（世人认可的女性气质）将威猛的女性原则人性化。职场小说中也描绘了一批心计重重、由爱生恨、歇斯底里到变态的女性，这也是"厄洛斯"阴暗面的流泻。

因此，在运用"双性和谐"的美学理想构建生态主义职场范式时，既要充分认识"双性"的优势，也要对"双性"中的阴暗面有自省意识。只有处理好性属之间的矛盾对立关系，协调好个体内部阴性与阳性原则的矛盾冲突，才能扫清内心障碍，真正朝平衡、和谐的生态主义职场范式迈进。

结　语

　　本研究的论题为"性别视域下的中国本土职场小说批评"，它属于文化研究的范畴。文化研究具备"问题意识"与批判性——"当文化研究把文学现象作为文化问题来思考时，它要解决什么问题？预期的目标是什么？其结论在什么意义上可以拓展传统文学研究的视野？"①

　　本研究的"问题意识"从"现代性"与"性别"两个维度展开。

　　从"现代性"层面来看：中国本土职场小说是中国现代化的产物，它反映了白领阶层亚文化的兴起，金融风暴中的职场危机以及消费主义情境下的文学生产与传播特征——作为时代的精神标本，浓缩了当今中国社会转型的一个侧面。中国社会在由计划朝市场迈进的过程中，同样会遭遇"现代性"危机，而这一现代性危机也会折射在文学现象上。在消费社会里，文学只有占领市场才能获得生存与发展，才能达成自己的意识形态与对现世人生的指引，所以其被纳入商业轨道乃大势所趋；但文学生产毕竟异于物质商品生产，"物"是消极地被利用，本身不具备对抗商业化的能力；而"文学"产品则不然，作为"人学"，它内在地便蕴藉了对抗消费主义的能量。当时代的消费主义气氛过于浓烈，有将文学沦为"单向度"的危机时，文

---

　　① 孙文宪：《批判理论和文化研究的"问题意识"》，《西北师范大学学报》（社会科学版）2007 年 1 月，第 17 页。

学理当释放出对抗的能量。作为一种谋求利益的文学类型，职场小说被挟裹在消费主义的浪潮中，打上了商业运作的烙印。中国当下的职场小说普遍存在着功利性过甚、人文气息不足的弊端，为赢得可持续发展，它有必要开启自省的功能并释放出对抗的能量。

从"性别"层面来看：文化研究关注文学"作为一种精神生产活动和意识形态之间的关系"①，文学与意识形态的关系，不仅包括文学在中国现代化语境下的广泛的消费主义意识形态（可视为横向的意识形态），也包括由马克思阶级意识延伸而来的有区隔的意识形态（可视为纵向的意识形态），如族裔意识形态与性别意识形态。中国本土职场小说是中国社会转型的产物，它必然也折射着转型期社会性别意识形态的变迁，更何况中国本土职场小说的书写与阅读存在着鲜明的"性别"分野，它本身便是耐人寻味的"性别"现象，因此，可将此种折射视为主动的反映——反映了性别意识形态在女性主义与父权制范畴内的新特质以及这些特质在男女主体身上体现出的矛盾性。

本书第一章以中国现代化进程中的职场新变及性别观点对现代职场的渗透为宏观背景与横向、纵向的问题意识；最后一章则阐述了"审美现代性""性别诗学"与职场小说未来走向的关系，旨在回应贯穿全文的"现代性"与"性别"问题。

同时，职场小说的描写也是当今文艺的审美演化的一个缩影，职场小说娱乐、励志、实用三合一的文化功能昭示着当代文学艺术正由审美范式转向社会学范式，对其的研究，从当代美学、文艺学的角度看，有可待总结规律的意义。

我们处在一个纠结的年代，对于国家而言，纠结于经济成果与国民福利，纠结于阶层板块与机会公平，纠结于财富权势与社会道德，纠结于传统文化与西方价值，纠结于现世功利与未来的有续发展……

---

① 孙文宪：《批判理论和文化研究的"问题意识"》，《西北师范大学学报》（社会科学版）2007年1月，第17页。

对于个人而言，纠结于生存与梦想，纠结于身体与心灵，纠结于情感与事业，纠结于物欲与纯真，纠结于身份焦虑与价值迷失……中国本土职场小说像一个万花筒，可以窥见这些纠结，而它本身也是"纠结"的产物；我们同时也处在一个神话"复魅"的年代，这源于对科技理性与消费洪流所造成文明危机的自省。有一种感觉愈来愈强烈：高垒的物质产品和金光灿灿的权势王冠再也无法提升人的幸福指数；相反，现代公民深陷急躁、抑郁、神经质以及其他不可名状的精神挫伤中。于是，我们希冀，那些曾被忽略的、被压抑的精神实体重新凸显出意义。这也是笔者对中国本土职场小说的希冀，希冀它创造出物质与人文相容的当代神话！

参考文献

一 职场小说

1. 崔伟：《问鼎》，新世界出版社 2009 年版。

2. 陈峰：《人事经理》，北岳文艺出版社 2009 年版。

3. 柴志强：《丁约翰的打拼》，陕西师范大学出版社 2008 年版。

4. 崔曼莉：《浮沉》，陕西师范大学出版社 2008 年版。

5. 崔曼莉：《浮沉 2》，陕西师范大学出版社 2009 年版。

6. 崔曼莉：《琉璃时代》，作家出版社 2009 年版。

7. 胡震生：《做单》，五洲传播出版社 2009 年版。

8. 付遥：《输赢》，北京大学出版社 2009 年版。

9. 金津：《加油！格子间女人》，陕西师范大学出版社 2009 年版。

10. 绝望沧海：《一个外企女白领的日记》，中国友谊出版公司 2008 年版。

11. 孔二狗：《江湖，那个别样的江湖》，人民文学出版社 2009 年版。

12. 陆琪：《潜伏在办公室》，长江文艺出版社 2009 年版。

13. 陆琪：《潜伏在办公室第二季》，文化艺术出版社 2009 年版。

14. 李可：《杜拉拉升职记》，陕西师范大学出版社 2007 年版。

15. 李可：《杜拉拉升职记 2》，陕西师范大学出版社 2009 年版。

16. 李可：《杜拉拉升职记 3》，江苏文艺出版社 2010 年版。

17. 零因子：《无以言退》，清华大学出版社 2008 年版。

18. 凌语嫣：《争锋》，人民文学出版社 2009 年版。

19. 秦与希：《米娅，快跑》，北京大学出版社 2009 年版。

20. 宋丽晅：《不认输——赫连娜职场蜕变记》，陕西师范大学出版社 2009 年版。

21. 王强：《圈子圈套1》（战局篇），清华大学出版社 2010 年版。

22. 王强：《圈子圈套2》（迷局篇），长江文艺出版社 2010 年版。

23. 王强：《圈子圈套3》（终局篇），长江文艺出版社 2010 年版。

24. 许韬：《对决》，长江文艺出版社 2008 年版。

25. 肖晓：《苏畅畅加薪奋斗记》，陕西师范大学出版社 2009 年版。

26. 祝和平：《算计》，山西经济出版社 2010 年版。

27. 张玎：《职场菜鸟升职记》，工人出版社 2009 年版。

28. 紫百合：《荆棘舞：80 后女孩外企生存手记》，长江文艺出版社 2009 年版。

二 专著

1. 陈晓明主编：《现代性与中国当代文学》，云南人民出版社 2003 年版。

2. 陈晓明主编：《现代性与中国文学转型》，云南人民出版社 2003 年版。

3. 陈厚诚、王宁：《西方当代文学批评在中国》，百花文艺出版社 2000 年版。

4. 陈志红：《反抗与困境——女性主义文学批评在中国》，杭州美术学院出版社 2002 年版。

5. 陈平原：《中国现代小说的起点：清末民初小说研究》，北京大学出版社 2005 年版。

6. 戴锦华：《涉渡之舟——新时期中国女性写作与女性文化》，北京大学出版社 2007 年版。

7. 杜小真：《福柯集》，远东出版社 1998 年版。

8. 段若鹏：《中国现代化进程中的阶层结构变动研究》，人民出版社 2002 年版。

9. 国家统计局社会和科技统计司：《中国社会中的女人和男人——事

实和数据（2007）》

10. 郭宏安：《波德莱尔美学文选》，人民文学出版社 1987 年版。

11. 侯东：《谁在领跑——中国各色职业阶层的现状与未来》，西苑出版社 2003 年版。

12. 何怀宏：《生态伦理——精神资源与哲学基础》，河北大学出版社 2002 年版。

13. 黄修己：《中国新文学史编纂史》，北京大学出版社 2007 年版。

14. 姜戎：《狼图腾》，长江文艺出版社 2004 年版。

15. 蒋孔阳、朱立元：《西方美学通史》第 5 卷，译文出版社 1999 年版。

16. 李有亮：《给男人命名——20 世纪女性文学中男权批判意识的流变》，社会科学文献出版社 2005 年版。

17. 李银河：《女性主义》，山东人民出版社 2005 年版。

18. 鲁枢元：《生态批评的空间》，华东师范大学出版社 2006 年版。

19. 陆学艺：《当代中国社会阶层研究报告》，社会科学文献出版社 2002 年版。

20. 刘小枫：《现代性社会理论绪论》，上海三联书店 1998 年版。

21. 李小江、朱虹、董秀玉主编：《性别与中国》，生活·读书·新知三联书店 1994 年版。

22. 乐黛云、叶朗、倪培耕主编：《世界诗学大辞典》，春风文艺出版社 1993 年版。

23. 梁启超：《饮冰室合集》第 4 册，中华书局 1989 年版。

24. 刘霓：《西方女性学——起源、内涵与发展》，社会科学文献出版社 2001 年版。

25. 麦可思研究院编著，王伯庆主审：《2010 年中国大学生就业报告》，社会科学文献出版社 2010 年版。

26. 乔以纲：《中国当代女性文学的文化探析》，北京大学出版社 2006 年版。

27. 沈奕斐：《被建构的女性——当代社会性别理论》，上海人民出版社 2005 年版。

28. 宋伟杰：《从娱乐行为到乌托邦冲动——金庸小说再解读》，江苏人民出版社 1999 年版。

29. 佟新：《社会性别研究导论》，北京大学出版社 2005 年版。

30. 谭兢常、信春鹰主编：《英汉妇女与法律词汇释义》，中国对外翻译出版公司 1995 年版。

31. 田禾：《现代性的后果》，译林出版社 2000 年版。

32. 童庆炳主编：《文学理论教程》，高等教育出版社 1998 年版。

33. 王宇：《性别表述与现代认同》，上海三联书店 2006 年版。

34. 王政、杜芳琴主编：《社会性别研究选译》，上海三联书店 1998 年版。

35. 王诺：《欧美生态文学》，北京大学出版社 2005 年版。

36. 卫慧：《上海宝贝》，《卫慧精品集》，时代文艺出版社 2000 年版。

37. ［魏］王弼注：《老子》《庄子》，上海古籍出版社 1995 年版。

38. 许慎：《说文解字》，中华书局 1963 年版。

39. 徐安琪主编：《社会文化变迁中的性别研究》，上海社会科学院出版社 2005 年版。

40. 徐岱：《边缘叙事——20 世纪中国女性小说个案批评》，学林出版社 2002 年版。

41. 徐志摩：《徐志摩散文全篇》，浙江文艺出版社 1991 年版。

42. 中国社科院语言研究所词典编纂室编：《现代汉语词典》第 5 版，商务印书馆 2009 年版。

43. 西慧玲：《西方女性主义与中国女作家批评》，上海社会科学院出版社 2003 年版。

44. 俞兆平：《现代性与五四文学思潮》，厦门大学出版社 2002 年版。

45. 俞剑华：《中国画论类编》，人民美术出版社 1986 年版。

46. 余虹：《革命·审美·解构——20 世纪中国文学理论的现代性和后现代性》，广西师范大学出版社 2001 年版。

47. 张京媛：《当代女性主义文学批评》，北京大学出版社 1995 年版。

48. 赵树勤主编：《女性文化学》，广西师范大学出版社 2006 年版。

49. 郑崇选：《境中之舞——当代消费文化语境中的文学叙事》，上海 华东师范大学出版社 2006 年版。

50. 曾庆元编著：《文艺学原理》，武汉大学出版社 1998 年版。

三 译著

1. ［德］哈贝马斯：《现代性对后现代性》，见周宪主编《文化现代 性精粹读本》，人民大学出版社 2006 年版。

2. ［德］弗里德希利·席勒，张玉能译：《秀美与尊严——席勒艺术 和美学文集》，文化艺术出版社 1996 年版。

3. ［德］黑格尔，朱光潜译：《美学》第 1 卷，商务印书馆 1996 年版。

4. ［德］恩格斯：《家庭、私有制和国家的起源》，《马克思恩格斯选 集》第 4 卷，人民出版社 1995 年版。

5. ［德］马克思：《1844 年经济学哲学手稿》，人民出版社 2000 年版。

6. ［德］盖奥尔格·西美尔，林荣远译：《社会学——关于社会化形 式的研究》，华夏出版社 2004 年版。

7. ［法］西蒙·波伏娃，李强选译：《第二性》，西苑出版社 2004 年版。

8. ［法］让·波德里亚，刘成富、全志刚译：《消费社会》，南京大 学出版社 2001 年版。

9. ［芬］尤卡·格罗瑙，向建华译：《趣味社会学》，南京大学出版 社 2002 年版。

10. ［美］C. E. 布莱克，段小光译：《现代化的动力》，浙江人民出 版社 1989 年版。

11. ［美］马泰·卡林内斯库著，周宪、许钧主编：《现代性的五副 面孔》，商务印书馆 2003 年版。

12. ［美］约瑟芬·多诺万，赵玉春译：《女权主义的知识分子传统》，江苏人民出版社 2003 年版。

13.　［美］坎迪斯·布什奈尔，张淑文译：《口红丛林》，凤凰出版传
　　　媒集团、译林出版社 2009 年版。

14.　［美］阿莉森·贾格尔，孟鑫译，段忠桥主编：《女权主义政治
　　　与人的本质》，高等教育出版社 2009 年版。

15.　［美］C. 莱特·米尔斯：《白领：美国的中产阶级》，南京大学
　　　出版社 2006 年版。

16.　［美］贝尔·胡克斯，晓征、平林译：《女权主义理论——从边
　　　缘到中心》，江苏人民出版社 2001 年版。

17.　［美］M. 艾瑟·哈婷，蒙子、龙天、芝子译：《月亮神话》，上
　　　海文艺出版社 1992 年版。

18.　［美］盖尔·卢宾：《对性的思考：性政治的激进理论笔记》，见
　　　李银河编译《酷儿理论》，时事出版社 2000 年版。

19.　［美］埃琳·肖沃尔特：《女性主义文学批评的革命》，王政、杜
　　　芳琴《社会性别研究选译》，三联书店 1998 年版。

20.　［美］塞缪尔·P. 亨廷顿，王冠华、刘为等译：《变化社会中的
　　　政治秩序》，三联书店 1989 年版。

21.　［希］亚里士多德：《政治学》，商务印书馆 1996 年版。

22.　［英］瓦勒里·布赖森：《女权主义政治引论》，见李银河主编
　　　《妇女：最漫长的革命》，三联书店 1992 年版。

23.　［英］汤普森，钱乘旦等译：《英国工人阶级的形成》，译林出版
　　　社 2001 年版。

24.　［英］玛丽·伊格尔顿编，胡敏、陈彩霞、林树明译：《女权主
　　　义文论》，湖南文艺出版社 1989 年版。

25.　［英］斯图尔特·霍尔，徐亮、陆兴华译：《文化表象与意指实
　　　践》，商务印书馆 2003 年版。

26.　［英］西莉亚·卢瑞，张萍译：《消费文化》，南京大学出版社
　　　2003 年版。

27.　［英］约翰·苏特兰，何文安编译：《畅销书》，上海文化出版社

1988 年版。

28. ［英］齐格蒙特·鲍曼，郭国良、徐建华译：《全球化——人类的后果》，商务印书馆 2001 年版。

29. ［英］索菲亚·孚卡 文，瑞贝卡·怀特 图，王丽译：《后女权主义》，文化艺术出版社 2003 年版。

30. ［英］弗吉尼亚·伍尔夫，王环译：《自己的一间屋》，三联书店 1989 年版。

31. ［英］瓦特，高原、董红钧译：《小说的兴起》，三联书店 1992 年版。

32. ［英］阿兰·德波顿，陈广兴、南治国译：《身份的焦虑》，译文出版社 2007 年版。

33. ［英］尼古拉斯·布宁、余纪元编著：《西方哲学英汉对照词典》，人民出版社 2001 年版。

34. ［以］S. N. 艾森斯塔德，张旅平等译：《现代化：抗拒与变迁》，中国人民大学出版社 1988 年版。

四 博士论文部分

1. 程箐：《20 世纪 90 年代女性都市小说与消费主义文化研究》，华东师范大学，2004 年 4 月。

2. 董斌：《反腐小说的文化意蕴与价值》，兰州大学，2007 年 5 月。

3. 董美珍：《女性主义科学观研究》，复旦大学，2004 年 4 月。

4. 邓利：《论新时期女性主义文学批评发展衍变的历史轨迹》，四川大学，2006 年 3 月。

5. 敬少丽：《女性主义视野下的教育机会均等》，华东师范大学，2006 年 5 月。

6. 林树明：《多维视野中的女性主义文学批评》，四川大学，2003 年 1 月。

7. 刘贺娟：《都市意象的女性主义书写》，辽宁大学，2008 年 5 月。

8. 刘建波：《女性主义视角下先秦两汉文学中的女性形象研究》，山东大学，2008年5月。

9. 林晓云：《第二性的权力话语：论中国当代女性主义文学批评的形态及特征》，复旦大学，2006年4月。

10. 孙桂荣：《消费时代的女性小说与"后女权主义"》，山东师范大学，2004年4月。

11. 王明丽：《中国现代文学生态主义叙事中的女性形象》，兰州大学，2008年6月。

五　硕士论文部分

闫寒英：《女性主义视野中的上海"另类写作"》，贵州师范大学，2004年6月。

六　论文部分

1. 艾尤：《都市文明与女性文学关系论析》，《江西社会科学》2007年第7期。

2. 毕红霞：《20世纪80年代以来中国女性文学批评回顾》，《海南师范大学学报》（社会科学版）2007年第2期。

3. 陈晓明：《城市文学：无法现身的"他者"》，《文艺研究》2006年第1期。

4. 陈晓明：《现代性与文学研究的新视野》，《文学评论》2002年第6期。

5. 陈橙：《中国现代女性文学发展的三个阶段》，《中华文化论坛》2007年第2期。

6. 陈熙涵：《职场小说缺失了什么》，《文汇报》2009年5月7日第1版。

7. 畅引婷：《符号运用策略对女性主义传播效应的影响——以父权制概念的意义阐释为例》，见《妇女/性别理论与实践》（下册），全国妇联妇女研究所谭琳、姜秀花主编，社会科学文献出版社2009年版。

8. 陈光金：《结构、制度、行动的三维整合与当前中国社会和谐问题刍议》,《江苏社会科学》2008 年第 3 期。

9. 代讯:《全球化时代的中国文论何处去》,《文艺理论》2007 年第 3 期。

10. 冯黎明:《文化视域的扩展与文化观念的转型——对当前文化理论创新问题的考察》,《中国文化研究》2010 年第 1 期。

11. 冯黎明:《文化研究:走向后学科时代》,《浙江社会科学》2009 年第 2 期。

12. 方刚:《从男性气概的改造到促进男性参与》,见《妇女/性别理论与实践》(上册),全国妇联妇女研究所谭琳、姜秀花主编,社会科学文献出版社 2009 年版。

13. 葛红兵:《小说类型理论与批评实践》,《文艺理论》2008 年第 12 期。

14. 郭威:《当代中国社会结构转型与回应型法治秩序》,《山东科技大学学报》(社会科学版)2007 年第 4 期。

15. 黄发有:《传媒趣味与文学症候》,《文艺理论》2006 年第 8 期。

16. 贺绍俊:《大众文化影响下的当代文学现象》,《文艺理论》2005 年第 10 期。

17. 黄声波:《权力镜像的拆解与迷局》,《中国文学研究》2007 年第 2 期。

18. 黄洁华:《女性职业发展的理论与实践述评》,《妇女研究》2008 年第 3 期。

19. 贺广明:《中国企业压力管理现状和对策思考》,《中国人力资源开发》2005 年第 10 期。

20. 金文野:《有"性别"的思想》,《学术论坛》2007 年第 12 期。

21. 康长福:《喧嚣的背后:近年来官场小说创作透视》,《齐鲁学刊》2004 年第 3 期。

22. 刊讯:《人文社联手新媒打造"商小说"重引领而非追风头》,《出版广角》2009 年第 5 期。

23. 李建中:《中国文论话语重建的可行性路径》,《文史哲》2010 年第 1 期。

24. 林树明：《女性文学研究、性别诗学与社会学理论》，《贵州社会科学》2007 年第 12 期。

25. 林六辰：《阿瑟·黑利小说中的改革创新意识》，《江汉论坛》2003 年第 8 期。

26. 雷达：《呼唤优秀的政治小说》，《文艺报》2008 年 4 月 10 日。

27. 李长中：《当下文学批评中的热点、难点及反思》，《贵州师范大学学报》（社会科学版）2007 年第 6 期。

28. 龙娟：《自然与女性之隐喻的生态女性主义批评》，《外国文论》2007 年第 1 期。

29. 凌逾：《女性主义叙事学及其中国本土化推进》，《文艺理论》2006 年第 11 期。

30. 梁胜：《中国职场"五领"全调查》，《引鉴与创新》2005 年第 8 期。

31. 刘思谦：《关于母系制与父权制》，《河南大学学报》（社会科学版）2005 年第 5 期。

32. 李世涛：《历史嬗变中的中国审美现代性》，《艺术百家》2011 年第 1 期。

33. 李培林、张翼：《中国中产阶级的规模、认同和社会态度》，《社会》2008 年第 7 期。

34. 卢中原、侯永志：《中国 2020：发展目标和政策取向》，《管理世界》2008 年第 5 期。

35. 马相武：《梁凤仪小说与大众文化》，《中国人民大学学报》1995 年第 1 期。

36. 孟繁华：《政治文化与官场小说》，《粤海风》2002 年第 6 期。

37. 乔以纲：《当身体不再成为"武器"》，《天津师范大学学报》（社会科学版）2008 年第 1 期。

38. 任一鸣：《社会性别与性别诗学——女性（主义）文学批评笔记之二》，《海南师范学院学报》（社会科学版）2004 年第 4 期。

39. 孙文宪：《批判理论和文化研究的"问题意识"》，《西北师范大学学报》（社会科学版）2007 年第 1 期。

40. 孙文宪：《语言转向：从语言学到语言哲学》，《北方论丛》2011 年第 1 期。

41. 孙桂荣：《女性主义的"中国焦虑"及其在消费时代的深化》，《东岳论丛》2007 年第 5 期。

42. 苏海南、常风林：《构建"橄榄型"分配格局》，《时事报告》（大学生版）2010—2011 学年度第 1 期。

43. 唐铁惠：《走向操作性的文艺学——关于当代形态文艺学建设的初步思考》，《文艺争鸣》2008 年 11 月。

44. 唐欣：《道德隐遁的浮世绘》，《山东师范大学学报》（人文社会科学版）2006 年第 4 期。

45. 托娅：《试论梁凤仪小说的女性意识》，《前沿》1995 年第 5 期。

46. 佟新、梁萌：《女大学生就业过程中的性别歧视研究》，见《妇女/性别理论与实践》（下册），全国妇联妇女研究所谭琳、姜秀花主编，社会科学文献出版社 2009 年版。

47. 吴兴明：《"兴"作为一种言语行为——对"兴"的意向结构及效力演变的语用学分析》，《四川大学学报》（哲学社会科学版）2010 年第 2 期。

48. 吴兴明：《文艺研究如何走向主体间性——主体间性讨论中的越界、含混及其他》，《文艺研究》2009 年第 1 期。

49. 温凤霞：《试论"官场小说"的程式化和类型化》，《理论学刊》2006 年第 5 期。

50. 王钦峰：《社会主义与中国文学理论的现代性》，《文艺研究》2008 第 1 期。

51. 王勇：《王强：职场小说是"伪书"》，《中国企业家》2009 年第 17 期

52. 万莲子：《性别：一种可能的审美维度——全球化视域里的"中国性别诗学"导论》，《湘潭大学学报》（哲学社会科学版）2006

年第 1 期。

53. 杨慧：《从月亮神话看性别本质主义》，《文艺理论》2007 年第 3 期。

54. 夏学銮：《大话西游·后现代主义和新新人类》，见《在北大听讲座（第四辑）——思想的光芒》，新世界出版社 2001 年版。

55. 闫东玲：《浅论社会性别主流化与社会性别预算》，见《妇女/性别理论与实践》（上册），全国妇联妇女研究所谭琳、姜秀花主编，社会科学文献出版社 2009 年版。

56. 闫寒英：《消费主义语境下文学生产的方式及悖论》，《长江学术》2010 年第 4 期。

57. 闫寒英：《中国当代职场小说的文化价值》，《求索》2010 年第 6 期。

58. 闫寒英：《女性主义视野中的高校女生德育》，《南华大学学报》2009 年第 6 期。

59. 闫寒英：《中国式审美现代性与网络娱乐文化》，《学习月刊》2010 年第 2 期。

60. 张荣翼：《文学理论中"文学"话题的地位》，《广东社会科学》2010 年第 2 期。

61. 张荣翼：《文学研究状况的转换》，《中国文学研究》2010 年第 1 期。

62. 张荣翼：《语境·问题·思路——当前中国文艺学应予重视的基本方面》，《社会科学》2010 年第 1 期。

63. 张荣翼：《图像化背景与意义的重建——当下文学批评所面对的挑战和应对》，《学习与探索》2009 年第 4 期。

64. 张荣翼：《文学研究的学理规则分析》，《中山大学学报》（社会科学版）2008 年第 6 期。

65. 张荣翼：《文学理论的前设与后验》，《社会科学战线》2008 年第 11 期。

66. 张荣翼：《走向后经典形态的文学批评》，《社会科学》2008 年第

11 期。

67. 张荣翼：《意境、典型和话语权力——论文学研究的基本价值尺度》，《湖南工业大学学报》（社会科学版）2008 年第 5 期。

68. 张荣翼：《两种文学经典的夹缝中——中国现当代文学的文化语境》，《清华大学学报》（哲学社会科学版）2007 年第 5 期。

69. 张荣翼：《中国文学的后发现代性语境》，《学术月刊》2007 年第 1 期。

70. 张荣翼：《文学阐释的问题意识》，《陕西师范大学学报》（哲学社会科学版）2006 年第 3 期。

71. 张荣翼：《文学接受的多重维度》，《重庆社会科学》2006 年第 4 期。

72. 张玉能：《女性主义文论与当代中国文论建设》，《文艺理论研究》2010 年第 1 期。

73. 张翼：《中国当前的婚姻态势及变化趋势》，《人口学与计划生育》2008 年第 3 期。

74. 周文：《"梁凤仪现象"研讨会综述》，《学术研究》1995 年第 1 期。

75. 张静：《职场小说还能走多远》，《文学教育》2009 年第 11 期。

76. 张立新：《将反性骚扰纳入民事立法的议程》，见《妇女/性别理论与实践》（下册），全国妇联妇女研究所谭琳、姜秀花主编，社会科学文献出版社 2009 年版。

77. 郑崇选：《大众文化的阶层区隔与消费逻辑》，《上海文化》2008 年第 3 期。

78. 张颐武、徐刚、徐勇：《职场文化与都市白领的文学想象——关于职场小说的笔谈》，《艺术评论》2010 年第 1 期。

79. 张未民：《中国"新现代性"与新世纪文学的兴起》，《文艺争鸣·理论综合版》2008 年第 2 期。

80. 赵炎秋：《从被看到示看——女性身体写作对意识形态的冲击》，《理论与创作》2007 年第 1 期。

81. 赵炎秋:《生产与生存:男女不平等的终极根源及其解决——重读德·波伏瓦的〈第二性——女人〉》,《湖南文理学院学报》2007 年第 1 期。

82. 赵炎秋:《男女平等的实现与后父权制社会的来临》,《长江学术》2008 年第 3 期。

83. 赵炎秋:《美的意识的自觉——明清批评家对明清小说美学特征的探讨》,《湘潭大学学报》(哲学社会科学版) 2010 年第 6 期。

七 外文

1. Cox E. , Leading Women: Tactics for Making the difference. Random House Australia, Milsons point, NSW, 1996.

2. Daniel Bell, The end of ideology, Harvard University press, 1988.

3. Hsin-Huang Michael Hsiao, Discovery of the Middle Classes in East A-sia. the Institute of Ethnology, Academia Sinica, Nankang, Taipei, Taiwan, 1993.

4. K. K. Ruthven, Feminist Literary Studies: An Introduction, Cambridge University Press, 1984.

5. Laura W. Stein, Sexual Harassment inAmerica: A Documentary History, Greenwood Press, 1999.

6. Seymour Martin Lipset, Political Man: The social Bases of politics, Anchor books, 1963.

7. Stanley Krippner, Ann Mortifee, David Feinstein: New Myths for the New Millennium,《思维模式》,黄雄主编,武汉大学出版社 2007 年版。

八 网站

1. 中国社会科学院报告:《经济影响日升,中产阶级占总人口两成,2020 年达 40%》,http://www.blogchina.com/new/display/27278.html。

2. 孙立平:《中产阶层与社会和谐》,http://www.eeo.com.cn/poli-

tics/eeo-special/2007/05/07/60355. html。

3. 《漫画人物呆伯特：把你的白领立起来！》，http：//news. eastday. com/epublish/gb/paper148/20020926/class014800013/hwz781189. htm。

4. 《呆伯特企管漫画：我笨，所以我是老板》，http：//book. sina. com. cn/new/n/2003 – 09 – 28 日 18：32。

5. 《职场小说：捷径还是弯路?》，中工网——《工人日报》，发布时间：2009 年 6 月 5 日 13 时 46 分。

6. 《〈做单〉——前 IBM 金牌销售胡震生访谈》：北发图书网——北发图书访谈时间，2009 年 8 月 15 日。

7. 《职场小说的价值曲线》，中国网 china. com. cn，2009 – 08 – 13。

8. 《出版界争相竞逐职场小说〈争锋〉版权》，中国新闻网，2009 年 10 月 28 日 16：31。

附　录

女性主义视野中的上海
"另类写作"个案研究

——以卫慧、棉棉为例[*]

　　二十世纪末，中国文坛兴起一股"七十年代以后"写作风。"七十年代以后"这一概念最早见于南京的民间文学刊物《黑蓝》1996年2月号。而后，《小说界》《芙蓉》《山花》《作家》等杂志，相继推出"七十年代作家""七十年代女作家"专栏，数十位生于70年代的作家脱颖而出。这一创作群体的主要作家大多生活在中国经济和文化最为发达的江南都市，他们敏锐地抓住了几乎与之同龄的城市新人类作为自己的描摹对象，表现他们的生活方式和价值趋向，从而成了一种新时尚和新的价值观的代言人，因此他们的写作被称为"另类写作"。在这群"另类作家"中，"美女作家"们尤其引人注目：棉棉、卫慧、朱文颖、弥红、周洁茹、魏微、赵彦、金仁顺、戴来等一大批年轻女作家的身姿活跃在文坛上。她们描写了一群城市边缘人的灰色人生和精神迷乱，反映了某一另类女性城市化生存的重要命题。其中最具影响力的卫慧、棉棉均是上海女作家，她们小说中人物的活动场景也常发生在上海。考虑到上海是中国最大的经济、金融、商业中心，是外商投资最活跃的空间，它的"西化"程度远大于其他城市，因而受西方后现代文化的影响也就自然大于其他城市。再加上曾经的殖民色彩，固有的海派文化传统，我们就不难理解有代表性的

---

* 本文节选自闫寒英的硕士毕业论文《女性主义视野中的上海"另类写作"》。

"另类女作家"会集中在上海。卫慧、棉棉的上海写作都对中国转型期的"新女性"的"另类人生"作出了表达。她们的写作在形式上有一些共同点，比如直白、大胆，频频使用酒吧、性、海洛因等写作符号，作品中充斥着感伤颓靡情调等。但她们在思想上却存在着较大的分野，把异质思想混合在一起谈论容易使人对"另类写作"的判断出现简单化的倾向。以下将从女性主义视角对卫慧、棉棉的写作进行基于具体文本的剖析，以期在客观的、具象的分析中呈现卫慧、棉棉写作迥异的思想维度，从而对"另类女性写作"内部的分化性、思想上的等级性有一个明确认识。

一　享乐主义者的欲望之旅——卫慧的"身体姿态"写作

卫慧，1972年出生于浙江余姚。1991年到上海，1995年毕业于复旦大学中文系，有《蝴蝶的尖叫》《水中的处女》《像卫慧那样疯狂》《欲望手枪》《上海宝贝》等小说集出版，其中《上海宝贝》最能体现其写作风格与思想。

"身体姿态"是笔者由卫慧小说概括而出的一个词语。"姿态"在现代汉词典中有两层含义，一是姿势，即样儿；二是态度。这里用的是前一种含义：亮出某种身体造型，像照相那样摆个有特色的"pose"，以赢得众人喝彩与自我陶醉。此间含有强烈的展示欲与表演欲，用时下流行的说法就是"作秀"。只不过此一"作秀"已延伸到了一个过去为人们所禁忌的领域——性。披上性这件惊人的外衣，像个模特那样走上T形舞台，在水银灯下隆重登场，让人群的目光聚焦于此，从而在别人的眼光中印证自我的存在与独特。"身体姿态"写作说到底是一种极度不自信的写作。要依赖某件道具（具体而言是性这件道具）才能使写作吸引读者的目光。性因为成了道具，从而从主体的身体与灵魂中剥离，成为一种孤独的书写。如：

> 酒精凉丝丝的感觉和他温热的舌混在一起，使我要昏厥，能
> 感觉到有股股汁液从子宫里流出来，然后他就进入了，大得吓人
> 的器官使我觉得微微的胀痛……①

这纯然是一种照相似的客观写实，一种生理现象的解剖，一种外在的描写，与女性主体的身体激情，心灵波动毫无关联。

> 他的阴茎旋转抽升的感觉像带着小鸟的翅膀……他仔细耐心
> 地教我如何分别阴蒂性高潮与阴道性高潮，有好几次他总让我同
> 时获得这两种高潮。②

同样只令人联想到某本性交大全之类的科普读物所传授的知识，而了无性爱的激情与生命力。

总之，卫慧对于"性"的描写是外在的，是与女性主体的身心体验相剥离的。其间充斥了"器官""子宫""阴茎""抽升"等生殖科大夫常用的术语；却一丁点也让人感觉不到女性对性爱欢悦的细腻体验和心灵震颤，一丁点也感受不到性爱的诗性力量。缺乏诗性的性爱描写实际上已经剔除了爱，只留下冷漠僵硬的性，因而失去了生命力，失去了让人怦然心动的力量。

我们不妨再来看那种追寻灵魂秘密的经典性爱描写、经典的女性性体验描写：

> 她里面有一种新奇的、惊心动魄的东西，在波动着醒了转
> 来。波动着，好像轻柔的火焰的轻扑，轻柔得像毛羽一样，向着
> 光辉的顶点直奔，美妙地，美妙地，把她溶解，把她整个内部溶
> 解了，那好像是钟点一样，一波一波地登峰造极。她躺着，不自

---

① 卫慧：《上海宝贝》，《卫慧精品集》，时代文艺出版社2000年版，第46页。
② 同上书，第79页。

觉地发着狂野的，细微的呻吟，呻吟到最后。①

比较一下便可看出真正诗性的性爱描写令人肃然起敬而不会产生猥亵的意念。而"身体姿势"式的性爱描写容易产生负面的联想效应。生理解剖式的直白再搭配上作者对于心目中理想的性爱对象的描写：

> 一个非常漂亮的男人走过来，他漂亮得令人心疼，令人怕自己会喜欢上他但又怕遭其拒绝。他有光滑的皮肤、高高的个子，做成乱草般往上竖的发亮的头发，眼睛迷人如烟如诗，看人的时候，会做出狐狸般的眼神，就叫做"狐视"，五官有波西米亚人般的挺拔和摄魂。②

能让人清楚地看到卫慧写作的"身体姿态"性。

性爱对象对于女主人公的魅力完全源乎其容貌、穿着乃至血统等"硬件"，而与其品德、知性、思想等内在因素无关。我们只看到一个个漂亮的、性技巧高超的"男芭比娃娃"，而丝毫感觉不到他们的性感与雄壮。这实际上与传统的男性中心主义的文学作品对理想的女性性对象的描写落入了同一窠臼。这不啻类似于林树明教授在其著作《女性主义文学批评在中国》中所指出唐传奇中男性对女性描写：

> 她们多有丰艳的肉身、迷人的姿容、芳香的脂粉、温顺的举止、超群的诗才，为男人们的各种"本质力量"的对象化提供基础。③

卫慧作品中对男性性对象的描写也是从物的，玩乐的角度出发，

---

① 劳伦斯：《查太莱夫人的情人》，海南人民出版社 1993 年版，第 190—191 页。
② 卫慧：《上海宝贝》，《卫慧精品集》，时代文艺出版社 2000 年版，第 81 页。
③ 林树明：《女性主义文学批评在中国》，贵州人民出版社 1995 年版，第 166 页。

主要是为女主人公的各种"本质力量"的对象化提供基础。这反映了作者错位的女性观，也更进一步印证了笔者对其所作的"身体姿态"写作的定位。

通过对卫慧的一系列小说，《上海宝贝》《蝴蝶的尖叫》《水中的处女》《像卫慧那样疯狂》《欲望手枪》《愈夜愈美丽》《床上的月亮》《甜蜜蜜》等的阅读，笔者总结出其小说内容的如下特点：

1. 小说主人公有钱有闲，皆是生活方式西化的时尚一族。

卫慧的小说中的男女主人公永远有一个神秘的、定居国外的出手阔绰的父亲（母亲），或是一些主动支援的朋友，反正无须为钱发愁。《上海宝贝》中"CoCo"的男友"天天"的妈妈住在西班牙，和一个当地的男人同居并开着一家中餐馆，靠着卖龙虾和中国馄饨赚了许多钱。天天说："我妈妈每年都给我寄很多钱，我一直靠这些钱生活。"[1] 还有其他作品中的主人公们，如《甜蜜蜜》中的"我"——"我再也不能长久地待在房间里我的生活永远在路上了，飞机就是我的翅膀，我的爸爸很有钱，我的妈妈挺漂亮，所以我一直都在飞。"[2] 又如《黑夜温柔》中的"温亮"——"我并不太缺钱花，外祖母留给我的那份财产能让我维持一种朴素得体的生活，至少一年之内我的生计问题没有麻烦。"[3] ……

因为无须为钱发愁，又因为用这些钱用得心安理得，所以主人公们过着优雅脱俗的时尚生活：有从 IKEA 买来的布沙发，施特劳斯牌钢琴，七星牌香烟，"三得利"牌汽水、"德芙"黑巧克力、Chanel长裙、Gucci 西装，自然还有外国白领情人……有钱有闲有情人就有资本快乐地放纵一把。

《上海宝贝》中的宝贝"天天"过着如下的生栝：

他在床上看书、看影碟、抽烟、思考生与死、灵与肉的问

① 卫慧：《上海宝贝》，《卫慧精品集》，时代文艺出版社 2000 年版，第 3 页。
② 卫慧：《甜蜜蜜》，《卫慧精品集》，时代文艺出版社 2000 年版，第 305 页。
③ 卫慧：《黑夜温柔》，《卫慧精品集》，时代文艺出版社 2000 年版，第 351 页。

题、打声讯电话、玩电脑游戏或者睡觉，剩下来的时间用来画画、陪我散步、吃饭、购物、逛书店和音像店，坐咖啡馆、去银行，需要钱的时候他去邮局用漂亮的蓝色信封给妈妈寄信。①

而在广州做过妈咪，死了丈夫的富孀马当娜则骄傲地说道：

> 有空儿来我家好了，唱歌、跳舞、打牌、喝酒，还有各种奇怪的人可以让你人间蒸发。我住的屋子前阵子刚装修过，光灯具和音响就花了 50 万港币，比上海有些夜总会还牛 X……②

很明显，这种所谓时尚的生活状态实际上是一种寄生状态。但作者显然是带着优越感加艳羡感来描摹这种生活方式的。

2. 对于两性关系，女主人公们奉行性爱二分法。

《上海宝贝》讲述了一个叫"倪可"（又名"CoCo"）的 25 岁的女人与纯洁、诗意然而性功能有障碍的大男孩"天天"的恋爱，以及与风度翩翩、性功能强大且技巧高超的德国男人"马克"之间的欲望之旅。对于倪可，作者是想把她当作一个英雄，一个在男女关系中处于强势地位，对爱情与性的关系把握得很透彻从而也就处理得游刃有余的魅力主角，一个有着女权主义意识的叛逆女性来歌颂的。然而倪可本身的行为叙事却在客观上向读者传达了她的真实面目：一个玩世不恭，游戏感情，放纵情欲的空心玻璃人。倪可爱着小海豚般纯洁的天天，但天天在性功能方面有障碍，于是倪可转而从德国男人马克那儿得到性满足。作者替倪可表白道：

> 米兰·昆德拉在《生命不能承受之轻》中创造了经典的爱情论语，"同女人做爱和同女人睡觉是两种互不相干的感情，前

---

① 卫慧：《上海宝贝》，《卫慧精品集》，时代文艺出版社 2000 年版，第 4 页。
② 同上书，第 9 页。

者是情欲——感官享受，后者是爱情——相濡以沫。"一开始我并不知道这样的情景会发生在我身土，然而接下去发生的一连串事和出现的另一个男人却证实了这一点。①

女主角正是用米兰·昆德拉的爱情论语——一种男权中心的理论来为自己的行为作辩护的。倪可宣称与天天之间是灵魂之爱，而与马克的关系则是：

> 我想我至今还不清楚在他眼里的我是什么样的角色，但没关系，他不会为我离婚不会为我破产，我也没有向他献出所有的光所有的热，生活就是这样，在力比多的释放和男女权力的转移中消磨掉日日年年的。②

——俨然一副游戏人生、对感情不负责任的态度。然而女主角并不为自己感到羞愧，相反为自己能做到如此"潇洒"而沾沾自喜。她对自己的总结是：

> 辞掉一份工作，离开一个人，丢掉一个东西，这种背弃行为对像我这样的女孩来说几乎是一种生活本能，易如反掌。从一个目标漂移到另一个目标，尽情操练，保持活力。③

再看《像卫慧那样疯狂》中"我"的感情故事："我"与自由职业者"马克"相识相恋并同居，"我们"是相爱的一对。然而当马克提出结婚时，"我"拒绝了。于是"他变得生气起来，人们一般都有这样的常识，一对同居的男女中如果有人迫不及待地提议结婚那么这人几乎肯定是女的，而我跟他之间却奇怪地颠倒了，是因为他的钱

---

① 卫慧：《上海宝贝》，《卫慧精品集》，时代文艺出版社 2000 年版，第 5 页。
② 同上书，第 75 页。
③ 同上书，第 17 页。

不够多吗?"① 最终马克决定与另一个女人结婚，过安定的生活，表示不再与"我"见面，然而"我的脑袋开始乱了……说这没有什么障碍，只要我们依然相爱，我们应该继续约会……现代社会有铺天盖地的自由，婚姻不再有任何权威性，一切可以以爱的名义进行……"②由此可见，"我"其实是个混乱、含糊、软弱，想证明什么又不知道要去证明什么的人，一个不去思考爱情从而也就注定不懂得爱情的人。但作者依然把"我"当作一个英雄来吟唱，如：

> 她（"我"的好友阿碧）总是把我当成某种偶像，我在情感灾难面前能够岿然不动，我有一张柔和天真的脸，一颗铁石包裹的心，以及所有孜孜以求的梦想，这些构成了我的气质，老于世故与热情浪漫。她由此而迷恋我。我是她的英雄，必要时总是与她并肩而立，同仇敌忾。③

读到这，清醒的读者只好嗤之以鼻了。奉行性爱两分法，本是男性们在两性关系中常常步入的一个误区，一个该被纠正的误区，而作者却把它当作一件颠覆男权的法宝，挪用到了对时代"新女性"的塑造上。这样造出的女性形象毫无个性可言，是矛盾的，不可爱的。

3. 女主人公为表演而"作"的写作。

在私人化的叙事、半自传的小说中，作者的写作思想往往借小说中那个写作者，常常也就是小说中的主人公来传达。我认为卫慧小说中的女主人公的写作具有强烈的表演性。这实际上也吻合了此前对卫慧所做的"身体姿态"写作的定位。女主人公为表演而作体现在两方面。

一是写作动机方面的表演性。

---

① 卫慧：《像卫慧那样疯狂》，《卫慧精品集》，时代文艺出版社 2000 年版，第 544 页。

② 同上书，第 566 页。

③ 同上书，第 504 页。

作者在《上海宝贝》的开篇写道：

> 每天早晨睁开眼睛，我就想做点什么惹人注目的了不起的
> 事，想象自己有朝一日如绚烂的烟花噼里啪啦升起在城市上空，
> 几乎成了我的一种生活理想，一种值得活下去的理由。①

烟花具有光芒夺目但转瞬即逝的特性，可见女主角只在乎拥有刺
眼的短暂光芒而不在乎是否拥有长久的生命力。这充分体现了其面对
生活的表演欲望。女主角渴望着出人头地，在她看来，最好的捷径便
是通过写作：

> 也正是我的祖母预言了我会成为舞文弄墨的才女，文曲星照
> 在我头顶，墨水充满了我的肚子，她说我终将出人头地。②

写作在女主角眼中不再具有神圣性，不再是纯精神的产物，只是
成了谋生的手段，成了可以成就自我的一次商业契机，一个获取名利
的机会：

> 我 25 岁了，我要成为作家，虽然这个职业现在挺过时的，
> 但我会让写作变得很酷很时髦。③

写作更成为展示自己、成就自己表演欲的一个舞台：

> 开始写作，通向梦境和爱欲之旅的尽头。用毫无瑕疵的叙述
> 完成一篇篇美丽的小说，在故事的开场、悬念、高潮、结局巧用

---

① 卫慧：《上海宝贝》，《卫慧精品集》，时代文艺出版社 2000 年版，第 1 页。
② 同上书，第 14 页。
③ 同上书，第 15 页。

心机、煽情至极，像世界最棒的歌手那样站在世界之巅大声放歌。①

　　可见女主人公在写作动机上具有强烈的表演性与功利性：想通过写作来成就自己的明星生涯。除了想成名，这种女性写作还有一点也颇应引人注意，那就是女主角之所以写作，有一个重要的推动力量：男人。倪可是为天天而写作的，因为天天喜欢她写作，写作使她显得有个性，显得与众不同：

　　　　我知道我肯定会回到上海继续写下去的。天天喜欢我那样子，我也清楚我只能那样子，否则我会失去很多人的爱，包括我自己的。只有写作才能让我跟其他平庸而讨厌的人区别开来，让我与众不同，让我从波西米亚玫瑰的灰烬中死而复生。②

　　更重要的是，女主角认为写作能帮她控制男人，获得男人的青睐：

　　　　她是来自陌生花园里的一尊塑像，他迷恋她，但却根本把握不住她。她是流动不安的，她操纵着文字同样操纵着他人感情，他心甘情愿地受控于她。③

　　作者在字里行间似乎流露着这样的寓意：写作的女人是有魅力的，尤其是美女作家，她不仅有美的外表，还有着不凡的头脑，而这对男人是异常有吸引力的，能帮她赢得爱情，控制男人。写作成了女主角提高自我身价的武器，或者说成了增添美色与性感度的首饰。这

---

　　①　卫慧：《上海宝贝》，《卫慧精品集》，时代文艺出版社 2000 年版，第 17 页。
　　②　同上书，第 84 页。
　　③　卫慧：《像卫慧那样疯狂》，《卫慧精品集》，时代文艺出版社 2000 年版，第 526页。

是对写作神圣性的一种亵渎。

二是写作方式上的表演性。

《上海宝贝》中的女主角倪可是一个历经多种职业，最后坐下来操弄文字的女人。她坐下来写字前都预先涂指甲，描眼线，搽极暗的口红，喷品质不错的香水，靠右手边放上凉开水、烟，水果还有几本玛格利特、达利、杜桑、米罗的超现实主义画册，一面精美的小镜子等。也就是说她得人为地制造一下写作环境，渲染一番写作气氛，像个演员那样酝酿着进入角色。而她自己也坦言：

> 写作前的种种精心酝酿、烦琐准备无疑就具备意识假设性邀请的条件。这与手淫前闭上眼睛进行的艰难想象没有差别，都以使自己心甘情愿地上钩为目的。①

写作前要有气氛，而写作过程则被女主角视为一场文字游戏：

> 小说里，一个故事接着一个故事，一支枪接着一支枪，欲望以每小时 200 公里的时速碾过稿纸，把每一个字变成一场游戏，保持游戏的方法就是不停地破坏和背叛，破坏信息之间的连贯，背叛已有的虚构和存在，静静地等待上帝的到来。②

由此可见，写作并不是一种发自内心的激情喷涌，而是在人为地酝酿气氛，进入"做戏"状态，或者说想玩一场游戏，缺乏鲜活的感情。再看女主人公是如何寻找写作灵感的吧：

> 没有思想，那也没关系，打个电话带上几百块油污发黑的人民币找个床单白得刺眼的房间。给身体充电把头脑挖空，思想就

---

① 卫慧：《像卫慧那样疯狂》，《卫慧精品集》，时代文艺出版社 2000 年版，第 530 页。

② 卫慧：《欲望手枪》，《卫慧精品集》，时代文艺出版社 2000 年版，第 272 页。

会在黑暗中悬浮翻跃。①

笔者不由循声暗问：这也叫"思想"吗，这应该说是以身体姿态诱发的某种妄想症吧。

写作动机与写作方式上的表演性已经运行到了卫慧的写作实践中，使她的写作缺乏个性与生命力。

4. 女主人公的哲学观——人生虚无，且及时行乐。

要说卫慧的小说完全囿于个人情感层，要说她除了作秀以外就毫无思想了，显然也是不公正的。对人生她其实也有着形而上的思考，但得出的结论却很消极。首先她是个悲观的宿命论者，认定人生虚无，面对命运人类无所作为：

> 人改变不了什么东西，甚至改变不了自己。人只能做一件事——打开灵魂的窗户，是的，打开窗户，接受生活的所有馈赠，接受痛苦接受欲望接受毁灭。人惟一的创造只是在于面对命运的态度，哭哭啼啼，还是心花怒放。②

作者自作聪明地告诉大家：既然人注定改变不了什么，那就索性什么都别改变吧。以一种麻木的态度对待命运，以一种随遇而安的心态面对生活：

> 尽管这种无可无不可的模糊态度能使你脸红，但生活真正让你倍感激动、倍感欣喜的，也许就是随遇而安、不停地尝试的那一小部分。③

---

① 卫慧：《像卫慧那样疯狂》，《卫慧精品集》，时代文艺出版社 2000 年版，第 559 页。

② 同上书，第 500 页。

③ 卫慧：《欲望手枪》，《卫慧精品集》，时代文艺出版社 2000 年版，第 260 页。

女主人公自己也承认这种态度能让人"脸红",但"脸红"又如何,"脸红"也不怕。隐隐流露出一股"痞子"作风。

其次,在悲观、痞子作风的基础上,作者劝说人们放弃价值评判:

> 对于我来说,在一些捉摸不定、无法言明的东西中寻找一种激情,是一条好的出路,是一剂吗啡,是狂欢的前奏。①

那些"捉摸不定、无法言明的东西"究竟是什么,是邪恶的还是健康的?作者显然不屑于对此做出价值评判,"无法言明"自然包括无法言明对错是非。人一旦放弃了价值评判,放弃了精神追求,就极易堕入到现世享乐主义哲学当中,成为"随欲而安"一族:

> 我们的想法太多,实现的可能太少,这种障碍使我们的热情只关注那把短暂的欲望之火,我们对生活的全部追求,也许就是一堆书、一堆梦和成群结队的姑娘。②

可见,放逐理想的现世享乐主义哲学正是作者人生观的要旨。

作者沉溺于顾影自怜的宿命情境中,而且为这种自溺自鸣得意,以为像她的前辈张爱玲那样在这个世界上找到了生存的智慧。她似乎看到了年轻人的某些问题、某些障碍,却无意朝跨越的方向努力,青春的敢于创新世界的朝气在此荡然无存。她的思想体现的显然是只着眼于当下的寻欢作乐者、弱者、逃避者的生存哲学。

至此,笔者对卫慧小说中女主人公的生活方式、两性观、写作观以及人生观做了一个简单的概括。虽然作家在其作品中表达的观点并不一定代表他自己的观点,有时恰恰需要通过表达来进行批判,但卫

---

① 卫慧:《像卫慧那样疯狂》,《卫慧精品集》,时代文艺出版社 2000 年版,第 491 页。

② 同上书,第 572 页。

慧的写作，显然渗透着一种欣赏、沉醉而非批判的情调。

二 青春成长的痛之恋——棉棉的"身体写作"

棉棉，原名王莘，1970 年出生于上海。16 岁开始写小说，曾被陈村称赞很有才华。曾吸毒，1995 年回上海养病、写作。小说集《啦啦啦》已在中国香港、德国、意大利出版。

首先必须把"身体写作"与上节提到过的卫慧的"身体姿态"写作区分开来："身体姿态"写作是利用身体尤其是"性"来进行表演的写作方式；而"身体写作"是对生命体验的表达，意味着以感同身受的方式对人的生命感觉作全方位的提取与把握。身体活动具有身/心一体化的特点，是包含着思想与精神维度的一种整体性的感觉活动。西班牙著名哲学家乌纳穆诺说道："感觉自己存在，这比知道自己存在具有更大的意义。"① 所以"身体写作"是一种有生命感的诗性写作。它是通过性别矛盾中权力与欲望、压抑与反抗的故事，通过带入隐私、身体、知识、书写与存在等方面的观念，通过无历史书写（"空白之页"）的临时语境，从女性之躯的灵肉中"逼"出的一种新的现代书写策略。这种写作方式对女性写作的意义非常重大，因为现成的话语方式一直被打上了男权文化的烙印，女性群体长期以来作为被言说者，沉默者，不仅被剥夺了话语权，也被剥夺了言语方式。所以她们要采用"身体写作"来突围。"身体写作"论的倡导者——法国女性主义批评家埃莱娜·西苏说道：

> 写你自己。必须让人们听到你的身体。只有到那时，潜意识的巨大源泉才会喷涌。我们的气息将布满全世界，不用美元，无法估量的价值将改变老一套的规矩。……她不是在"讲话"，她将自己颤抖的身体抛向前去；她毫不约束自己；她在飞翔；她的

---

① 乌纳穆诺：《生命的悲剧意识》，北方文艺出版社 1987 年版，第 102 页。

一切都汇入她的声音，……她通过身体将自己的想法物质化了；
她用自己的肉体表达自己的思想。①

可见，是否有生命感有思想性是"身体写作"与"身体姿态"
写作的本质区别。综观西苏的"用身体书写"理论，可以概括出以
下两点：

　　一、女性的身体并非"肉体"，它摄纳了重要的女性生理/
心理/文化信息；二、"用身体书写"并非是对语言符号的抛弃，
用词语书写是妇女的存在及自救方式，是女性互爱的表现。②

而棉棉的文本之所以可称为"身体写作"恰在于她暗合了西苏
的"用身体书写"理论。首先，她对于男人、两性关系的描写摄纳
了重要的女性生理/心理/文化信息，如：

　　这个男人似乎是我期待已久的，他令我兴奋，他能够令我在
他面前赤裸，与他亲密，却无法令我从容，令我温馨，令我
性感。③

作者诉说着女性对与男人交往的独特感受：外在层面的兴奋、赤
裸、亲密，并不等同于内在层面的从容、温馨、性感。在两性关系或
者说性关系中，女人更看重内在的心灵感受，总希望生理层面的体验
能与心理层面的体验相容相纳。

---

① 西苏：《美杜莎的笑声》，载张京媛主编《当代女性主义文学批评》，北京大学出
版社1992年版，第194—195页。
② 林树明：《身/心二元对立的诗意超越——埃莱娜·西苏"女性书写"论辨析》，
《外国文学评论》2000年第2期。
③ 棉棉：《糖》，中国戏剧出版社2000年版，第25页。

　　我吻他，吻尽这颗潮湿的灵魂，让他生命的大门从此关闭。他是我唯一的男人，现在，他是我的孩子，我要把他从里到外翻转过来，老天，让所有的抚摸化为诅咒，抚摸他的全部，就像无尽的温柔，直到他清楚地对我低语："我爱你到死！"①

作者诉说着女性对情爱的执着，对爱人"抚摸"与"诅咒"、爱与恨相交织的复杂情感。在女人这里，爱是唯一的，可以与死相连。

　　赛宁离开我已有三年，他是我流不出的眼泪说不出的话；他是我镜中的魔鬼笑容里的恐惧；他是我死去的美丽，是我拥有了就不再拥有的爱情。②

作者诉说着失去恋人与爱情后，欲罢不能的心灵障碍、莫名的情绪恐慌以及某种决绝的感伤情致。总之，作者对两性关系的描写是与特有的女性心理文化联系在一起的。

其次，写作对作者而言是一种存在与自救的方式，如：

　　我只是在表达，其实谁都没必要看别人表达什么，我绝对没有利用我的写作来获得什么写作以外的东西，写作是我活下去的力量，是一个有感觉的动作，是一种爱，是一件最简单的事情，最简单的事情可以赐我自由。③

这很容易让人想到西苏对于女性写作意义的论述：

　　写作乃是一个生命与拯救的问题。写作像影子一样追随着生命，延伸着生命，倾听着生命，铭记着生命。写作乃是一个终人

---

① 棉棉：《糖》，中国戏剧出版社2000年版，第41页。
② 同上书，第108页。
③ 同上书，第264页。

之一生一刻也不放弃对生命的观照问题。①

　　而且棉棉的写作也有救助他人的倾向，在其小说《糖》的扉页上写着："给我所有失踪的朋友"。她代表与她有类似经历的朋友，以真实的身体反应对生命做出沉重的呼吸。

　　总之，棉棉的写作堪称"身体写作"，最先对棉棉作出如此定位的是评论家葛红兵，他认为她的书写很有身体的律动节奏。而作为教育部立项课题《边缘诗学》的最终成果的著作《边缘叙事——20 世纪中国女性小说个案批评》（作者徐岱），也给予棉棉"身体写作"较高评价。

　　棉棉于 2000 年 1 月出版的长篇小说《糖》描述了"问题女孩""我"于 19 岁时在酒吧认识了"问题男孩"赛宁，从此开始了他们长达十年的"残酷的青春"之恋。作者带着坚定的自信、被激情淹没后的青春触痛，充满着自省和控制，构造了一个"问题女孩"对自由、失控、爱及身体的认知过程。这部小说实际上是她以前的一些作品，如《啦啦啦》《我们害怕》《一个病人》《盐酸情人》……的一个合集。因而研究棉棉的小说，以《糖》为契入点和重心是能够较客观反映其写作特点的。笔者认为棉棉的小说内容有如下特点：

　　1. 女主人公的写作与拯救有关。

　　在《糖》的序言里，棉棉如是说道：

　　　　我创造着我的甜心，我看着他离我越来越近，他永远的脆弱是他永远的甜美。这本书，是一些我曾经流不出的眼泪，一些笑容里的恐惧。这本书，是因为某个黎明，我告诉自己必须把所有的恐惧和垃圾吃下去，必须让所有的恐惧和垃圾在我这里变成糖，因为我知道，这是为什么你们会爱我。②

----

① 西苏：《美杜莎的笑声》，载张京媛主编《当代女性主义文学批评》，北京大学出版社 1992 年版，第 219 页。
② 棉棉：《关于〈糖〉之四》，《糖》，中国戏剧出版社 2000 年版，序言部分。

这可视为棉棉的写作宣言吧。在小说中，棉棉继续说道：

> 我把我和赛宁的故事写了一些出来，我不得不写，写作带着
> 医生的使命进入我的生活。……我走过了一条又一条的公路，我
> 来到一条河边，天空把一支笔放在了我手中，于是天空被点亮
> 了，被点亮的天空照亮了我的废墟，照亮了我的祈祷，我决定
> 把这条河流作为我的家，我想我所有的疑惑都可以在这里被慢慢
> 冲走。这个时候，我告诉我自己：你可以做一名赤裸裸的
> 作家。①

可见，对于棉棉而言，写作是一种救助，一种疗伤的方式。那些
文字是从她体内不得不喷涌而出的东西，是她自己的需要释放的东
西，也是那些跟她有着共鸣的新人类们需要释放的东西。显然棉棉的
愿望是良好的，她不是个暴露狂，她只是，或者说她是想使自己和相
类的朋友们通过释放获得新生，就像凤凰涅槃那样。

2. 在放纵的身体表象下，女主人公追求性爱合一。

棉棉在《糖》中描述了"我"与赛宁长达十年的残酷的青春之
恋。"我"与赛宁一见钟情：

> 他眼中赤裸的天真令我迷惑。他长着一张常年被雨淋的脸，
> 从此我再也无法把自己的目光从那一刻的那张脸上移开，我甚至
> 认为我之所以活到今天，是因为我相信那张脸，就是相信那
> 张脸。②

开始是年少时无理性的爱情冲动：

---

① 棉棉：《糖》，中国戏剧出版社 2000 年版，第 119—120 页。
② 同上书，第 269 页。

　　爱就是我无法克制地对你调动我所有的眼神、动作、气味，让你永远记住我，并且带给我快乐，你给了我，我就为我们两个感动。我相信我的身体，我最相信我自己的身体，无限真理隐藏在我的身体里。我需要活在感动之中。①

最后则愿意为爱全心付出，对完整爱情心存执拗的向往：

　　我觉着我是那么地爱他，爱的感觉挡也挡不住。我只是一个缺乏安全感的伤心女孩，天空降临的颜色，总是让我无法看清眼前的颜色，我对自己都不了解。但我怎能抵挡对这个男人的渴望呢？我想无论他怎么对我，我都爱他，反正我就是要和他粘在一起，如果有那么一天，我愿意为他去死。②

　　我说我要你是我的男朋友我要那种叫爱情的东西。③

也有因爱，因爱人的背叛带来的伤害与困惑：

　　这个混蛋就这么把我给赶走了，他是强盗，把时间和生命从我体内抽走，毫不客气。④

　　想到赛宁为别的女孩买唱片，我就发抖，我发抖的时候总是危险的。我总是在相信也许我一生都无法得到的爱，我为自己感到心寒。⑤

---

① 棉棉：《糖》，中国戏剧出版社 2000 年版，第 132 页。
② 同上书，第 47 页。
③ 同上书，第 26 页。
④ 同上。
⑤ 同上书，第 34 页。

"我"因失去爱情而绝望下坠：

　　1994 年的春节，我突然预感到我的赛宁再也不会回来了。我变得无比固执起来。我几乎毫不犹豫地选择了海洛因，我通过它和赛宁约会，我对自己说你去死吧你完了。①

到最后，"我"心平气和地对爱情进行审视：

　　我们偶尔亲吻，但谁也不想做爱。谁也不知道爱情是什么了，这种爱更像一种亲情，它支撑着飞不起的身体，在感受到这点的时候，我第一次觉得自己长大了，长大的感觉挺没劲的，而爱是怎么溜走的呢？我想不通。②

棉棉以切肤之痛记录了"我"在情爱征途上对男人、对爱情的感觉、对自我在这两性关系里位置的体认。在这一过程中，"我"在挣扎：

　　我有时也会对自己说你才 22 岁，你不可以如此依赖一个男人，你将来还有很多路要走，这样生活对你的成长是不利的。但是我没办法，我抗拒不了。③

　　你长着完美的器官，但你是个绝对不懂得爱的废物。性感的、疯狂的、诗意的、自私的音乐家，为这个男人发疯的我已经死了。④

---

①　棉棉：《糖》，中国戏剧出版社 2000 年版，第 76 页。
②　同上书，第 73—74 页。
③　同上书，第 40 页。
④　同上书，第 266 页。

最后，"我"对赛宁的爱似乎已没有了，但这随之又带来了一个矛盾。那就是在体验过失控的爱情后，"我"是那么渴望一份正常有序的爱恋，尽管这份渴望不可避免地会夹杂因曾受伤而带来的恐惧与矛盾，如：

> 我想我不太可能再恋爱了，但我想有个男人，我想有正常的恋爱，可一想到男人，我就一片混乱。①

我甚至想尝试刻意去营造爱情：

> 我突然觉得我似乎在等着自己爱上他，我也许一直是因为这点而迁就他。想到这点，一种甜甜的情绪荡漾开来，那根脆弱的神经开始痉挛，我的心不再那么空空荡荡。②

总之，在对待男性、对待爱情的态度上，女主人公是那么渴望真实地爱上一个男人，同时也取得一份真实的爱。她也有些放纵性，但这种放纵或多或少是基于她向往的爱情。"所谓幸福，就是明知那黎明将至的黑夜中的酒吧已离我很远了很远了，我却还是回头望了一眼。"③ 对"我"而言，幸福当然离不开与爱情在一起，对爱情的回望与对爱情的向往不可分离。有不少评论家认为棉棉与卫慧一样，描写的是无爱之性，性爱分离。对此笔者绝不赞同。恰恰相反，在作者的潜意识里，性与爱是不可分的，尽管由于失控，两者常被分开。即便在分开的情况下，"我"（或者说作者）也会对此做出真诚甚至是有些痛苦的思考：

---

① 棉棉：《糖》，中国戏剧出版社 2000 年版，第 128 页。
② 同上书，第 125 页。
③ 同上书，第 29 页。

我没有爱的感觉却也达到了高潮。而我一直以为高潮必须具备爱和想象才可获得。我想我非但不明白爱的真谛，我同样不明白快乐的真谛。如果快乐来自经验，那么快乐的最高境界是什么？如果不正常的快乐会抹杀正常的快乐，那么正常的快乐是什么？那以后我们频频做爱，似乎什么都没改变，但我觉着我在利用他的身体，这感觉很不好。①

可见性爱合一是"我"的关于爱情的理想，在某种程度上，爱是凌驾于性之上的，如：

我发现这个男人哭了，我的心幸福地碎了，我把这一刻命名为"高潮"。②

性爱合一无疑是一种真诚而健康的两性关系。这与卫慧的只要身体快乐了就好，爱情在不在场无所谓的态度形成鲜明对比。

3. 对于成长问题的思索——飞与坠。

棉棉在《糖》中揭开一个个伤感故事。向我们展示了她对成长过程中自由与失控的思考。想追求理想，为什么走向了失控的欲望；想找到真理，为什么拥抱的是混乱；想寻找爱，为什么放逐的是身体；……总之，想要飞，想要"用我的飞翔来展示我的翅膀"，却进入了下坠的过程？就好像"我"的父亲为我辩护的那样"她从来都是个好孩子，只是做错了事"。③ 于是作者问道："我们到底是为了自由而失控的，还是我们的自由本身就是一种失控？"④ 这是"问题少女""我"的问题，也是如她一样的其他新新人类的问题。他们独

---

① 《盐酸情人》，上海三联书店 2000 年版，第 27 页。棉棉：《糖》，中国戏剧出版社 2000 年版，第 128 页。
② 棉棉：《糖》，中国戏剧出版社 2000 年版，第 30 页。
③ 同上书，第 89 页。
④ 同上书，第 120 页。

立、特行、稚嫩、直觉、同理、自残。在成长的年月里，他们比那些
在大学校园接受过高等教育，在同龄人中有着一定优越感的、西化
的、弥漫着点贵族气息的新新人类们更危险。因为他们步入社会很
早，随时有可能因为想要飞的感觉而走向失控，并为此付出沉重代
价。他们活着不是为了表演，尽管他们不可避免会有些表演欲。他们
是一群被失控的青春拖着往前飞或往下坠的孩子，有些人就这样万劫
不复了，如《糖》中的男青年"谈谈"，作者伤感地写道：

> 一个生命就这么累累地结束了，惹是生非的、生气的、迷糊
> 的。他也许是那种天生有问题的人，但这并不是他的错。我们也
> 都会因为自己的立场而暴怒，这并不构成一个人的全部，他是想
> 把一切都做好的，他是喜爱生命的。他说过他的伤心像一只飞镖
> 盘他绝不躲闪。他酷爱飞镖，但是我从来没有看到他飞中过哪怕是
> 一次。他是个笨蛋。①

在《糖》中，主人公对自己所属的那类人有着清醒的认识，在
此基础上还有着无情的鞭挞。如下面一段话可以视为主人公的自我
画像：

> 我和赛宁也知道我们这样的寄生虫生活很不好。……我们长
> 大后都不愿过父母给我们安排好的生活，我们都没什么理想，不
> 关心别人的生活，我们都有恋物癖，我们的家长都因为我们小时
> 候吃过很多苦而特别宠爱我们，我们都没有音乐就不能活。我和
> 赛宁都相信直觉，相信感伤，有表演欲。喜欢自然、平和、自由
> 的生活。别人说我们生活在幻觉中。我们不相信任何传媒，我们
> 害怕失败，拒绝诱惑会让我们焦虑。我们的生活是自娱自乐的，
> 我们不愿走进社会，也不知道该怎样走进社会。有时候我想我和

---

① 棉棉：《糖》，中国戏剧出版社 2000 年版，第 179 页。

赛宁的爱情是一种毒素,我们一起躲在柔和的深夜里寂静得绝望,永远不愿醒来。①

主人公是那么了解"我们"的特点与弱点,而且开始正视它们了:

> 旗说你和赛宁是用钱堆出来的两个人,你们的生活是傲慢的、苍白的、虚弱的,你们是闭着眼睛生活的,我可怜你们。②

主人公借她人之口说出"我可怜你们",实际上是对自己病态生活方式的一种自我鞭挞。对自我的认识必然伴随着对于自控、责任、爱的认识。作者疑惑地问道:"我不明白为什么我们的生活会注定失去控制。"③ 失去控制主要体现在对毒品、酒精、滥交的沉溺,失控的生活注定要付出沉重的代价,女主人公对赛宁说:

> 赛宁,我们最大的弱点是不会控制。这代价似乎没完没了。现在的小女孩都在追逐飞起来的感觉,她们不知道有一天鸟儿们会不再叫了,那是因为我们听不到了。我们的身体,我们的身体成为被飞出去的那一部分,找不到了!④

要走向自控,就意味着必须将这些曾令身体飞起来的东西从生活中勇敢地驱逐。作者坚定地说道:"毒品和酒精确实可以给我们带来美妙的温存,但是代价太大,我们必须结束这种生活。"⑤

伴随着对自我经历的反省,作者对自己用青春的激情与代价追求

---

① 棉棉:《糖》,中国戏剧出版社 2000 年版,第 43 页。
② 同上书,第 39 页。
③ 同上书,第 76—77 页。
④ 同上书,第 194 页。
⑤ 同上书,第 71 页。

过的那种失控的自由作出了思考：

> 我天生敏感，但不智慧；我天生反叛，但不坚强。我想这是
> 我的问题。我用身体检阅男人，用皮肤思考，我曾经对自己说什
> 么叫飞？就是飞到最高的时候继续飞，试过了才知道这些统统不
> 能令我得以解放。①

失控的自由不能引领那些年轻躁动的生命走向解放。要走向解
放，必须尝试别的途径。作者开始把目光投向"责任"与"爱"：

> 学习爱与被爱，这是我唯一的希望，我对这希望存有期待。
> 以后，我仍是无数次想到自杀，但每次一想到父母，我就真的没
> 有办法行动。我开始懂得一点点什么是"爱"了，"爱"的代价
> 之一是"必须控制"。②

在历经了痛苦的反思后，作者娓娓地告诉"我们"，成长的过程
就是学会自控的过程，控制对虚无寄生的生活方式，控制对毒品、爱
情的滥用。学习以控制的方式来体验爱、学会爱、接受爱。
有了自觉的认识，于是一切见识变得积极起来，尽管形式上仍那
么感伤：

> 我决定在男人以外找到我自己的生活。我想我必须得为自己
> 构造一个完整的自己。③

> 有人把诅咒放在了我们的酒里，我们是碎掉的人，我们需要

---

① 棉棉：《糖》，中国戏剧出版社 2000 年版，第 120 页。
② 同上书，第 115 页。
③ 同上书，第 160 页。

动手术。①

这些都说明了主人公所特有的由失控走向自控的决心和趋势。

《糖》给人的感觉是惨痛的，因为它真实描述了一类少女青春成长
过程的惨烈，它是一种痛之恋。棉棉以切肤之痛展示了一些体验，道出
了一些启悟，甚至是教训。她对于生活有着从废墟中重建的勇气与信心。
笔者对棉棉的写作观、爱情观以及人生观做了一点透视，由此也表达了
对棉棉写作的敬意。无疑，我们已经清楚地看到，无论是在写作观、爱
情观，还是人生观上，棉棉与卫慧都是大相径庭的。她们的写作都有对
"另类生活"的审视，但前者沉重、积极，后者轻浮、消极。

三　从女性主义视角看卫慧、棉棉的小说

通过对卫慧小说中女主人公特点的剖析，可知她描绘的是一群生
活方式西化、情爱随意、人生观虚无糜烂的都市开放女郎。

从经济状况来看，卫慧笔下的"新女性"们在经济上极为不独
立，紧密依附于有钱的男友，她们的男友则要么依赖于父母，要么属
于衣冠楚楚、收入不菲的白领。她们常与男友同居于高级公寓，这男
友又常常是有钱外国白人，或是有妇之夫，或是外国有妇之夫，而她
们不以为耻反以为荣，表现得无比"洒脱"，心安理得。

情爱观是女性主义讨论的一个恒久话题。关于爱情，卫慧笔下的
"新女性"们仿佛在卖力地颠覆米兰·昆德拉的那句名言，似乎要把
它转换为"同男人做爱与同男人睡觉是两种不同的感情，前者是欲
望，后者是相濡以沫"，以此来显示自己对男性的嘲弄与反叛。如倪
可与天天之间的爱恋关系与她跟马克之间的肉欲关系纠缠在一起。女
主人公仿佛在说：男人能做的事我们女人也能做；既然男人有能力将
性爱分裂开来，我们女人也能；既然男人不用所谓的道德去抑制对新

---

① 棉棉：《糖》，中国戏剧出版社 2000 年版，第 261 页。

鲜性欲的向往与追求，那我们女人同样要最大限度地解放自己的身体。于是就有了《欲望手枪》中，"我"与石头、左轮、亨利等男人一系列的交往与性交。作者或许并不是想展览"我"的性交史，只是想以这些具象来展示女性们的解放，展示她们与男人们的平等。然而这种观点显然是蹩脚的，男女关系并不是简单的二元对立，女性主义谋求的不是女性男性化，更不是不健康的男性化，对抗恶劣不是让自己也变得恶劣。性爱合一，是人类男女关系的理想境界，纵使这一愿望暂不能普遍达到，也不应放弃对它的追求，人们总该有一个纯洁高尚一点的东西做支撑吧。女主角放弃性爱合一，实际上是在放逐自我，消解自我，让自己变成一个无心的、冷漠的人。无心与冷漠自然可以抵挡来自爱情的伤害，但这是一种多么消极的抵抗，拥有丰富的感情，让感性的力量焕发出奇丽的光彩，去中和、去潜移默化感染理性的严酷的男权世界，这本是女性的特质与优势，卫慧让女人不再是女人，蜕变成一个空心木偶，这种没有痛苦的无心的女人从而也模糊了自己的性格与个性，卫慧小说中的女主人公不都一个个面目模糊，缺乏内涵吗？她们有着时髦的生活方式，有着恍惚的神态和梦境，有着夸张前卫的性游戏，就是没有自己的心，没有自己属于人格力量的那一部分。女人有自己性别上生理上文化上的特质，性爱合一本是女性的优势，为什么要刻意扭曲，使自己沦入人格分裂的尴尬境地？实际上这种痛苦的人格分裂，作者也是意识到了的，在其作品中也有流露与思考，如倪可与马克在洗手间做爱后的自白：

> 我哭起来，这一切不可解释，我越来越对自己丧失了信心，突然觉得自己比楼下那些职业娼妓还不如。至少她们还有一份敬业精神和一份从容，而我别别扭扭，人格分裂得可怕，更可恨的是我还会不停地思考、写作。我不能面对洗手间那一面幽暗镜子中自己的脸，什么东西在我体内再次流失了，一个空洞。①

---

① 卫慧：《上海宝贝》，《卫慧精品集》，时代文艺出版社 2000 年版，第 56 页。

　　然而作者也只限于流露，无意去解决。卫慧小说中的"我"要把女人变成玩世不恭的空心人，在她们的情感尚未受到来自外界和自己内心伤害的时候，她们已经预先把自己包裹起来了，用作极端的方式。

　　情与爱只能分裂，婚姻与事业不可兼得，这仿佛是卫慧为当代女性设立的两个前提，也是她小说所有思想性的内核。必须承认，当代女性的确面临着这两对矛盾，问题是这是个老问题，早被人提过许多遍。要提的话只能提出解决方案，那才是有意义的，而卫慧没有提出丝毫建设性意见，相反提出了破坏性的：有性无爱也是一种至美的快乐啊，为了自由要有勇气不走入婚姻。在卫慧的笔下，这两对矛盾是无法弥合的，其实这是消极战略，鱼肉与熊掌并非不可兼得。

　　由于经济上的依附，情感上的分裂，卫慧笔下女主人公不可避免地有着空虚、惶惑感：对生活没有清醒明确积极的目标，整日生活在梦中。她们并没有拥有快乐明朗的生活——一种快乐女性应有的快乐生活。在生活理想上，她们不但没有为当代女性提供有意义的指导，反而有导向退缩的功能，引领女性退缩到封闭、神经质、整日恍惚做梦、脸色苍白、神经萎缩，人格分裂，非常脆弱的境地——可悲的塑料做的不可爱的现代灰姑娘。女性主义倡导的自主自立自信在她们身上荡然无存。

　　同是"70年代生"的年轻女作家赵波认为卫慧的小说里有很多误导的东西，让人感到价值系统混乱。棉棉则认为书中的主人公敢于脱光衣服写作，却从不面对自己，在书里看不到男女平等，看不到独立，看不到一点爱，《上海宝贝》代表的是没有出路的力比多，应该说棉棉的评价是比较到位的。卫慧的写作没有拒绝男性的趣味，而是竭力体现出配合的趋势；她不仅不反对男性的"窥视"，而且主动地"展示"，这样的写作姿态其实是对世俗的迎合，是对女性主义的一种曲解。

　　所以要给个总结的话，卫慧的小说的确反映了现代都市中新新人类中的颓靡一派。她的小说也的确是客观存在的某类思想的真实写照，如西化思想，女性性解放思想等。然而，卫慧是以欣赏的态度，甚至是略带迷醉的态度来表白这些思想的，这就不是批判而是带有倡导的意味，必然会误导。归根溯源，还是价值观，尤其是对女性该如何生活这一价值观的问题，从思想性来看，卫慧的作品是肤浅的；从它可能产生的坏影响而言，是有毒的，最大的毒不在于可能会使人效仿书中女主人公的性开放态度，最大的毒在于给了女孩子们一种错误的男女定位，一种虚无的人生态度。

还有一点值得一提，卫慧的作品于只言片语之间，隐约流露出张爱玲的影子。这原不奇怪，因为张爱玲是她最喜爱的作家之一。而且作为一种经典写作的潜在影响，上海的女性书写必然笼罩在其淡淡的余韵中。卫慧承继的是张爱玲的某一点写作技巧，一点形式方面的东西，如她在小说《床上的月亮》中描绘了在不同场合不同氛围下反复出现的月亮意象。这显然是模仿张爱玲的《金锁记》中关于月亮意象的描写，只是缺乏那种内容与形式浑然一体的妥帖性，显得有些无病呻吟。

卫慧还承继了张爱玲小说中所表现的那种现代性的繁华与糜烂，及时行乐与世纪末的悲凉相交织的气息。然而张爱玲笔下的繁华与糜烂，及时行乐与世纪末的悲凉是当时时代的真实氛围，体现的是作者想用现实生活的"俗"之力来抗拒文化对生命的压抑，尤其是对女性生命的压抑。而卫慧纯粹是带着病态的怀旧的审美趣味罗列一些贵族式的生活情节，包括城市隐秘生活、高潮、金钱、漂亮的脸、长脖子、非主流音乐、流行音乐、好莱坞大片、名牌、哲学、名人生活、对男人的倾慕等，当然免不了也要表达一些"要命的空虚"。说到底，卫慧只是模仿了其前辈形式上的一点皮毛，而精神实质及审美趣味相差甚远。

人们常把卫慧与另一个"另类写作"的代表棉棉混为一谈，将她们的写作通称为"身体写作"，（在此"身体写作"被误解为了"肉体写作"）其实，这是一个很大的误会。卫慧与棉棉在思想境界上，在写作的真诚度上是不可相提并论的。

　　通过对棉棉笔下的女主人公特点的剖析，可知她描绘的是一群敏感、执拗、因青春的冲动而走向失控，失控后又逐渐开始渴望回归秩序的"问题少女"，她们具有独立、特行、稚嫩、直觉、同理、自残等指标，代表了新新人类中开始用理性呼吸，开始反思、觉醒一族。

　　棉棉笔下的女主人公显然也囿于物质，然而，她们对此却有着深深的忧虑和不安，如：

　　　　好在赛宁回来了，其实他的钱也不是他的钱，是他妈的钱，其实我的钱也不是我的钱，是我妈和我爸的钱，我分别向他俩要钱，可是他们现在也没什么钱了，我和赛宁都是快三十的人了，可我们还像十年前一样用别人的钱，这是我们的问题，这也是个令人害怕的问题。①

　　这充分体现了作者对"我们"这种寄生生活的忧虑。棉棉笔下的女主人公也跟男友同居，但基本上不是出于物质的考虑：

　　　　我认识的男人百分之九十九很无聊，那百分之一中有百分之九十九有女朋友。有很多男人想和我好，但他们都有女朋友。我不能接受这种情况，我不承认这种机会会让我快活。②

　　显而易见，女主人公"堕落"得并不纯粹，或多或少还把持着女性的一些自尊、自重。

　　对于爱情，棉棉小说《糖》中的"我"在经历了十年残酷的青春之恋后，在自己伤痕累累之后，仍愿意平静地坐下来舔舔自己的伤口，用理性重新呼唤一份真实的人间情爱。这种经历了失控，下坠后

――――――――――

① 棉棉：《糖》，中国戏剧出版社 2000 年版，第 77 页。

② 同上书，第 196 页。

又有勇气重新往上浮起，重归平衡的坚韧是令人佩服的。棉棉也没回答我们理想的爱情是什么，理想的两性关系到底如何界定，好女人到底该是一种怎样的存在状态。但至少，作为一个女人，她仍在勇敢地表达自己对灵肉合一、亲人般的爱情的向往：

> 我们的嘴唇已干得不能再亲吻。我们的欲望已经熄灭，但那不重要！重要的是我们是亲人、伙伴、从一个地方来的人、活下来的人。①

她仍在勇敢地表达对爱情的思考：

> 恋爱就像跳进了大海，谁都会怕。10 年了。两个自恋又自大的傻瓜的自私，还有胆怯，毫无收获的出走，讨价还价地恢复关系。往日的痛苦总是令人怀念，而现在我们的身体上了岸，我们身体已不再给我们重要的呼吸。②

这其实就够了，这份明朗就足以感动许多人，尤其是女人。

从对女性生活态度的提示来看，棉棉的书写也是有意义的。棉棉笔下的主人公在经历了失恋、吸毒、酗酒等一系列崩溃之后，不是一蹶不振，而是摇摇晃晃地重新站起来，甚至苦口婆地告诫人们：远离化学药品，不要放纵身体，学会控制，学会责任与爱。这不仅体现了敢于反思的勇气也体现了敢于直面现实，创造新生活的勇气。棉棉的小说不似卫慧的小说那样无病呻吟，而是以人生作抵押换来货真价实的生命体验，有着因生命的痛苦而营造起来的美丽和力量，可以说她是当代中国小说家里表现生命的流浪意识与青春迷惘的优秀歌手。以至于"个人化"写作旗手陈染读了她的《糖》后说："只想说它实在

---

① 棉棉：《糖》，中国戏剧出版社 2000 年版，第 209 页。
② 同上书，第 251 页。

过瘾。读着，一下子感到自己太沉重太老了，感到岁月的距离。"①
同样受到震动的还有林白，林白是非常赏识棉棉的，在一次共同的现
场拍片节目中，她曾为棉棉感动得痛哭失声。"一个初中没毕业就离
家出走的女孩，一个如此年轻就具备了超人的悟性和惊人的表达能力
的人，如果她不是天才谁又是天才呢？与她相比，我觉得我们在座的
所有人都老了。我哭了起来。当众痛哭。"②

棉棉分析着"我们"危险的青春，勇敢地对那些曾被接受过的
危险的东西说"不"。不想任由青春因失控而下坠，不想再做折断羽
毛的受难天使。英国科学家、哲学家查尔默斯曾说："我们始于迷
惘，终于更高水平的迷惘。"③棉棉为时代年轻女性，尤其是那类成
长中的"问题少女"提供的就是"更高水平的迷惘"。这同样是极有
价值的。

棉棉的小说也体现着对张爱玲的承续性。张爱玲的小说中充满着
对那个时代的女性的体恤、理解与宽容。理解她们"双手劈开生死
路"的那份活着的艰难，以及为活着而谋取物质利益的合理性。棉
棉的小说中对那些"问题少女"们也同样充满着体恤、理解与宽容。
宽容她们因为青春的冲动而走向下坠的无奈，她们本质上不是坏孩
子，只是常常无法控制住自己。

同张爱玲一样，棉棉的小说在繁华嘈杂的都市文化中也体现着某
种温柔的悲情，也是一种类似于"安详的创楚"的宽容，其间满贮
着一个"问题少女"对自身生存状态的迷惘，以及对与自己处于同
样困境中的其他生灵的怜悯与关照之情。作者坚信"我们"都是好
孩子，只是太任性做错了事，并且真诚地希望"每个好孩子都有糖
吃"。

张爱玲对旧中国根深蒂固的男权文化的批判可谓入木三分，但尽
管她对男权体制的罪恶看得很清楚，却没有将男人置于绝对的否定

---

① 陈染：《声声断断》，作家出版社2000年版，第251页。
② 林白：《跋：玻璃玻璃我爱你》，《玻璃虫》，作家出版社2002年版，第244页。
③ 查尔默斯：《科学究竟是什么》，商务印书馆1982年版，导言部分。

面。在她的小说中，男人们同样也不幸福，也是这种男权体制的受害者：他们抽鸦片、狎女人、讨姨太太，……生活得庸庸碌碌。这其中就隐隐透露了一些"男性关怀"的理念，具有了超越狭隘性别视域的人性关怀力度。而棉棉的小说同样也有这样一种悲悯的人性力度。不像卫慧那样对男性的描绘要么是面目苍白的中国阳痿者，要么是精力旺盛的外国畜生。棉棉给予"问题少男"和"问题少女"以平等的眼光，他们跟"我们"一样也是一群失控的人，他们的自私放纵与软弱也是一种骨子里滋生出的无法自控。他们也不快乐，这同样不是他们要的幸福生活。作为女性，作者当然要指责他们对爱情的态度，对感情的态度。如《糖》中的"我"对赛宁说：

> 你是一个不懂爱的人。你爱过我吗？你关心我吗？你从来都是想你自己。你的无动于衷让我发疯……我的爱很简单，所以我觉得我的爱真的是爱。而你不是，你用爱来解释一切，你有很多种爱，你的爱很复杂，而且你太身体性，所以我不明白你的爱……你现在也不把三毛当朋友了，你说他的肥胖让你难受，你是个没感情的东西，你和奇异果一样，你们是苍白的圣徒，他还比你好点，有时他是畜生，而你现在连畜生都不是了，你们不爱这个世界，不爱任何人。①

从这些斥责声中我们能听到什么，当然能听到一种性别对另一种性别的愤怒，然而还可以听到一种性别对另一种性别"哀其不幸，怒其不争"的关切之情。

"男性关怀"这一母题对于女性主义是有积极意义的。因为就政治权力层面而言，男权文化显示着统治力量，但在文化权力层面上，它也使得男性个体人格及个性被定型压塑成一致的模式，因而它的反人性是针对所有性别的，男性同样是男权文化的受害者。因此将女性

---

① 棉棉：《糖》，中国戏剧出版社 2000 年版，第 266—267 页。

写作的目光投注到"男性关怀"这一层面，是中国女性创作接受最新的女性观念的一个标志。在当代许多女作家的作品中，我们已经能看到她们向男性投去的这温馨而深情的一瞥。如赵玫的《偿还》，张欣的《爱又如何》，池莉的《来来往往》，王小妮的《很痛》，赖妙宽的《消失的男性》，铁凝的《永远有多远》等。这些作品对由于城市的开放给男性带来了机遇、冒险、财富和艳遇的同时也对他们身心俱疲给予了理解与同情。棉棉作为"70 年代生"女作家中的一员，也具有"男性关怀"层面的写作理念是难能可贵的。而且她揭示出的关怀层面，即对问题男青年的关怀，也是不同于上述女作家们的关注点的，可以说她提供了一个新的"男性关怀"视域。与之相比，卫慧还停留在男女二元对立的旧窠臼中。

正是通过从女性主义视角对卫慧、棉棉各自写作特点的阐述，使我们对"另类写作"内部的优劣有了甄别。

后　记

　　这部著作是由我在武汉大学攻读博士学位期间（2008 年 9 月至 2011 年 6 月）的毕业论文的基础上修改而成。其中部分论述已在《社会科学辑刊》《求索》《长江学术》等学术期刊上发表。附录部分则节选自我十年前在贵州师范大学完成的硕士毕业论文。

　　著作完成之际，衷心感谢博士生导师张荣翼教授，他学识渊博，视野开阔，虚怀若谷，他启发我关注文化中的意识形态问题，他的后发现代性观点成为我文中的理论资源，他的思想与人格魅力潜移默化地影响了我；衷心感谢硕士导师林树明教授，是他把我引入哲思之路，带我进入性别诗学的美好殿堂，他对学术的热爱与执着感动并激励着我；感谢武汉大学的李建中、冯黎明、唐铁惠教授和湖南师范大学的赵炎秋教授，他们对论文提出了许多宝贵的建设性意见；感谢举善师兄与桂林师妹及其他学友，他们在思想上濡染我，在学术上提携我，在精神上鼓励我；同时向我的家人致以深深的谢意，他们的关怀与奉献是我成长的动力！

　　本书得以在中国社会科学出版社出版，感谢王秀臣、罗莉老师推荐，陈雅慧编辑辛勤编排。本书还得到了湖南省社科基金（编号：12YBB226）和南华大学出版基金的资助，一并表示感谢。

闫寒英

2014 年 10 月于南华大学桃溪园